心機一転！
転生王女のお気楽流刑地ライフ

CHARACTERS
登場人物紹介
フィン
流刑地であるヴォアラ島の集落の長《おさ》。
カリスマ性と生命力に溢れた
面倒見のいい美丈夫。
ルチア
リーデント王国の元王女。
転生者で、前世の記憶を
持っている。
儚げな見た目に反
思い切りの

マルクス
料理担当の青年。
外の世界へ出ることを
夢見ている。
ジュリエッタ
ルチアの親友の公爵令嬢。
いつも明るく、ルチアの
心の支えだった。
オリバー
ルチアの元婚約者。彼女を崇拝しており、
婚約者らしい関係は築けていなかった。
カミーユ
フィンの母。
ロートランド国の
元王太女で、
女王様然とした美女。
ノア
ルチアより少し前に
島へ流されてきた少年。
訳ありらしく人を
避けている節がある。
アーノルド
浮世離れした画家。
島にはろくな画材がなく
まともな絵を描けていない。

目次

心機一転！
転生王女のお気楽流刑地ライフ

第一章　流刑地一日目、午後

生命が無限に転生を繰り返す様子を車輪の回転にたとえて輪廻《りんね》という。

宗教的あるいは哲学的な考えだが、自分は誰それの生まれ変わりで、前世の記憶を持っていると主張する人間は少なくない。

とはいえ、せっかく前世から持ち越したというその記憶を、今世で上手く立ち回るために活かせる者は、はたしてどれほどいるのだろうか。

少なくとも、彼女――ルチア・リーデントはだめだった。

だから今こうして、濃密な緑に支配された世界を掻き分け、前へ前へと進んでいる。

その頭上を天蓋《てんがい》のように覆《おお》うシダの葉の隙間から、西に傾きかけた太陽の光が差し込む。

南国の太陽は色素の薄い瞳には強過ぎて、彼女は銀色の前髪の下で薄青の目を眩《まぶ》しげに細めた。

鬱蒼《うっそう》としたジャングルに、ビスクドールみたいにか弱そうな姿は不釣合いでしかない。いかにも深窓の令嬢といった雰囲気だが、その身に纏《まと》うのは飾り気のない黒いワンピースと、日除け代わりに頭から被せられた男物のシャツだけだ。

とはいえ、ルチアが現状を憂《うれ》えている様子はない。

それどころか、すぐ横の木の幹《みき》へ絡み付く蔓《つる》にルビーのように真っ赤な実を見つけたとたん、ぱっと顔を輝かせた。ルチアはシャツの下から手を伸ばし、その果実を採ろうとしたのだが……

「――やめておけ、死ぬぞ」

下からぴしゃりと告げられ、慌てて手を引っ込める。

そろりと下を見たところ、声の主の青い瞳と視線がかち合って、やめておけ、と重ねて首を横に振られてしまった。

「採ってはだめですか？」

「だめだな。背中で人に死なれたくはないので、諦めてくれ」

相手はルチアよりも幾分年上に見える若い男で、甘い甘い蜂蜜色の髪と健康的な小麦色の肌をした美形である。

ルチアは現在、その男に負ぶわれた状態で、草木が茂《しげ》るジャングルの中を進んでいた。

広い背中は安定感があり、彼女の尻を支える腕も筋肉質で逞《たくま》しい。

とはいえ相手は父でも兄でもなく、幼子のように運ばれるのはルチアにとって本意ではなかった。

ぶっちゃけ、照れくさい。

そんな彼女の気持ちを知ってか知らずか、男は言い聞かせるみたいに告げる。

「それはヘビノチという名の猛毒の実だ。口に入れたら最後、舌も食道も胃も爛《ただ》れて水さえ飲めなくなる」

「ヘビノチ……〝蛇の血〟ですか。それは物騒ですね、覚えておきます」

聞き分けのいい振りをしながらも、ルチアはがっかりしていた。

ぎゅっと寄り集まった小さな粒の中には赤い果汁がパンパンに詰まっていて、彼女の古い記憶——前世で摘《つ》んだ木イチゴそっくりであるにもかかわらず、食べられないというのだ。

そう、生まれてこの方、誰にも打ち明けたことはないのだが、ルチアには前世の記憶があった。

ただそれは完璧ではなく、随分と虫食いがある。例えば前世での自分や家族の名前なんかはまったく覚えていないし、どういう最期を迎えたのかも定かではない。

しかしながら思考や情緒、価値観などといったものは今世に持ち越しているようで、現在十八歳のルチアは実際の年齢や見た目に反して、かなり人生を達観していた。

見た目詐欺《さぎ》も甚《はなは》だしいヘビノチから視線を逸らし、ふうと物憂《ものう》げなため息を吐いた彼女に、下から伸びてきた手が別の木の枝にぶら下がっていた黄色い実を捥《も》いで渡してくれる。

ヘビノチと形状はそっくりだが、こちらはヘビノミツといって口にしても問題がないらしい。

男に礼を言い、嬉々としてそれを口に含んだルチアだったが——次の瞬間、顔を顰《しか》めて叫んだ。

「——すっっっぱい！　わわわ、すっぱいですよ⁉」

「はは、食えるとは言ったが美味《うま》いとは言ってないだろう？」

「でも、すっぱいって教えてくれてもよかったと思います！　あああ、すっぱーい！　これの名前が〝蛇の蜜〟って……詐欺《さぎ》ですかっ‼」

「そのすっぱいのがいいんだぞ。そいつに含まれる酸はミネラルの吸収を助けるから、熱中症予防になる。ここの気候に慣れていないお前にはちょうどいいだろう。まあ、普通は甘味を加えてジャムにして食うんだがな」

ひどい！　すっぱい！　と叫んでルチアが男の肩をバシバシと叩くが、彼は少しもこたえた様子がない。それどころか、ははっと声を上げて笑うものだから、悔しくなったルチアは顎の下にある彼の蜂蜜色の髪をぐしゃぐしゃに掻き回してやった。

とまあこんな風に、随分と打ち解けているように見えるルチアと男だが、実のところ小一時間前に出会ったばかりという間柄だ。

ルチアが彼について知っていることといえば、フィンという名前と、この鬱蒼《うっそう》としたジャングルを抜けるには彼の存在が不可欠だということくらいである。

フィンは頭をボサボサにされても構わず笑っていたが、やがてまた傍《かたわ》らの木に片手を伸ばし、今度は赤紫色をした小さな実を摘《つ》んだ。

「そら、口直しにこれをやるから機嫌を直せ。あまり背中で暴れてくれるな」

「今度のはすっぱくないですか？　いくら無害でも、辛いのとか渋いのとかも嫌ですよ？」

「心配しなくても、こいつは甘くて美味《うま》いぞ。味は俺が保証する」

「本当に本当なんですね？　もしも嘘だったら、髪の毛を全部むしりますからね⁉」

ルチアはおそるおそる赤紫色の実を受け取ると、目の前に翳《かざ》してまじまじと眺めてみた。形状はブルーベリーに近い。

この実はヘビノメと呼ばれていると聞いて、また蛇にちなんだ名前なのかと警戒を強めたものの、それが発する甘酸《あまず》っぱい香りに自然と喉が鳴った。

誘惑に抗《あらが》えず、ちびりと前歯で齧《かじ》ってみる。すると、硬めの皮がぷしゅりと弾け、中からどっと果汁が溢れ出した。

「あ、甘い！　本当に甘い……」

フィンの言葉に嘘はなかった。あまりの美味《おい》しさに顔を輝かせたルチアは、実をまるごと口に含んで咀嚼《そしゃく》する。

そして今さっき自分が乱したフィンの蜂蜜色の髪を、褒めるみたいに撫でて整えた。

「よしよし、機嫌は直ったな。王女殿下の口に合ったようで何よりだ」

「あら、私はもう、王女なんかじゃないですよ」

ヘビノメの実をごくんと呑み込んだルチアはフィンの言葉を否定する。それから、太陽の香りがする彼の頭に顎を載せて、何でもないことのように告げた。

「――今の私は、一国の王を殺害しようとした重罪人ですもの」

ここは南の海の果てに浮かぶ絶海の孤島、ヴォアラ島。

ルチアは今から十八年前、この島よりずっと北に位置する大陸内地の君主制国家リーデント王国にて、前王の長女として生を享《う》けた。

ところがこの度《たび》、腹違いの兄である現国王フランク・リーデントの謀殺計画に加担し、毒杯を渡したことで流罪《るざい》を言い渡され、このヴォアラ島にやってきたのだ。

島の周辺には無数の岩礁《がんしょう》が突き出ている。そのため、ルチアを護送してきた大型帆船《はんせん》は沖に留まり、彼女は一人小舟に乗り換えさせられた。海流の影響だろうか、漕《こ》ぎ手がいなくても小舟はすいすいと島に向かって流れた。

そうして、ルチアが砂浜に到着するのを見届けると、大型帆船《はんせん》は船首を返して去っていってしまったのだ。

ヴォアラ島の白い砂浜の奥には鬱蒼《うっそう》としたジャングルが広がっていて、文明を拒んで久しく見える。

過去、幾人もの罪人がこの島に送られた。リーデント王国のみならず、大陸のありとあらゆる国々がヴォアラ島を流刑地として利用してきたのだ。

流刑者の多くは王侯貴族出身の政治家や文化人。それまで何不自由なく暮らしていた人間を、着の身着のまま僻地《へきち》に放り出すなんて、死ねと言うのと同義だろう。

現在、大陸のほとんどの国では死刑が廃止されているが、一瞬で首を落とされるのと、未開の地に置き去りにされて孤独に死を待つのとでは、一体どちらの刑が重いのか。

そんなことを考えながら、ルチアはしばらくの間、遠のいていく大型帆船《はんせん》を見送っていた。

そして、いよいよその影が水平線の向こうに消えようという頃のことである。

『そこのお前、遭難者か？　それとも——大陸からの流刑者か？』

ガサガサと木々を掻き分けてジャングルの奥から現れ、いきなり問うてきたのが、今まさに彼女を背負って歩いているフィンだった。

『流刑者ですけど……ええっと、あなたは……人間ですか？』

『随分な質問だな。人間以外の何に見える？』

この第一島人《しまびと》発見に、ルチアは喜ぶよりもまず驚いた。というのも、ヴォアラ島は無人島だと勝手に思い込んでいたからだ。

煌《きら》びやかな王宮の奥に大事に仕舞われてきた自他共に認める箱入り娘だが、無人島でたった一人サバイバル生活をして、生きられるだけ生きてやろうと決意を固めていた手前、突然の住民登場には少々拍子抜けした。

もちろん、最初はルチアも警戒したのだ。相手は男性で、しかもルチアなど小指の先で捻《ひね》り潰せてしまえそうなほど逞《たくま》しい。

思わずじりじりと後退《あとずさ》った彼女に小さくため息を吐いたフィンは、害意はないと主張するためか両の掌《てのひら》を広げてみせた。

『とりあえず、砂浜から離れることをお勧めする。そこは日差しがきつかろう。お前、帽子も何も被ってこなかったのか？』

『日差し？　……そういえば、何となくヒリヒリします』

ルチアは銀髪に薄青の瞳、肌は透けるように白い。日照時間が短く太陽の光が弱いリーデント王国では問題なかったが、それとは対極の状況にあるヴォアラ島では確かに辛いものがある。

おそらく、護送中に付けられていた世話役は、この強い日差しを見越して彼女に黒いワンピースを着せたのだろう。しかし帽子までは頭が回らなかったのか、無防備だった頭皮や鼻の頭がわずかに痛んだ。

無意識に鼻の頭を擦《こす》ろうとした彼女の手を、さっと伸びてきたフィンの手が掴む。

大きくて、骨張っていて、小麦色で、そして温かな手だ。

『よせ、擦《こす》れば皮が剥《む》ける。後で真水で冷やしてやるから、少しだけ我慢してくれ』

ルチアを強引に引き寄せたフィンは、自《みずか》らのシャツを脱いで彼女の頭に載せた。これが、ルチアが男物のシャツを被るに至った顛末《てんまつ》である。

初対面の相手から与えられた親切に戸惑うルチアは、このまま彼に従っていいものか迷ったが……

『満潮になれば砂浜全てが海水に浸《つ》かるぞ。もう一度言うが、砂浜から離れることをお勧めする』

『離れます』

砂浜を離れるということはすなわち、ジャングルに踏み込むということだ。

ジャングルを行くには土地勘があるフィンの案内は不可欠で、ルチアは必然的に彼と行動を共にすることとなった。

ところが、少しも進まないうちにルチアの歩みが止まる。慣れない獣道で早々に靴擦《くつず》れを起こしてしまったのだ。とたんに消沈する彼女に、フィンはさっとしゃがんで背中を向けた。

『ほら、負ぶされ』

『でも……』

『背負われるのが嫌だと言うなら、抱いていくが？　こんな場所で日暮れを迎えるのはご免だからな』

『……失礼します』

こうしてルチアは観念し、全面的にフィンを頼ることにした。

現在は、もはや彼を警戒するのも馬鹿らしく、自分とは違って逞《たくま》しい背中にすっかり身を任せている。

そんな二人の頭上を突然大きな影が横切り、生《お》い茂《しげ》ったシダの葉を揺らして止まった。

赤、青、黄色と原色をまとったやたらと派手な見た目の、これぞ南国といった感じの大きな鳥が、ギャーギャーと耳障りな声で鳴き出す。

その声につられるように周囲を見回したルチアは、フィンの肩をぺちぺちと叩いて問うた。

「ねえ、フィン。あの鳥は食べられますか?」

「食えんこともないが、捕まえるのは至難の業《わざ》だぞ」

「じゃあ、あっちの枝にいるトカゲは？　あれは美味《おい》しいですか?」

「あれは……俺も食ったことがないので知らん。というか……もしかして腹が減っているのか?」

顔だけ振り返ってそう問うフィンに、ルチアはいいえと首を横に振る。

「今は特には。でも無人島では、食べられるものを食べられる時に食べておかなければ生き残れないんでしょう?」

「そもそも、ここは無人島ではないんだがな。誰かがそう言っていたか?」

「本に書いてありました。祖国で拘留《こうりゅう》されている間はとにかく暇だったので、幼馴染《おさななじみ》のジュリエッタがいろいろ差し入れてくれたんですけれど、その中で唯一実用的だった本です。確か、『無人島で百日間生き残る方法』とかいう題名の……」

「その題名通りだとすれば、結局は百日間の生存しか保証されないみたいだが？」

リーデント王国の重鎮アマルド公爵家の令嬢ジュリエッタはルチアと同い年で、お互い赤子の頃からの付き合いだ。

あぶあぶと擦り寄ってきた赤子のジュリエッタを見た時、ルチアは不思議と初めて会った気がしなかった。何か運命的なものを感じ、好感度は最初から最高だったように思う。

彼女は常に前向きで陽の気に満ち溢れていて、陰鬱《いんうつ》とした王宮の中で唯一、ルチアが一緒にいて明るい気分になれる貴重な相手となった。

そんなジュリエッタが件《くだん》の本を抱えてきた時は、ルチアだってフィンと同じ感想を抱いたが、それを口にすることはなかった。

何故なら、彼女がルチアの行く末を心から案じてくれていたのは明白で、『百一日目以降はどうすればいいのよ』なんて無粋な指摘をしてその厚意に水を差したくはなかったのだ。

「いいんです。ジュリエッタに他意はなかったはずですもの。もしも無人島に何でも一つだけ持っていっていいと言われれば迷わず彼女を選ぶくらい、私にとって大事な子なんです」

「箱入り娘が箱入り娘を連れてきたところで、お互いに足手まといにしかならないと思うがな」

「あらま、分かってないですね。ジュリエッタは存在すること自体に意味があるんですよ？　彼女と一緒なら、きっとどんなところでだって面白おかしく生きていけそうな……ええ、そんな気がしたんですけれど……」

「……おい？　どうした？」

ふいに言葉を切ったルチアの顔を、首だけ振り返ったフィンが気遣わしげに覗き込む。

偶然にも彼の瞳が幼馴染《おさななじみ》のそれと同じ色をしているのに気付き、ルチアは苦笑を浮かべて続けた。

「結局は、こんなに遠くへ来ちゃいましたし……ジュリエッタの方も、私がリーデント王国を発《た》つ前日に他国へ嫁《とつ》いでいってしまいました」

ジュリエッタの夫となるのは友好国マーチェス皇国の皇弟で、もちろん親が決めた政略結婚だ。

貴族の娘に生まれた以上、面識もない相手に嫁《とつ》ぐことを殊更《ことさら》嘆いている様子はなかったジュリエッタも、ルチアとの別れには滂沱《ぼうだ》の涙を流していた。

今世の別れになると知りつつ、またね、なんて言葉を交わした自分達は、傍目《はため》にはさぞ滑稽《こっけい》に映っただろう。

「……寂しいのか」

「寂しい……でも、仕方がないんです。ジュリエッタは公爵令嬢として与えられた役目を全《まっと》うし、私はそれを見送ることしかできなかった……」

ジュリエッタがいなくなったとたんに、ルチアの世界は色褪《いろあ》せてしまった。

もともと前世の記憶があるせいで、今世をどこか他人事みたいに感じていたこともあり、ルチアは生への執着が薄い。

しかし、だからといって、世を儚《はかな》んで自《みずか》ら命を絶つような真似はしなかった。

ジュリエッタの厚意に報いるためにも、せめて百日間は流刑先で生き延びる覚悟でルチアはここまで来た。食べられるものは食べられる時に食べるし、頼れる人は頼れるだけ頼るつもりだ。

そうして、いつか今世を終えれば、また記憶を持ったまま別の人間に転生するということもあり得るかもしれない。一度あることは二度あると言うのだから。

とにかく、今世のルチアは生まれながらに不幸を背負わされていたので、願わくは次の人生に期待したいところだった。


ルチアは前世でも女として生まれ、〝日本〟という島国の、ごくごく一般的な家庭に育った。

ジュリエッタみたいに唯一無二と言える大親友な幼馴染《おさななじみ》もいたし、恋もした。

休日には家にいる日の方が少ないくらいのアウトドア派で旅行が趣味。日本を飛び出していろんな国に行ったが、同行者はもっぱら恋人ではなく幼馴染《おさななじみ》だった。

前世がどういう最期であったのかは、とんと思い出せない。そのため、ぱっと目を覚ましたらいつの間にか新しい命に生まれ変わっていて心底驚いたし、自分が置かれている状況がまったく理解できなくて戸惑った。意識は成熟した大人のままなのに、身体は生まれたばかりの赤子になっているのだから無理もなかっただろう。

当初、ルチアはパニックに陥《おちい》って散々泣きわめいたが、そもそも赤子が泣くのは普通のことなので誰にも不審がられることはなかった。

しばらくして落ち着いてくると、彼女は現状を把握しようとした。

といっても、生まれて間もない赤子なので、視界は不鮮明だし、しゃべれるはずもないので誰かに状況を尋ねることもできない。

仕方なく耳をそばだててみたものの、今度は言葉そのものが理解できないことに気付いた。

どうやら自分は日本とは違う国に生まれ変わったらしい。

そう悟ったルチアは開き直り、再び周囲を注意深く観察し始めた。

会話の内容が理解できなくても、声の調子や雰囲気で何となくその人の心情を想像することは可能だ。

ルチアはやがて、自分の周囲が何やら大きな悲しみと絶望に包まれていることを知った。

「私が生まれて十日後のことです。二人の兄達が乗った馬車が事故に遭い、一人が――私と母を同じくする兄が亡くなりました。彼は第一王子で、八歳ですでに立太子していたそうです」

「なるほど。第一王子が幼くして亡くなったために、第二王子だったお前の腹違いの兄上がリーデント王国の国王として立つことになったんだな」

自分の生い立ちを説明するルチアを背負ってジャングルの中を進んでいたフィンの足は、日が落ち始めたことを理由に停止した。

夜のジャングルは方向が分かりにくいばかりか、夜行性の動物と接触する危険もあるため、安全な場所で朝を待つべきだと彼が言う。

そうしてルチアが連れてこられたのは、ジャングルの中を流れる小川の畔《ほとり》に立った、一本の大きなマンゴーの木に作り付けられたツリーハウスだった。

頑丈なマンゴーの木の上、青々と茂《しげ》った葉っぱに埋もれるようにして木組みの小屋が載っている。

小屋の内部は、十畳ほどの大きさだった。

床には籐《とう》を編んだ敷物が敷かれ、板張りの天井は虫除けなのか燻《いぶ》したみたいに黒くなっている。

入り口とは別に窓が一つ開いていて、ここから木に生《な》ったマンゴーの実に手が届くという合理的な設計だった。

日本だと、フルーツキャップを被せて綺麗な箱に詰めれば一個三千円はしそうな立派な実だが、ここでは取り放題だ。ルチアが嬉々として捥《も》ぎ取った実は、フィンがナイフで器用に皮を剥《む》いて切り分けてくれた。

とたんに鼻腔《びこう》へ届いた芳醇《ほうじゅん》な香りに自然と笑みが零れる。しかし、そんなルチアが続けるのは、楽しい話では決してなかった。

「兄の死の報せを受けた衝撃で、もともと私の出産で体調を崩していた母の心臓まで止まりました。私は同じ日に、母と兄の両方を失うことになったんです」

その日、前リーデント国王は、側妃と二人の王子を連れて森へ狩りをしに出かけていた。

正妃と側妃の関係は案外良好で、母親違いの王子達も実の兄弟のように仲が良かったという。

ところが目的地に辿り着く直前で一行を乗せた馬車が暴走して横転。車窓から外に投げ出された第一王子が亡くなった。

一方で、第二王子は無事だった。同乗していた彼の母である側妃が身を挺《てい》して庇ったからだ。

これが後に、大きな物議を醸《かも》すことになった。

「大方、自分が産んだ第二王子だけ守って、正妃が産んだ第一王子の方は見殺しにした、とでも世

りました」

「ご明察です。上の兄が亡くなったことで、必然的に王位継承権は下の兄に移りましたから、余計に。それどころか、最初から王太子を謀殺するつもりで馬車に乗せたんじゃないかと疑う者までおりました」

「実際、その可能性はまったくないと言えたのか？」

「そもそも馬車が暴走したのは、手綱《たづな》の操作を誤ったからなんです。その時の御者《ぎょしゃ》が側妃の息のかかった者ならば可能性はあったかもしれませんが——手綱《たづな》を握っていたのは、父ですもの」

つまりは、前リーデント国王の不注意により馬車は暴走し、その結果、第一王子が亡くなったのだ。責められるとしたら、それは事故を起こした前リーデント国王だろう。

側妃はむしろ、一人でも王子を守ったことを称賛されてしかるべき。それなのに、生き残った母子に世間の目は冷たかった。

正妃と第一王子を失ったショックで前リーデント国王まで心を病《や》んでしまい、第二王子は早々に立太子して玉座を譲られることになる。だが、当初は大臣達ばかりか侍女や侍従までもが陰口を叩いた。

「きっと、兄上様は針の筵《むしろ》に座らされているも同然の心地だったと思います。幸い、優秀な側近の助けで立派に国王を務められ、今では国民の多くが賢王と讃《たた》えるようになりましたが……」

兄王の苦労に思いを馳せつつ浮かない顔でそう告げたルチアの口元に、切り分けられたマンゴーの実が差し出される。皮を剥《む》いて手が果汁塗《まみ》れになったついでだと、フィンが手ずから食べさせてくれるらしい。

常識的に考えれば、出会ったばかりの異性にしてもらうことではない。さしものルチアも照れくさいのだが……

「いいから口を開けろ。王女殿下は他人に世話されることくらい慣れているだろう？」

「さすがに、食べ物を口まで運んでもらったのはほんの幼い頃だけです」

「なら、幼い子供に戻ったつもりで食べさせられていればいい。どうせこの島に来たばかりの今のお前は、右も左も分からない幼子と変わらん」

「……いただきます」

フィンに敢《あ》え無《な》く論破され、ルチアはしぶしぶ従う。

ところが、口に含んだ瞬間広がったマンゴーの濃厚な甘味に、彼女の頬は意思に反してふにゃりと綻《ほころ》んだ。

それに満足げな顔をしたフィンが問う。

「腹違いの兄上に対して随分と肯定的なんだな。それに、結果的には同腹の兄上を庇わなかった側妃にも思うところはないのか？」

「上の兄の記憶はまったくありませんから、正直な話、私にとって兄上様は下の兄だけですもの。王太后様だって、上の兄を庇わなかったんじゃなくて、状況的に庇えなかったんです」

ルチアの二人の兄達は、もともと正反対の性格をしていたという。

あの事故の際も、第二王子が大人しく座席に着いていたのに対し、活発な第一王子はいくら側妃が注意しようとも言うことを聞かず、窓から身を乗り出していたらしい。

後に、前リーデント国王と共に御者台《ぎょしゃだい》に座っていた侍従がそう証言したおかげで、側妃を批難する声もだんだんと収まっていった。

ただし、どうあっても現国王フランク・リーデントを認めたくない輩《やから》もいたのだ。

その筆頭が、正妃を輩出したレンブラント公爵家の当主――ルチアにとっては大叔父《おおおじ》に当たる人物と、ルチアの母の乳姉妹であり亡くなった第一王子とルチアの乳母《うば》を務めた人物だった。

レンブラント公爵家は、ルチアの親友ジュリエッタの生家であるアマルド公爵家と並ぶ、リーデント王国の名家中の名家である。

一族の血を引いた王子が国王となる夢を断たれたレンブラント公爵は、代わりに立ったフランクをひどく妬《ねた》んでいた。

また、息子も同然だった第一王子を失い、それによって実の妹のように可愛がっていた正妃まで亡くした乳母《うば》の悲しみは凄まじく、その感情は怨嗟《えんさ》となってフランクとその母に向けられたのだ。

そして、ルチアはそんなレンブラント公爵と乳母《うば》の恨み言を子守唄代わりにして育った。

そこまで聞いたフィンが、マンゴーの果汁に塗《まみ》れたナイフを布で拭《ぬぐ》いつつ、感心したように言う。

「その環境にあって、よくお前は兄上や王太后を恨まずにいられたものだな」

今更ながら、曲がりなりにも一国の王女として生を享《う》けたルチアは、これまで〝お前〟なんて呼ばれ方をしたことがなかった。

ただし、一般人だった前世の記憶があるおかげで、フィンの物言いに戸惑うことも、ましてや気分を害することもない。

レンブラント公爵や乳母《うば》に関してもそうだった。

フランクとその母への恨み言を散々聞かされて育ったのだから、普通だったらルチアもそれに多大な影響を受けて兄達を恨んでもおかしくなかっただろう。同腹の兄や生母の仇《かたき》、と強い憎悪を植え付けられていたかもしれない。

けれども、赤子の時点で前世の記憶があり、精神年齢はすでに成人に達していたのが幸いした。

「大叔父《おおおじ》や乳母《うば》の話と、周囲の話とを冷静に聞き比べてみれば、どちらが間違ったことを言っているのかは明白でしたもの。理不尽な恨みや憎しみを向けられる兄上様と王太后様は、本当にお気の毒でした」

それでも結局、訳あって兄王フランクの謀殺計画に加担したから、ルチアはこうして流刑となった。

ただ、毒杯を渡したとはいっても、フランクはそもそもそれに口を付けていないので無事だ。

奇《く》しくも当時、国王の護衛に当たっていて謀略を暴いた国軍少将オリバー・レンブラントは、レンブラント公爵の孫でありルチアの婚約者だった。

その後、婚約は解消されたので、ルチアの存在が国王を救った英雄である彼の出世を妨《さまた》げることはないだろう。

首謀者であるレンブラント公爵は、計画が露呈した時点で国外逃亡を図ったようだが、すぐに捕まり、ルチアと同等かそれ以上の重い罰が下されたはずだ。彼の最終目標は、フランクを殺してルチアを女王に押し上げることだった。

そして、レンブラント公爵と結託して暗躍していた乳母《うば》は、ルチアが拘束《こうそく》されたと知って早々に毒を呷《あお》ったと聞いている。

何にしろ、赤子の頃からルチアの耳元に代わる代わる呪詛《じゅそ》を吹き付けていた彼らは、もう側にいない。

王女としての地位も名誉も財産も何もかもを失ったが、その代わりにルチアは今世で初めて自由を得たのだ。

「薄情だと思われるかもしれませんが、記憶にない母や兄が恋しかったことなんて一度もありませんでした。それなのに、周囲はこぞって私を薄幸の王女に仕立て上げ、可哀想だと哀れむばかり」

流刑に処されたのは、ルチアにとってはある意味計画通りだった。

もともと国王謀殺が未遂で終わったことと、王族は死刑にならないという慣例から、国外追放が妥当だろうと考えていたのだ。

十八年間王女をしてきた身ではあるが、一般人として生きた前世の記憶があるおかげで、ルチアはどこに追いやられてもやっていけそうな自信があった。

「他人に哀れまれたまま人生を終えるなんて真っ平ご免ですよ。私は、可哀想なんかじゃない。そのことを証明するためにも、この島で生きられるだけ生きるつもりなんです」

それには、今目の前にいるフィンの助けが必要だ。

そう確信したルチアは彼に向き直り、畏《かしこ》まって告げる。

「どうぞ、よしなに」

「いいだろう。お前の命、俺が預かった」

フィンは力強く即答した。

ルチアの生い立ちを聞かされても、彼の表情には哀れみの色など一切浮かんでいない。

おかげで、ルチアは少しだけ清々《すがすが》しい気持ちになった。

第二章　流刑地一日目深夜から、二日目にかけて

「……何かしら？」

夜も更《ふ》けた頃のことだ。

ミシ、ミシ、と建物が軋《きし》む音で、ルチアは目を覚ました。

ツリーハウスの隅にはハンモックの寝床が一つあって、彼女はその上で横になっている。

今世ではもちろん、前世でだってハンモックで眠った経験はなかったのだが、疲れていたのか寝心地の善し悪しを確かめる間もなく眠ってしまったようだ。

ルチアにハンモックを譲ったフィンの方は、籐《とう》を編んだ敷物の上に直接寝転がっている。

夜のジャングルの光源は、空に輝く月だけだ。

ただし今宵《こよい》は新月間近のため、月の光は到底灯りの代わりにはならず、ルチアの目の前もほぼ真っ暗だった。

ミシ、ミシ、という音はいまだに聞こえている。

慣れないハンモックの上で何とかバランスをとりつつ上体を起こしたルチアは、目を凝《こ》らして辺りを見回した。

「……っ!!」

直後、上げそうになった悲鳴を必死に呑み込む。

風通しを良くするために開けっ放しにしている窓。その向こうから、爛々《らんらん》と輝く大きな目が二つ、ツリーハウスの中をじっと覗き込んでいたのだ。

その目がゆっくりと瞬《しばた》いてルチアを捉えた瞬間、まるで金縛りにあったかのように全身が動かなくなる。

辛うじて自由が利く口を動かし、呑み込んだばかりの悲鳴を上げようとした、その時だった。

「――落ち着け、大丈夫だ。あれが襲ってくることはない」

そう耳元に囁《ささや》く声と共にぐっと肩を抱かれ、ルチアはびくりと身体を震わせる。

いつの間にか起き上がっていたフィンが、自分の身体を盾にして、窓の向こうの目からルチアを隠した。

フィンの陰に庇われたルチアは、自分の身体の硬直が解けていることに気付き、おそるおそる彼の肩越しに窓の方を見た。

大きな二つの目はぱちくりぱちくりとしきりに瞬《しばた》きながら、いまだツリーハウスの中を覗き込んでいるが、フィンの言う通り襲ってくるような気配はない。

やがて、眺めていることに飽きたのか、二つの目が消え、代わりに何やら極太の注連縄《しめなわ》みたいなものが窓を覆《おお》った。

ツリーハウスがミシミシと音を立てているのは、それが周囲に巻き付いているせいらしい。

よくよく目を凝《こ》らすと、淡く白く発光するその表面にびっしりと鱗《うろこ》が生《は》えているのが見えて、ルチアははっとした。

「もしかして、あれ……蛇、ですか？」

「ああ、そうだ。この島に人間が住み着くずっと前から生息していた大蛇だ——いや、大蛇だったもの、と言った方がいいか」

フィンにしては歯切れの悪い言い方に、ルチアは首を傾げる。

そうこうしている間に、ずっと響いていたミシミシという音が、ふいに止まった。

「……どうやら、ここを離れたようだな」

「えっ？　本当に何もしてこないまま？」

窓の方を注視するフィンの肩越しに身を乗り出そうとした拍子に、ルチアはバランスを崩してハンモックから転げ落ちそうになる。しかし、すかさずフィンに抱き留められて事なきを得た。彼はルチアを抱いたまま窓辺に寄る。

フィンにしがみついたルチアは、おそるおそる窓から外を見遣った。

新月間近の闇の中、ほんのりと白く光る長い長い身体をくねらせて、それはジャングルの奥へと静かに消えていく。

完全にその姿が見えなくなると、ルチアは知らず知らず詰めていた息を吐き出す。

フィンが宥《なだ》めるように彼女の背をぽんぽんと叩いてから口を開いた。

「あれは、かつてこの島を支配した大蛇だ。しかしその肉体はとうの昔に滅び、今のあれはさまよう霊体でしかない」

「霊体って……つまり、あれは大蛇の幽霊ということですか？」

生まれ変わったこの世界と、前世の世界は、異なる世界にあるとルチアは考えている。そのどちらにおいても、彼女はこれまで幽霊なんて摩訶不思議《まかふしぎ》な存在と出会ったことがなかった。

それなのに、いきなりＵＭＡめいた大蛇に遭遇したかと思ったら、それは幽霊であるというのだ。

「あの通り基本的には無害だが、遭遇して気持ちのいいものではあるまい。夜のジャングルにはよほどのことがない限り足を踏み入れないことをお勧めする」

フィンはそう告げると、窓から離れてさっきまで寝転がっていた場所まで戻った。

かと思ったら、ルチアを抱いたまま器用にハンモックに上がって横になってしまう。

ルチアはフィンの隣に転がされ、気が付けば彼の左の脇の下にすっぽりと収まっていた。

「あの……添い寝をしていただくような年ではないんですが……」

「言っただろう。今のお前は幼子と変わらんと。随分驚いたみたいだな。心臓がバクバク言っている」

「心臓……私の？」

「あれがここに現れる可能性があることを、あらかじめ話しておくべきだったな。すまなかった」

フィンに言われて、ルチアは自分の心臓が早鐘を打っていることを自覚する。何事も客観的に見過ぎる弊害《へいがい》か、彼女は自分の感情に対する認識に疎《うと》かった。

フィンの大きな掌《てのひら》が、ルチアの鼓動を宥《なだ》めるようにゆっくりと背中を撫でてくれる。

彼のそんなところ――前世で言うパーソナルスペースの狭さに戸惑わないわけでもない。

けれども、意外にも自分以外の人間の体温が側にあることにほっとした。十八年間過ごした祖国を放逐《ほうちく》されて、心細いという気持ちがどこかにあったのかもしれない。

されるがままの彼女の髪を手櫛《てぐし》で梳《す》きながら、フィンが再び口を開いた。

「ヴォアラ島はな、かつては本当に無人島だったらしい。大陸から送られてきた流刑者はすぐにあの大蛇の腹に収まっていたからだ。この島はあれの巣であり狩り場――そして、流刑者を送る者達にとっては手っ取り早い処刑場だった」

寝物語にしては随分殺伐とした話題だ。

けれども、自身も流刑者であるルチアにとっては決して無関係な話ではない。時代が時代なら、彼女もあの大蛇の餌になっていたのだから。

大蛇のことを、人は〝ヴォアラ〟と呼ぶらしい。

ヴォアラが支配していたからこの島がヴォアラ島と名付けられたのか、それともヴォアラ島に住む大蛇だからヴォアラと呼ばれるようになったのかは定かではないという。

相変わらずルチアの髪を手慰《てなぐさ》みにするみたいに指先で梳《す》きつつ、フィンは話を続ける。

「転機が訪れたのは、三百年ほど前のことだ。この島に初めて、流刑者の一人が住み着いた。――それが、俺の先祖だ」

「つまり、あなたのご先祖様はヴォアラに食べられずに済んだってことですよね？　戦ったんですか？」

ヴォアラの巣であり狩り場でもある場所で生き残れたということは、もしかしてフィンの先祖は大蛇に勝ったのだろうか。

ルチアがわくわくしてそう問うと、フィンは呆れた顔をして「そんなわけがないだろう」とあっさり否定した。

「あんな大蛇にちっぽけな人間が一人で立ち向かって勝てると思うか？　やつの死因は自然死らしい。あんなにでかくなるまでの間、どれほどの長い年月を生きてきたのかは知らないが、おそらく寿命だったんだろうな」

フィンの先祖は、ある意味強運の持ち主だったと言えよう。

彼がヴォアラ島に到着する直前にヴォアラは寿命を迎えたようで、フィンの先祖は食い殺されずに済んだばかりか、その遺骸でもって飢えを凌《しの》ぐことができたのだ。

「ということは、あなたのご先祖様は大蛇を口にしたってことですよね？」

「まあ、そうなるな」

「幽霊になったら、もう食材にはできないんでしょうか？」

「……は？」

ルチアの質問は予想外だったのだろう。フィンは青い目をまん丸にして腕の中の彼女を見る。

「……あれに遭遇して、食えるか否《いな》かを問題にしたのはお前が初めてだぞ」

「あら、蛇の肉を食用にしている民族は少なくないですよ？　下手物《げてもの》に分類されるほどではないと思いますけれど」

「お前が見た目にそぐわないことばかり言うものだから、違和感が凄まじいんだが」

「人を見かけで判断するなんて愚の骨頂です」

ルチアはツンとしてそう返しつつも、一方ではフィンの言葉に同意する気持ちもあった。

とかく、今世の彼女の器はよくできていて、精巧な人形のように可憐だった。

別に自惚《うぬぼ》れているわけではなく、客観的な印象である。なまじ前世の人格が残り過ぎているために、ルチアにとって今世の身体はどうしても借り物めいて思えるのだ。

銀色の髪や薄青色の瞳といった、周囲に儚《はかな》げな印象を与える色素の薄いパーツは、亡き母から受け継いだものらしい。母は見た目を裏切らぬ物静かな性格で、その命まで儚《はかな》く散らしてしまったが、ルチアに彼女の二の舞を演じるつもりは毛頭ない。

何なら、母譲りの恵まれた見た目を利用して、強《したた》かに生きてやろうという気概さえあった。

「ああ、やっぱりさっきの子、幽霊にしておくのは勿体《もったい》ないです。あの大きさで実体でしたら、しばらく食糧の心配をしなくて済みますのに」

「お前……本気であれを食ってもいいと思っているのか？」

すかさず頷いたルチアに、フィンは何とも言えない顔をする。

そんな彼に、実は蛇料理を食べた経験があると告げれば、いったいどんな反応をするものか。

ただしそれは前世の話で、蛇は蛇でもウミヘビを調理した沖縄のイラブー汁のこと。琉球王国では国賓《こくひん》を持て成すのにも使われたという立派な宮廷料理だ。

鱗《うろこ》が付いたまま燻製《くんせい》されて黒くなった胴体が、ぶつ切りで放り込まれたスープを思い出していたルチアは、どういう表情をしていたのだろうか。

フィンは初めて可哀想なものを見るような目をすると、彼女の頭をよしよしと撫でながら言った。

「明日、集落に戻ったら存分に美味《うま》いものを食わせてやるからな」

＊＊＊＊＊＊

朝は、何ごともなくやってきた。

大蛇ヴォアラの幽霊が再びツリーハウスに現れることもなく、ルチアはハンモックの上で穏やかに目を覚ます。

開けっ放しの窓からは、朝日がハンモックの真下まで差し込んでいて、ツリーハウスの中の気温も夜に比べてぐっと上がっている。

汗で首筋に貼り付いた髪を掻き上げつつ寝返りをうったルチアは、ここでやっと、昨夜一緒に眠ったはずの存在がいなくなっていることに気付いた。

「……フィン？」

急に不安になり慌てて上体を起こすも、敢《あ》え無《な》くバランスを崩して床に転がり落ちてしまう。

「……っ、いたた……」

ドタンッと盛大な音が響いた割には、下に敷いた籐《とう》の敷物のおかげか、ハンモックの高さがそれほどでもなかったおかげか、肉体的ダメージは少ない。

一方で、自身の運動神経のなさを自覚して、精神的には多大なダメージを負った。

思い返せば生まれてこの方、ルチアは碌《ろく》に走った経験もない。

アウトドア派だった前世と比べ、王女という型にはめられた今世の、なんと窮屈だったことか。

籐《とう》の敷物の上に投げ出された両の足は生《なま》っ白《ちろ》く、転んだ拍子にぶつけたのか右の肘がヒリヒリする。そんな自身の軟弱な姿にルチアがため息を吐いていると、バタンと大きな音を立てて扉が開いた。

「――おい、すごい音がしたが何があった？　大丈夫か⁉」

そう言って、ツリーハウスの中に飛び込んできたのはフィンだ。

彼はそのまま、ペタンと床の上に座り込んでいるルチアの側に駆け寄り片膝をつく。

そんな彼の顔を見上げ、ルチアは今度は安堵《あんど》のため息を吐いた。

「眠っている間に置いていかれてしまったのかと思いました……」

「今朝になって置いていくくらいなら、最初から拾ってこないさ。なんだ、俺がいないことに慌ててハンモックから落ちたのか？」

「黙っていなくなるからいけないんです。だから、私がドジを踏んだのもあなたのせいです」

「それは失礼をした、王女殿下。どうか、お許しを……肘は、軽い打身といったところか。まあ、大事がないようで重畳《ちょうじょう》」

ルチアの八つ当たりを軽く受け流しつつ、彼女の右肘を検分してフィンもほっと息を吐く。

彼はどうやらジャングルで朝食を物色してきたらしく、小脇に抱えた籐《とう》の籠には何かの実がいっぱいに詰まっていた。

そのうちの幾つかは、昨日ルチアが彼の背中に負ぶわれながら口にしたヘビノメだ。

小振りなそれらに交ざって、ちょうどルチアの拳《こぶし》ほどの大きさの丸い実もある。

フィンが赤黒くて固い鱗《うろこ》状の表皮を剥《む》くと、中には乳白色《にゅうはくしょく》をした弾力のある果肉が詰まっていた。香り豊かで濃厚な甘味とほどよい酸味があり、ルチアが前世で口にしたことのあるライチとそっくりだ。

しかし、フィンがそれを〝ヘビノキモ〟と呼んだため、ルチアはうんざりとした表情になる。

「また蛇にちなんだ名前……もしかして、果物達の名前の由来になってる蛇って、昨夜見たあの大蛇の幽霊ですか？」

「だろうな。大陸からやってきた俺の先祖にとって、この島で自生する植物はどれもこれも未知のものだったから、最も存在感のあったヴォアラにちなんで適当に名前を付けたんだろう」

「蜜と目と肝は平気なのに、血だけ猛毒だなんてややこしい。せめて、食べられるものとそうでないものをはっきり区別できる名前にすべきです」

「その意見はもっともだが、先祖も生き残るのに必死で細かい気遣いはできなかったんじゃないか。大目に見てやってくれ」

不平を並べつつもきっちり果実を腹に収めたルチアに苦笑しながら、フィンが差し出してきたのは彼女の黒いパンプスだった。

昨日海水に浸《つ》かった上に砂浜を歩いたことで砂塗《まみ》れになっていたのを、ツリーハウスの袂《たもと》に流れる小川で濯《すす》いで一晩乾かしていたのだ。

靴擦《くつず》れを起こしていたルチアの踵《かかと》も、ツリーハウスの備蓄品を用いてフィンが手当てをした。

彼が巻いてくれた布がクッションになって、今日は自力で歩けそうだ。

ようやくツリーハウスから下り、小川で顔を洗ってすっきりとしたルチアの頭に、フィンはこちらも備蓄品らしいつばの広い麦わら帽子を載せて言う。

「日が上《のぼ》り切って暑くなる前に集落へ着きたい。そろそろ出発するぞ」

こうして、ルチアの流刑地二日目は、ジャングルのまっただ中から始まった。

濃密な緑に支配された世界を、フィンの後に付いてひたすら進む。

早朝の日差しは昼間のそれよりも幾分優しい。昨日頭から被っていたシャツはフィンに返したが、つばの広い帽子のおかげで肌を焼かれる感覚はなかった。

「集落に住んでいるのは、ヴォアラが死んだ後でこの島に送られてきて生き残った流刑者の子孫なんですか？」

「大半はそうだ。しかし近年も稀《まれ》に、新たに流れてきた者が集落に加わることがある。お前のようにな」

「私が言うのもなんですが……よそ者を簡単に受け入れていいんですか？　流されてくるのは罪人なのに？」

「自分が受け入れてもらえるか、心配しているのか？」

育ち過ぎて自重に耐えられなくなったのか、大きなシダの葉が地面に倒れ込んで道を塞いでいた。

それを端に除《ど》けて道を作りつつ、フィンが続ける。

「ここに送られてくるのは基本的に政治犯だ。中には明らかに冤罪《えんざい》の者や嵌《は》められて失脚した者もいる。島の人間に害をなすような凶悪犯は、ここには来ないさ」

「私は冤罪《えんざい》でも嵌《は》められたわけでもない――毒杯と知りながら兄上様にそれを差し出した正真正銘の罪人です。それでも、受け入れてもらえるのでしょうか？」

ルチアがそう呟いたとたん、フィンは立ち止まって振り返り、彼女をじっと見つめた。

そして、どうにも腑《ふ》に落ちないんだが、と口を開く。

「昨日聞いた話では、お前はもともと兄上を疎《うと》んじていたわけではなく、むしろ好意的だった。それなのに、いったいどうして大叔父《おおおじ》や乳母《うば》の謀略に乗って兄上を手にかけようとする事態になったんだ？」

道案内役が立ち止まってしまうと前には進めない。必然的にルチアも足を止め、彼の質問に答えることになった。

「大叔父《おおおじ》と乳母《うば》は当初、兄上様に毒杯を渡す役目を、一族の妾腹の侍女に負わせようとしていました。兄上様の殺害が失敗しても成功しても、彼女が全ての罪を被って断罪されるという算段で」

「……なるほど、その侍女は体《てい》のいい捨て駒か」

苦虫を噛み潰したような顔をするフィンに、ルチアは肩を竦めて頷く。

一族の中で立場の弱かった侍女は、レンブラント公爵の理不尽な命令に背《そむ》く勇気もない様子だった。ただ、レンブラント公爵や乳母《うば》にとっては捨て駒でしかなくても、ルチアは件《くだん》の侍女を気に入っていた。幼馴染《おさななじみ》のジュリエッタと会う時はいつも笑顔で給仕についてくれて、時には一緒にお茶を飲むこともあったのだ。

死刑が廃止されたのは罪人が特権階級の場合に限ったことで、後ろ盾のない侍女が国王謀殺を企《たくら》んだとなれば弁明の余地もなく処刑という可能性もあり、ルチアは到底黙っていられなかった。

それに、侍女が用意した杯には兄王が好む赤ワインが入っていたのに対し、ルチアが差し出した杯に入っていたのは彼が苦手なスパークリングワインだった。

さらには、最初から毒を仕込んだワインボトルを持たされていた侍女とは違い、ルチアは第三者の視線――その時、兄王の護衛についていた自《みずか》らの婚約者オリバーの視線があるのを確認してから、杯に直接毒を入れている。

正義感の強いオリバーは必ずやルチアの凶行を阻止してくれると信じていたし、実際彼がそうしたことで兄王が毒杯を受け取ることもなかったのだ。

「つまりお前は、兄上が絶対に口を付けないと確信した上で、毒杯を差し出したということか？」

「当然です。兄上様が死んでしまっては、元も子もありませんもの。あの方は、リーデント王国になくてはならない方です」

ルチアがあっけらかんと言ってのけるとフィンはますます訝《いぶか》しげな顔になり、彼女の両肩をぐっと掴んで詰め寄った。

「何故だ。ただ、大叔父《おおおじ》と乳母《うば》の企《たくら》みを告発するだけでよかったんじゃないのか。どうしてわざわざ、自《みずか》ら罪人になるような真似をしたんだ」

フィンと同じことを、兄王も思ったのだろう。彼も今のフィンのようにルチアの肩を強く掴んで、どうしてこんなことを、と泣きそうな顔をして叫んでいた。

その時は「女王になってみたかったんです」なんて嘯《うそぶ》いたものの、祖国から遠く離れた今となっては、わざわざ誤魔化す必要もない。

ルチアは苦笑を浮かべて言った。

「私という罪悪感の象徴から、いい加減、兄上様を解放して差し上げたかったんです」

生まれてすぐに母も兄も亡くしたルチアを哀れんだのは世間の人々だけではなく、運良く事故から生還した兄王フランクも同じだった。

レンブラント公爵や乳母《うば》が良い顔をしなかったため、それほど濃密に接する機会があったわけではないが、彼はルチアをたった一人の妹として大切にしてくれたのだ。

一方で、事故の際に腹違いの兄を救えなかったこと、そのせいで正妃も亡くなってしまったこと——その結果、ルチアが生母の顔も同腹の兄の顔も知らないという事実に、兄王フランクはずっと罪悪感を抱いていた。

「本当なら上の兄がリーデント国王になっていたのに。どうしてあの事故で死んだのが、自分じゃなくて彼だったのか。生き残ったのが上の兄なら王妃は死なず、妹も彼らに囲まれて幸せに暮らしていたんじゃないか——兄上様は、私を見る度《たび》に後悔に苛《さいな》まれていらっしゃいました」

そんな優しくて繊細な兄王フランクが気の毒で、そして愛《いと》しくてならなかった。

だからルチアは、薄幸の王女に対する哀れみよりも、実の妹にまで命を狙われる孤独な賢王に同情する世間の声が大きくなるように、自《みずか》らが罪人に成り下がった末にリーデント王国から消えようと考えた。

その結果――いや成果が、今回の流刑だったのだ。

ルチアとしては思った通りにことが運んだと言える。計画は大成功だと胸を張りたい気分だった。

しかし、フィンは何故か難しい顔をしたまま、唸《うな》るみたいに言った。

「本来の下手人となるはずだった侍女は、自分が庇われたことを分かっているはずだ。それなのに、名乗り出てお前を擁護《ようご》しなかったのか」

「彼女はやっと大叔父《おおおじ》からもレンブラント家からも解放されたんです。余計なことは言わなくていいんですよ」

「兄上も兄上だ。お前が茶番を演じていることを見抜けなかったはずはあるまい。それなのに、何故流刑の執行を止められなかったのか」

「私は、多くの人の目がある場面で現行犯として捕まりました。いくら本気で兄上様を害する気がなかったとしても、実際に毒杯を差し出している時点でどうあっても罪は免《まぬが》れません。兄上様が刑の執行を止める理由は、何もないんです」

ルチアが淡々と答えれば答えるほど、フィンの表情は険しくなっていく。

彼みたいな第三者の目には、ルチアの行動は独り善がりで、彼女が流刑者となることを止められなかった祖国の面々はさぞ薄情に見えるのだろう。

今やフィンの手は、ルチアの肩を痛くなるほどの力で掴んでいた。

「最も納得できないのは、婚約者とやらの所業だ。そいつは何故、周囲にそうと分からないようにお前の行動を阻止しなかった。公認の仲ならば、国王の前でもお前に話しかけることができただろう」

「彼も、とっさのことで気が動転したんじゃないでしょうか。おかげで私が悪役だと周囲に知らしめられたので好都合でした」

「そもそも婚約者は黒幕である大叔父《おおおじ》の孫だと言ったな？　大叔父《おおおじ》がよからぬことを企《たくら》んでいると、そいつがまったく知らなかったというのか？」

「彼が兄上様に心酔しているのは有名でしたからね。大叔父《おおおじ》も、彼を仲間に引き入れるのは諦めていました。兄上様が亡くなりさえすれば、私にだけ忠誠心を向けるようになるだろうと考えていたようです」

ルチアの婚約者オリバーは、白い肌に金色の髪と緑色の瞳をした――まさに、前世で言うところの白馬に乗った王子様のイメージそのままな好青年だった。

前世の意識を引き摺《ず》るルチアにとって婚約も他人事のようだったが、彼個人に関しては人間的に気に入っていた。彼が兄王の優秀さを正しく理解し、深く尊敬しているのを知っていたのだ。

だからこそルチアは、事件後早々に婚約を解消されたことに傷付くどころか、自分の存在がオリバーの今後の出世を妨《さまた》げる心配がなくなったことにほっとした。

彼には、自分のことなど早く忘れて、別の女性と幸せになってほしいと願ってさえいる。

ルチアの全ての行動は、元はといえば何もかも自分のためにやったことなのだ。

兄王を罪悪感から解放してやりたいと言ったが、ルチアの方も自分の存在が彼の負い目となっているという罪悪感から解放されたかった。

十八年間過ごした祖国に二度と戻れないことや、確かに血を分けた兄であるフランクとの永遠の別れに何も感じないと言えば嘘になる。

しかし、お互いの心の平穏を得るためには、これがベストだったのだ。

兄王も最終的にはその結論に至ったから、ルチアをこうして新天地へと送り出したのだと、彼女は思っている。

しかし、フィンはそうではないらしい。

彼は険しい顔をしたままルチアの前に腰を落とし、帽子のつばに隠れていた彼女の顔を見上げて口を開いた。

「兄上や婚約者が――リーデント王国がお前を捨てるというのなら、俺がもらう」

「え……？」

フィンは一方的に宣言すると、がばりとルチアを抱き上げて歩き出す。

彼女にペースを合わせていた時とは一転、脚の長さを活かしてずんずんと大股で進んでいく。

高速で後ろへ流れていく景色に目が回りそうになったルチアは、とっさに目の前の首筋に両腕を回してしがみついた。

自然と間近で向かい合うことになったフィンの瞳に真っ直ぐ見つめられ、ドキリと胸が高鳴る。

今世を客観的に見過ぎるあまり自分の感情に疎《うと》かった彼女でも、この時一瞬、自分がフィンの強い瞳に魅《み》せられたことを自覚した。

「百日が過ぎても、この島で確実に生き残れる方法を教えてやろうか？」

「え？　は、はい……」

ジュリエッタの持ってきた『無人島で百日間生き残る方法』のタイトルを踏まえて言われているのはすぐに分かった。ルチアが勢いに押されるように頷くと、フィンはにやりと唇の端を吊り上げて続ける。

「俺の伴侶となることだ」

「はあ……はん、りょ……伴侶!?」

唐突な話にルチアが面食らった、その時だった。

突然、一面の緑に覆《おお》われていた視界がぱっと開ける。

そうして目に飛び込んできた光景に、ルチアは思わずあっと声を上げていた。

「ここは……」

未開のジャングルの先は、急な下り坂になっていた。

擂《す》り鉢《ばち》状に凹《へこ》んだ盆地の中央には湖沼《こしょう》が見え、その周囲には区画された田畑が広がっており、それを世話する人々の姿もある。

一方、対面には凸凹《でこぼこ》した岩石の地層がそびえ立ち、クリーム色の岩肌を削って住居が作られていた。それはまるで……

（洞窟ホテルみたい——）

そんな感想を抱いたルチアの頭の中で、唐突に、カチリと音を立ててパズルのピースが嵌《は》まるような感覚があった。

とたん、一気に甦《よみがえ》ってきたのは、これまで曖昧《あいまい》だった前世の最期の記憶——

（そうだ、私……洞窟ホテルに泊まる予定だったんだ……カッパドキアの……）

彼女はその時、親日国としても有名なトルコ共和国を目指していた。

アジアとヨーロッパの中間——東西世界が出会うエキゾチックなかの国には、世界遺産にも登録された遺跡が数多く存在する。中でも不思議な形の岩が連なるカッパドキアは、それを利用したホテルが魅力の一大観光スポットである。

そんな異国の神秘的で優雅な空間に憧れて、前世のルチアは一週間の休みを取って飛行機に乗ったのだ。きっかけは他にもあったような気がするが、あいにく今は思い出せない。

飛行機の隣の席には、旅の相棒である幼馴染《おさななじみ》が座っていた。

空の旅の途中、突然機体が大きく揺れ出し乱気流に巻き込まれたことを悟ったが、為《な》す術《すべ》もなかった。あちらこちらから悲鳴が上がり、手荷物が飛び交う中で、前世のルチアがとっさに握ったのは幼馴染《おさななじみ》の手。

震えながらも強く握り返してくれた彼女の手に、意識が暗転するその時まで——自《みず》らが絶命する瞬間まで必死に縋《すが》った。

そんな感覚が、当時感じた恐怖まで引き連れてまざまざと甦《よみがえ》ってくる。

この時、前世の幼馴染《おさななじみ》の手の温《ぬく》もりと共に、数日前の別れの際に握り合ったジュリエッタの手の温《ぬく》もりを思い出したのは何故だろうか。どちらも離し難かったという共通点はあるにしろ、不思議なことだ。

とにかく、ルチアの頭の中は混乱し、心臓がバクバクと激しく打っていた。

しかしフィンは、目の前の光景を凝視して口を閉ざした彼女が、今まさに前世の幕引きの瞬間に意識を飛ばしているなんて知る由《よし》もない。

彼はルチアの震える身体をしかと両手で抱き直し、その耳元に彼女の今世の新たな幕開けを宣言した。

「ようこそ、流刑者の集落へ。――俺が、ここの現在の長《おさ》だ」

第三章　流刑地二日目、午後

ジャングルを抜けるとすぐ、植物の蔓《つる》が絡み付いて緑のトンネルみたいになったスロープがあった。フィンによれば、これこそが昨夜幽霊となってルチア達の前に現れたあの大蛇ヴォアラの遺骨だという。

長身の彼が立って歩いても天井となっている背骨までまだ距離があるのだから、かの大蛇が如何《いか》に巨大でとんでもない怪物であったのかがよく分かった。

ヴォアラは最期、水を飲もうとしていたのか、長い胴の骨は盆地の中央にある湖沼《こしょう》の縁《ふち》まで伸び、頭蓋骨はその畔《ほとり》に立つ大木の側にまるで守り神のように鎮座《ちんざ》している。

周囲に広がる田畑では、フィン同様シンプルなシャツとズボン、革でできたサンダルを履《は》いた男達が手桶で水やりをしていた。

フィンよりも幾らか年嵩《としかさ》で働き盛りの年齢に見える彼らは、ヴォアラの遺骨のスロープから現れた二人に気付いて作業の手を止めたが、無闇に声をかけてくる様子はない。

フィンも彼らの前を素通りし、ヴォアラの頭蓋骨が寄り添う大木——その木蔭《こかげ》に置かれた安楽椅子の前へとルチアを連れていった。

安楽椅子には、高齢の女性がゆったりと背もたれに身体を預けて座っている。

「彼女がこの集落の最長老――最初に挨拶《あいさつ》すべき相手だ」

フィンはそうこっそりルチアに耳打ちしてから、老婆に話しかけた。

「おばあ、ただいま」

「おや……フィンかい、お帰り。浜はどうだったね？」

「浜は相変わらずだったよ。でも、掛人《かかりゅうど》を一人連れて帰ってきた」

「そうかいそうかい……どぉれ、新しい子。よく顔を見せておくれ」

ヴォアラ島の人々がそのまま〝島人《しまびと》〟というのに対し、〝掛人《かかりゅうど》〟とはルチアのようにヴォアラ島に送られてきたばかりの流刑者を指す呼び名らしい。しばらくは島人《しまびと》の助けがないと生きていけないので、基本は居候《いそうろう》や食客《しょっかく》扱いになるとのことだ。

集落の長《おさ》の役目にはそんな掛人《かかりゅうど》の保護も含まれているため、フィンは島に流れ着いた者がいないかどうか、数日おきにあの砂浜まで足を運ぶのだとか。

ちょうどその見回りの日時にヴォアラ島に到着し、早々にフィンに拾われた昨日のルチアは相当運がいいと言える。そうでなければ、数日は一人ぼっちでサバイバル生活をしなければならないところだった。

安楽椅子に座ったまま手招きする老婆に応え、ルチアは帽子を脱いで彼女の前に腰を落とす。

すると、老婆の手がゆっくりと伸びてきて、幼子を慈《いつく》しむみたいにルチアの頭を撫でてくれた。

それによって思い起こされたのは、前世の祖母の優しい手だ。今世においては、父方の祖父母はすでに亡く、母方の祖父母もレンブラント公爵に頭が上がらなくてほとんどルチアに関わることがなかった。

「初めまして、奥様。ルチアと申します。海の向こうから参りました」

懐かしさを覚えながらルチアがにっこりとして挨拶《あいさつ》をすると、老婆も皺《しわ》くちゃの顔をさらに皺《しわ》だらけにして笑顔を作る。それから、ルチアの頬を両手でそっと包み込み、殊更《ことさら》優しい声で言った。

「こんな遠いところまでよく来たねぇ。わしのことはおばあちゃんと呼んでおくれ」

「はい、おばあさま」

「可愛い子だねぇ、フィン。大事にしてておあげ」

「分かったよ、おばあ」

ルチアに帽子を被せ直した老婆が、彼女の手を取ってフィンに預ける。

その直後、ルチアはフィンがこの老婆を最初に挨拶《あいさつ》すべき相手と言った意味を知ることとなった。

「うわぁあ！　やったなあ、フィン！　女の子じゃないかっ!!」

「随分若いなあ。年は幾つだい？」

「歓迎会！　歓迎会をしようっ!!」

それまでルチア達を遠巻きにしていた人々が、わあっと寄ってきて一斉に話しかけ始めたのだ。

いきなり大勢に囲まれて面食らうルチアを庇いつつ、フィンは呆れた顔をして口を開く。

「みんな、落ち着いてくれ。彼女は島の環境にも気候にも慣れないまま、昨夜はジャングルで過ごしたんだ。ひとまず休ませ、歓迎会は夕食を兼ねて夜に執《と》り行おう」

フィンはこの集落の長《おさ》だというが、あくまで集団のまとめ役といった立ち位置で、島人《しまびと》の中で優位に立っているという雰囲気ではなかった。

島の外から来た余所者《よそもの》に最初に話しかけるのは、長《おさ》であるフィンを除けば最長老の老婆でなければならず、彼女に認められてようやく仲間入りすることを許されるらしい。

まずは年上の者を立てる、前世で日本人だったルチアにはある意味馴染《なじ》み深い年功序列社会のようだ。

「基本、おばあは来る者拒まずだ。ただ、島人《しまびと》の四半は彼女の血族だから印象を良くしておくに越したことはない」

「心得ました」

フィンの耳打ちにルチアはこくこくと頷く。長いものに巻かれるのは、前世でも今世でも得意だった。

「なあ、新入りのお嬢さん。どこの国の生まれだい？」

周囲を取り囲んだ人々の中から、そんな質問が飛ぶ。

リーデント王国です、とルチアが答えた、その時だった。

「――リーデント!?　ちょ、ちょちょ、ちょっと！　それ本当なのっ!?」

突然、人垣の向こうから素《す》っ頓狂《とんきょう》な男の声が上がる。

続いて、ガンガンと何やら固いものを打ち鳴らすような音が響き、その場にいた人々が一斉に音の出所を振り返った。

人垣が割れて声の主の姿がルチアの視界にも入る。

亜麻色《あまいろ》の髪をした若い男が、クリーム色の岩肌の窓から上半身を乗り出して、左手に持った大きなフライパンを右手に握ったフライ返しでガンガン叩いていた。

そのけたたましい音に、フィンが眉を顰《ひそ》める。

「うるさいぞ、マルクス」

「フィン、お願いだよ！　僕にその子を紹介してっ!!」

「言われなくても、後で全員に紹介する」

「それ絶対？　絶対だよね!?」

マルクスと呼ばれた男は、その後もフィンに何度も念を押して、くどいと一喝されていた。

言動は女々《めめ》しいが、がたいは大きく、案外凛々《りり》しい顔つきをしている。

マルクスはコックということなので、彼の腕の立派な筋肉は重いフライパンを振り続けた結果付いたものだろうか。

そもそも彼がフライパンとフライ返し持参で窓から顔を出したのは、集落中の人々に昼食ができたことを知らせるためだったそうだ。

ヴォアラ島には現在、百九十九人が生活しているという。

その内訳は、十八歳未満の未成年が六十九人、十八歳から六十四歳が百二十人、六十五歳以上が十人。

ルチアが加わることでちょうど二百人になる島人《しまびと》は、この島の生態系トップに君臨していた、かの大蛇が死んだ三百年前以降にやってきた流刑者とその末裔《まつえい》だ。

流刑になるまで何不自由ない生活を送っていた彼らの祖先にとって、未開の地での毎日は苦難の連続だっただろうが、ヴォアラ島に自生する果実などの豊かな食糧と温暖な気候が救いとなった。

また、多種多様な国々から流刑者が集まり混血が進んだことも、この島に人間が根付けた所以《ゆえん》である。異なる血族の間に生まれた子供は遺伝的多様性を持ち、これにより環境の変化に適応して生き残る可能性が高まったのだ。

外見的特徴は、ルチアが見慣れた祖国の人々と大差はない。

というのも、大陸に住まう人間の大半は同一の民族を起源としており、元々大陸出身の祖先を持つ現在のヴォアラ島の人々とリーデント王国の人々とは人種的に大きな違いがないからだ。

島には流通貨幣は存在せず、基本的には衣食住全てを共有する。労働は全島人《しまびと》の義務であり、一つの大きな家族のように助け合って暮らしているとか。

朝食は各自でとるが、昼食と夕食はマルクスのようなコックが用意するため、おおよそ二百人が一堂に会するらしい。

みんなー、ごはんだよーと、フライパンをガンガン叩いて昼食を知らせるマルクスの声が、周囲の岩肌に反響して辺り一面に広がっていく。すると、あちらこちらから島人《しまびと》が現れ、マルクスが身を乗り出した窓の隣の扉にぞろぞろと列をなして向かい始めた。

「フィンもそっちの子も、ご飯食べるでしょ？　ああでも、リーデントの子が来るって知ってたら、急いでメニューを変更したのにっ！」

マルクスが何故リーデント王国にこだわるのかはともかくとして、ルチアのことは歓迎してくれているようだ。

その好意に甘えてさっそく相伴《しょうばん》に与《あずか》りたいのは山々だが、昨日散々潮風に吹かれた髪が軋《きし》んでいるルチアは、そのまま食卓に着くのが少々憚《はばか》られる。

すると、昼食に向かうべく迎えに来た孫の手を借りて安楽椅子から立ち上がったおばあが、ルチアの銀髪を撫でつつフィンを呼んだ。

「先に風呂に入れておあげ。せっかくの綺麗な髪が潮で傷《いた》んでしまっては可哀想よ」

「分かった、おばあ。そういうわけだから、マルクス。俺と彼女は後で食うから、先に昼食を始めていてくれ」

「りょーかい！　じゃあ、また後でね。僕のお姫様！」

「お前のじゃない」

フィンはおばあの言葉に二つ返事で頷き、マルクス相手には呆れた顔を見せる。

おばあに礼を言ってから、フィンに促《うなが》されて食堂の入り口とは別の扉へ歩き始めたルチアは、窓より顔を出して昼食の献立を発表するマルクスを見ながら首を傾げた。

「あの方は、どうしてあんなにリーデント王国にこだわっているんですか？」

「マルクスはひいひいじいさんが流刑者でな。何でも、王権争いに敗れて失脚したリーデント王国の王子だったそうだ」

「年代的に、私の高祖父のご兄弟でしょうか。マルクスさんと私は遠い親戚ということになりますね」

「そうなるな」

ルチアが一般教養として教わった歴史によれば、百年程前まではあちこちの国々で外戦や内戦が相次ぎ、大陸中が混沌《こんとん》としていたという。リーデント王国も例に漏《も》れず、玉座をかけて王族が兄弟間で対立することも少なくなかった。マルクスの高祖父は、そんな時代の当事者なのだろう。

「島の娘と結婚し、大勢の子供と孫に恵まれて百歳まで生きたが、死の間際まで祖国に帰りたがっていたらしい。一族の間ではひいひいじいさんの王子時代の話が語り継がれていて、マルクスは小さい時からリーデント王国に憧れていたみたいだ」

四角くくり抜いた岩肌に、木の扉が取り付けられている。それを潜《くぐ》ると、中はまるで迷路のようだった。両側の壁も天井も床も、全てクリーム色をした岩だ。

ルチアはそっと壁に手を触れ、凝灰岩《ぎょうかいがん》ならカッパドキアの洞窟住居と一緒だなと思いながら、前を歩くフィンの背中に問いかける。

「私や、マルクスさんのひいひいおじいさまのような流刑者本人はともかくとして、ここに来て代を重ねた子孫の方達は、島を出て別の場所に移住したりしないんですか？」

それこそ、マルクスがリーデント王国に憧れているというならば、大陸を目指して船を漕《こ》ぎ出してもいいものなのに。

しかし、フィンは無理だと言う。何故、とルチアが問いを重ねると、彼は淡々と事実を告げた。

「一度ヴォアラ島に入った人間は、一部の例外を除いて島の外に――厳密に言えば沖に出ることができない」

「えっと……それは、海流の影響で不可能とか、そういう意味ですか？」

ルチアの質問に、フィンは緩く首を横に振り、実に恐ろしい言葉を口にした。

「死んで三百年経った今でも、この島はヴォアラの縄張りなんだ。やつにしてみれば、ここに入った人間は全て自分の餌という認識になる」

「え、餌……？　でも、今はもう幽霊だから、捕食しないんですよね？」

「食えようが食えまいが、やつは一度自分のものだと認識した生き物を逃したくない。その結果、もしこの島の領海から沖へ出ようとすれば波が起こって浜に戻されるか、最悪船を引っくり返されて溺れ死ぬことになる」

「ええー……」

一度懐《ふところ》に入れた者は手放したくないし、無理矢理逃げようとするなら殺す――なんて、どんなヤンデレキャラだ。ヴォアラの執着に引きつつ、ルチアはふと気になったことを尋ねる。

「では、一部の例外というのは？」

ヴォアラによって餌認定されてしまった人間は、二度と生きてヴォアラ島を出ることができないが、フィンは〝一部の例外を除いて〟と前置きをしていた。

裏を返せば、その一部の例外はヴォアラ島からの脱出が可能だということではなかろうか。

いったいそれは誰だと問うルチアに、立ち止まったフィンが振り返って答えた。

「この島に最初に住み着いた人間の血族――つまり、俺の一族だ」

＊＊＊＊＊＊＊

風呂は、洞窟の地下に設《もう》けられていた。

脱衣所の手前で男女に分かれるシステムは、日本の銭湯を彷彿《ほうふつ》とさせる。

さすがに女湯の扉を潜《くぐ》ることができないフィンは、ルチアを一人で風呂に入らせていいものかと随分迷っていた。

彼にとってルチアは、リーデント王国の箱入り王女という認識しかないのだから、当然と言えば当然だろう。王侯貴族の入浴には世話係が付くのが常識で、実際ルチアも今世では生まれてこの方一人きりで風呂に入ったことがなかった。

「リーデントの入浴事情には詳しくないが、おそらくはここの湯の方が断然温度が高いはず。あまり長湯をするんじゃないぞ」

「ええ、ええ、分かっております。大丈夫ですよ」

「……やっぱり昼食が終わるのを待って、おばあに一緒に入ってもらった方がいいんじゃないか？」

「大丈夫ですってば。行って参ります」

ルチアには前世の記憶という強い味方がある。

心配そうなフィンを振り切って、彼女はさっさと女湯の扉を潜《くぐ》った。

集落の人間は全員自由に利用できるというだけあって、洗い場も湯船も広大である。

ルチアが前世の最期に向かっていたトルコではハマムと呼ばれる公衆浴場が有名だが、それは湯に浸《つ》かるよりもサウナが主流であった。ここの風呂は古代ローマ帝国で発展したテルマエに近い。

リーデント王国では、バスタブに湯を張ってリネンのお風呂着を纏《まと》ったままの入浴だった。

猫足のバスタブは可愛いばかりで足を伸ばすのがやっとの大きさだったし、香油や花弁を散らした優雅な湯より、果実を丸ごとゴロゴロ浮かべた冬至《とうじ》の柚子《ゆず》湯の方がルチアは恋しい。

ちょうど昼食時ということもあって、脱衣場にも洗い場にも人っ子一人いなかった。

貸し切り状態の大浴場にテンションが上がったルチアは、鼻歌まじりに身体と髪を洗うと、意気《いき》揚々《ようよう》と湯船に飛び込む。

地下から温泉が湧いているらしく、湯船の湯は源泉掛け流しで、常に清潔さと温度が保たれているという。

熱めの湯加減に、ルチアの口から「あー、極楽極楽」なんて言葉が漏《も》れた、その時だった。

「――ここの湯が気に入ったか？」

「うえっ……!?」

突然、聞こえてきた女の声に、誰もいないと思い込んでいたルチアはびくっと身体を震わせる。

慌てて辺りを見回すと、白い湯煙の向こうに声の主であろう人影を見つけた。

貸し切りだと勘違いして一人はしゃぐ姿を目撃されていたことが、顔から火が出るほど恥ずかしい。とはいえ、まずは新参者である自分から挨拶《あいさつ》するのが筋だろう、とルチアは平静を装《よそお》って口を開いた。

「初めまして、私は……」

ところがルチアの声は、相手が湯の中で立ち上がったザバリという音に掻き消されてしまう。

そのままザブザブと湯を掻き分けて、こちらに近づいてくる気配がする。

大浴場は地下にあるため窓がなく、湯気《ゆげ》が充満して視界は良好とは言い難かった。

そんな中、ついに湯煙の向こうから現れた相手の全貌に、ルチアの口から自然と言葉が零れる。

「め、女神様……」

真っ白い陶器めいた肌に薄紅を引いたみたいに色が載っているのは湯に浸《つ》かっていたせいだろう。

緩く波打つ蜂蜜色の髪は濡れ、肉感的な身体の線を強調するようにゆったりと肌に貼り付いている。

気怠《けだる》げな目元もぽってりとした唇も艶《あで》やかで、繊細な指先で髪を耳にかける仕草までもが魅惑的。

一片も恥じるところはなしとばかりに堂々と裸体を晒《さら》した彼女は、それはそれは美しい人だった。

畏怖《いふ》すら覚える美を目にして、ルチアは思わず顔の前で両手を合わせて「なんまんだー」と呟く。

それを見た暫定女神様は、赤い唇を弓なりにして、ふふ、と妖艶《ようえん》に微笑んだ。

「そなた、新入りだな。フィンが連れて帰ったか。苦しゅうない、名を名乗れ」

「は、はい……あの、リーデント王国から参りました、ルチアと申します」

「ほう、リーデントとは……遠路遥々《はるばる》よくぞ参った」

「恐れ入ります」

とてつもなく偉そうな物言いだが、それを不満に感じさせない圧倒的な存在感に、ルチアはその場に平伏したい心地になる。

相手はその後、カミーユと名乗った。暫定女神様は女神ではなく、ちゃんと人間の女性だったようだ。

さらには、自《みず》らもルチア同様に流刑者としてヴォアラ島に送られた元王女で、その祖国がロートランド王国であるという。それを聞いた瞬間、ルチアは彼女の事情を察した。

ロートランド王国はリーデント王国より少し南に位置する国で、現在はロートランド連邦国と称している。今から二十五年前にクーデターが起こって王政が崩壊したのだ。

退位を間近に控えていた国王と王妃は自害し、軍と民衆によって島流しにされた王太女が、カミーユだった。

「このような海の果てまでは祖国の噂《うわさ》も届かぬ。そなた、ロートランドの現状を知っておるか？」

君主となるべく育てられながら即位直前で放逐《ほうちく》された悲劇の王女に同情を覚えつつ、ルチアはカミーユの貫禄に納得する。彼女は女神様ではなく、女王様だった。

女王様からの問いかけに、ルチアは畏《かしこ》まってありのままを答える。

「ロートランドでは軍と民衆が対立し、もう何年も内戦状態が続いていると聞いております。最近では隣接するマーチェス皇国が武器を流して民衆を煽動《せんどう》している、とも……」

「ふふ、愚かなこと。じきに、国ごとマーチェスに呑まれるだろう」

ちなみにマーチェス皇国は、ルチアの親友ジュリエッタが嫁《とつ》いだ国でもある。

カミーユはこれから祖国が辿るであろう末路を笑い飛ばし、ルチアと並んで湯船に浸《つ》かり直した。

彼女はおそらくルチアの両親や乳母《うば》と同年代。それなのにずっと若く見えるのは、もしかしたらこの温泉の効能だろうか。

ルチアはそんなことを考え、両手に掬《すく》った湯をまじまじと見つめる。

するとカミーユが、そういえば、とまるで世間話をするような軽い調子でとんでもないことを言い始めた。

「そなた、昨夜はフィンと契《ちぎ》ったのか？」

「――はい？」

ぎょっとして顔を上げたルチアをじろじろと眺め、予想が外れていたことを悟ったらしいカミーユは、とたんに詰まらなそうに唇を尖らせる。

「なんだ、せっかくの据え膳に、フィンは手を出さなかったのか」

「あの……据え膳というのは、もしかして私のことでしょうか？」

「当然だろう。右も左も分からぬ密林の中、昨夜そなたが頼れたのはフィン一人だったはず。そんな状況で二人きりで一夜を明かしておいて何もしないなんて、あやつはとんだ意気地なしだな」

「ふぇえ……」

辛辣《しんらつ》なカミーユの言い草にたじたじとしつつ、ルチアはフィンの振る舞いを思い返してみた。

昨夜、彼しか頼る者がいなかったのは事実で、もしもツリーハウスの中で関係を迫られていれば、断ることは難しかったかもしれない。

けれども、パーソナルスペースは狭いものの、フィンは不埒《ふらち》な真似は一切しなかったし、ルチアにとって彼の背中は頼もしいばかりだった。

ルチアがそう告げると、カミーユは嘲笑《ちょうしょう》のようなものを浮かべて宙を睨んだ。

「随分と紳士的な振る舞いをするものだ。あれの父親など、出会ったその日のうちに私を手篭《てご》めにしたというのに……」

「えっ……!?」

突然の激白に、ルチアはぎょっとして隣のカミーユを見上げる。

そうして、彼女の蜂蜜色の髪と青空みたいな瞳の色の組み合わせに、強い既視感を覚えた。圧倒的に整った顔立ちにも、脱衣場の扉の前まで一緒にいた相手の面影《おもかげ》が濃く宿っている。

ルチアは口をパクパク開閉してから、なんとか声を絞り出した。

「もしかして……フィンのお母様でいらっしゃいますか？」

「いかにも。フィンは私が産んだ守人《もりびと》よ。そして——次代の守人《もりびと》を産むのは、そなただ」

予言めいたカミーユの言葉に、ルチアは口を噤《つぐ》んだ。

守人《もりびと》というのはヴォアラ島に最初に住み着いた人間の血族、つまりフィンの一族のみを差す呼び名だと聞いている。

彼らだけが例外的に島の出入りが可能なのは、始祖となった男女が共に、死んで間もないヴォアラを食らったためだ。長い長い年月を生きた大蛇は神仙に近い存在に進化しており、その血肉を取り込んだ人間は眷属《けんぞく》として認識されるようになっていた。

ヴォアラの眷属《けんぞく》の血は脈々と受け継がれ、それはフィンの身体にも流れている。

そんなフィンは、ジャングルの中を歩いている最中ルチアに、百日が過ぎてもこの島で確実に生き残れる方法は自分の伴侶となることだと告げた。

いくら成人して久しい前世の記憶を持っていようとも、肉体はまだ十八の小娘だ。ルチアがヴァアラ島の不慣れな環境で生きていくにあたり、フィンみたいに屈強かつ社会的地位の高い人物の後見はありがたい。

一方で、フィンの方にもルチアを必要とする理由があった。

ヴァアラ島での生活は基本的に自給自足だが、月に一度程度は守人《もりびと》が近くの島に出かけて物々交換を行い、ここでは手に入らない物品を得るらしい。

それを継続するためには、島への出入りが可能な守人《もりびと》の血を絶やすわけにはいかず、フィンには何としても子供を作らねばならないという事情があった。

「そなたも王族に生まれたのならば、政略結婚にさほど抵抗はないだろう。幸い、母親の贔屓目《ひいきめ》を除いても、フィンはなかなかに良い男だぞ。世が世なら、いずれロートランドの王になっていたのだ。豪奢《ごうしゃ》な椅子の上でふんぞり返って澄ました顔をしているだけの若造に嫁《とつ》ぐよりは、ずっと有意義な人生を送れると保証しよう」

先ほど意気地なしと扱《こ》き下ろしたのが一変、突然始まった女王様による息子のプレゼンテーション。

ルチアはそれに内心たじたじとなりつつ、「はい」「ええ」「さようでございますか」と差し障りのない返事を繰り返す。

前世の最期にルチアが向かっていたトルコ——その前身であるオスマン帝国において、公衆浴場ハマムは身体を洗浄する目的に加えて社交場としても活用されていたと聞く。女性達は昼日中から集団でハマムに出向き、裸の付き合いをした上で息子の嫁探しをすることもあったとか。

そんなことを考えながらカミーユの話に相槌《あいづち》を打っていたルチアには、大きな誤算があった。

突然目眩《めまい》に襲われ、身体が傾《かし》ぐ。

「あ、あれ……？」

前世を過ごした日本が温泉大国だったため、ルチアは湯に長時間浸《つ》かることに抵抗がなかった。

とはいえ、彼女が引き継いでいるのはあくまで精神だけで、肉体は今世で生まれた深窓の王女そのもの。

リーデント王国では侍女が猫足のバスタブに張った温《ぬる》い湯にしか浸《つ》かったことのない身体が、源泉掛け流しで一向に冷めない湯や、湯煙が充満した熱い浴室に慣れているはずがなかった。

このように、ルチアはしばしば精神と肉体のスペックに差があることを忘れてしまう。

その結果何が起こるのかは、火を見るよりも明らかだった。

「ふわ……」

「おや、これはいけない。のぼせてしまったか」

湯に顔面から突っ伏しそうになったところ、横から伸びてきたすべらかな腕に抱き留められる。

ルチアの意識は、そこでぷっつりと途絶えた。

第四章　流刑地二日目、夜

「う、うーん……」

何かに頬をしきりに撫でられているのを感じながら、ルチアの意識は浮上する。

湿っている上にザラザラとしたその感触は、とてもじゃないが心地いいとは言い難く、ルチアは逃《のが》れようと右へ左へ顔を背《そむ》けた。

すると、今度はふにっとした感触の何かに右の頬を押さえられ、動けなくなったところでまた鼻の頭をザラザラと撫でられる。

仰向けに寝かされているらしいルチアの胸の上には、ずっしりとした重みもあった。

そんな状況ではさすがに目を覚まさずにはおれず、薄目を開けたルチアが自分の胸の上に乗っている相手を戦々恐々《せんせんきょうきょう》とした面持ちで見た——その、次の瞬間。

「……っ！」

彼女の両瞼がカッと開き、薄青色の瞳がみるみるうちに滲《にじ》み始める。

風呂でのぼせて倒れたのだという自覚はあった。居合わせたカミーユか誰かがルチアをここまで運んで寝かせてくれたのだろう。額《ひたい》の上には、冷えた濡れタオルも載せられている。

本当なら、濡れた身体を拭いて服を着せてくれた相手に礼を言わなければとか、誰かにあられもない姿を見られたかもしれないなんて恥ずかしいとか、いろいろ思うことがあるはずなのだ。だが、今まさに目の前に鎮座《ちんざ》する存在に比べれば、どれもこれも些細《ささい》なことだった。

左右の目尻から零れた涙を拭《ぬぐ》いもせず、ルチアは仰向けに寝転んだまま震える両手を上げる。

「ミ、ミッチー……？」

「なぁーん」

ルチアの胸の上に我が物顔で座っていたのは、一匹の若い猫だった。

彼女の右頬を押さえているのはその前足で、ふにっとした実にけしからん感触は肉球のそれである。

湿ったザラザラは、もちろん猫の舌だ。

ルチアは震える両手で、丸まった背中を恐る恐る撫でる。

人懐っこい猫はそれを嫌がる素振りもなく、彼女の鼻先でにゃーと愛らしく鳴いた。

「ミッチー、ミッチーだっ……!!」

ついにルチアの両目から、ぶわわっと涙が溢れ出す。

何を隠そう、前世の彼女はお猫様の奴隷《どれい》だった。ボスは、サバトラの雌猫。

実家住まいだった彼女は、母に渡す食費と趣味の旅行費以外は給料のほとんどを愛猫に貢いでいた。ちなみにミッチーの本名は〝道真公《みちざねこう》〟という大変立派なものである。猫が前世のルチアの大学受験直前にやってきたこともあり、学問の神様で知られる菅原《すがわらの》道真から名前を拝借したのだ。

今、ルチアの胸の上に乗っているのは灰色ベースの被毛に黒い縞模様《しまもよう》の猫で、その姿はミッチーに瓜二つだった。

「ミッチー、会いたかった……!!」

前世に関しては、自分の名前も幼馴染《おさななじみ》の名前もさっぱりなのに、飼い猫の名前とその由来だけは鮮明に覚えているのだから、ルチアのミッチーに対する愛の深さが推し量《はか》れるだろう。

しかも、彼女が今世で猫と出会えたのはこれが初めてだったのだ。

というのも、大陸で猫といえば、前世でいう豹《ひょう》やジャガーくらいの大きさの動物を指し、彼らは獰猛《どうもう》で愛玩《あいがん》するのに向いていない。赤子の頃から育てればあるいは、と思って過去に一度だけ強請《ねだ》ってみたことがあったのだが、ルチアには格別に甘かった兄王もこればかりは頷いてくれなかった。

幼少期は人に懐くが、成獣になると気性が荒くなり屈強な軍人でも手に負えなくなるらしい。

そういうわけで、今世では猫との戯《たわむ》れをすっかり諦めていたルチアの前に、そのサバトラは突然現れた。

心の準備もないまま推しと対面したことにより、許容量を超えた喜びだとか感動だとかの、全部が全部涙となって彼女の両目から溢れ出す。

両手で顔を覆《おお》ったルチアが声を上げてわんわん泣いていたところ、それを聞きつけて部屋に飛び込んできたのはフィンだった。

「――どうした!?」

彼の目には、ベッドに仰向けになって泣きじゃくるルチアと、その胸の上にデデンと乗っかってちょっかいをかける悪戯《いたずら》猫、という構図に見えたのだろう。

フィンは抱えていた水差しを扉近くのテーブルに置くと、ベッドに駆け寄ってきて猫の首根っこを掴んだ。

「にゃーん」

「ああああっ！　ミッチー!!」

「……〝ミッチー〟？」

猫が遠ざかったとたん、愛《いと》しのミッチーを取り上げられたと思ったルチアはパニックに陥《おちい》る。

フィンは訝《いぶか》しげな顔をしたものの、ルチアが猫を怖がって泣いていたわけではないとすぐに察したらしい。

彼はルチアを抱き起こし、その腕の中に猫をぽとんと落とした。

「ううう っ、うっうっうっ……」

「泣くほど猫が好きなのか……いや、それより大丈夫か？　気分が悪かったり、頭が痛かったりは？　目眩《めまい》はないか？」

「ミッチーが尊《とうと》過ぎて死ぬ」

「いや、本気で大丈夫なのか!?」

この後、フィンに背中を撫でられ宥《なだ》めすかされ、冷たい水を一杯飲んで、やっとルチアは人心地ついた。

そうしてようやく、自分が寝かされていた部屋の中を見回す。

昨夜泊まったツリーハウスよりいくらか広く、天井も床も四方の壁も、全てクリーム色の剥《む》き出しの岩である。

フィンが入ってきた扉とベッド横の壁を四角くくり抜いて嵌《は》めた窓枠は木製で、窓は外開きになっていた。

前世で宿泊を予定していたものの結局叶わなかった、カッパドキアの洞窟ホテルを彷彿《ほうふつ》とさせる。

ただし、装飾らしい装飾はなく、家具もルチアが寝かされていたベッドと、フィンが水差しを置いたテーブルがあるだけで、がらんとしていた。

聞けばここはフィンの私室で、ルチアが寝かされていたのも彼のベッドらしい。

「それで、私はどれくらい意識を失っていたんでしょうか」

「だいたい一時間だろうか。まったく……風呂に入る前に、湯の温度が高いから気を付けるようにと注意しただろう」

眉間に深々と皺《しわ》を刻んだフィンの顔を見て、説教が始まる気配を察知したルチアは、素早く話題を変える。

「そもそも長湯になってしまったのは、女王様の身の上話と売り込みを長々と聞かされていたせいなんですけど」

「女王様？」

「カミーユ様のことです」

「ああ、母か。お前を湯から拾い上げて身体を拭いたのは彼女だからな。服を着せて髪を乾かしたのは別の者だが……ところで、売り込みって何のことだ？」

ルチアは白い木綿《もめん》のマキシワンピースを着せられており、その下にはちゃんと下着も着けていた。

自分に服を着せて髪を乾かしてくれたのがいったい誰なのか非常に気になるところだが、ひとまずはカミーユとのやりとりについて語る。

「ご自分はヴォアラ島に来たその日のうちに手篭《てご》めにされたけれど、据え膳にも手を出さなかったフィンは紳士的で、母親の贔屓目《ひいきめ》を除いてもいい男だ、と」

「は!?　どうやったら、初対面でいきなりそんな話題になるんだ!?」

困惑を露《あらわ》にする彼に、ルチアは畳みかける。

「女王様は、私に次代の守人《もりびと》を産むようにとおっしゃいました。それって、あなたも含めた集落全体の総意なんでしょうか？」

それを聞いたフィンは一瞬息を呑んだ。

かと思ったら、蜂蜜色の髪を片手でがしがし掻き乱しつつ、唸《うな》るような声で言う。

「守人《もりびと》に跡取りが必要なのは本当だ。極力血の遠い相手が望ましく、島の外から来て結婚適齢期なお前がそれに合致すると思っているのも事実だ」

「それでは、私を手篭《てご》めになさいますか？　ご自分のお父様がお母様になさったように？」

「――しない。それによって一生の後悔を背負う羽目になった父を見て育ったんだ。父の二の舞はご免だし、お前の尊厳を踏みにじるつもりもない」

「そうですか。それを聞いて安心しました」

その言葉通り、ルチアはひとまずほっとする。

カミーユは有無を言わさぬ雰囲気だったが、フィン本人はルチアの意思を無視して早急に事を進めるつもりはないらしいと分かったからだ。

リーデント王国で王女をやっている時は、政略結婚もまた王族の務めと覚悟していたが、その地位を返上した以上は責任からも解放されたい。

そんなことを考えながら、腕の中に大人しく収まる猫の丸い背中を撫でていたルチアに、フィンが声を低くして問うた。

「まさかと思うが、元婚約者に操《みさお》を立てているわけではあるまいな？」

「え……？」

元婚約者の存在を持ち出されたのは、ルチアにとっては予想外のことだ。とたんに、強欲なレンブラント公爵の孫とは思えぬほど清廉《せいれん》としていた青年の姿が思い起こされる。

ルチアがオリバーと婚約したのは昨年のことだ。

五つ年上の彼は国軍少将に昇級して兄王の側付きとなり、ルチアのもとにも比較的自由に通えるようになった。それでも彼女のことを〝殿下〟と呼んで、決して臣下の姿勢を崩そうとはしなかったのだ。

そんな彼の実直さを好ましく思う一方で、あまりの堅苦しさに息が詰まりそうになったルチアは問うたことがある。

『オリバー様は、いつになったら私のことを名前で呼んでくださるの？』

すると、オリバーはその場に平伏しそうな勢いでこう答えたのだった。

『お許しください、殿下。軽々《かるがる》しく殿下の御名《みな》を口にするなど畏《おそ》れ多いことでございます。殿下はリーデント王国の至宝──私にとっては至高の存在であらせられます。そんな殿下の婚約者の座に上《のぼ》れたなんて……今でもまだ夢のように思えてなりません』

この時、自分がオリバーの中で美化され過ぎていることに、ルチアは少なからず戦《おのの》いた。

母親譲りのビスクドールみたいな器に入っているのが、ずっと年嵩《としかさ》で所帯染みた女の人格だと知られれば、きっと彼を失望させてしまうだろう。

円満な結婚生活を送るためには、外見に釣り合うような慎《つつ》ましい女を一生演じ続けねばならないのかと、愕然《がくぜん》としたものだ。

オリバーのことは嫌いではなかったし、リーデント王国の王女である限りは彼との結婚を厭《いと》うつもりもなかった。

しかし、あくまで婚約はレンブラント公爵が勝手に決めたことで、ルチアがオリバー個人に執着を覚えたことはないのだ。ましてや王女の立場を返上した今では彼に操《みさお》を立てる義理などない。

「元婚約者に対し、未練は？」

だから、畳みかけるみたいに問いかけてきたフィンに、ルチアは即座に首を横に振って答えた。

「一切ございません。そもそも、彼とは手を握るどころか二人きりになったことさえ碌《ろく》になくて、未練を覚えるほど親しくありませんでしたもの」

「もし……その男が迎えにきたら、どうする？」

「万が一にもありえませんよ。兄上様を守って英雄となった彼には、これから良い縁談がたくさん寄せられるでしょうから、私のことなどきっとすぐに忘れてしまいます。私はただ、彼が良い方に巡り会って幸せになることを願うばかりです」

「……そうか」

ルチアのさっぱりとした様子に、フィンがやっと表情を和《やわ》らげた。

そんな時、ルチアはふと視線を感じて首を巡らせる。

すると、フィンが開けっ放しにしていた木の扉の向こうから、金色の瞳が覗いているのが見えた。

ルチアの視線の先に気付いたフィンが、扉の方を振り返って手招きをする。

「ノア、遠慮しなくていいぞ。入ってこい」

ノアと呼ばれた金色の瞳の持ち主は、十歳くらいの小さな男の子だった。

緩くカールした髪は黒く、大きな目はやや吊り上がっていて、まるで黒猫のような印象を受ける。

ルチアが抱いている猫は、九ヶ月ほど前に生まれた四兄弟の末っ子で、ノアが世話係を務めているらしい。

ところが、今日は餌の時間になってもこのサバトラ一匹だけ姿が見えず、心配したノアが探していたところでフィンと遭遇。その直後、ルチアの泣き声が聞こえてきたため、気になって部屋まで付いて来たそうだ。

「あなた……ミッチーじゃないのね……」

いくら見た目がそっくりであっても、サバトラはルチアの〝ミッチー〟であるはずがなかった。

また、世話係が迎えに来たとあっては猫を返さねばなるまい。

現実を突き付けられたルチアは名残惜《なごりお》しげにもう一度猫を撫でてから、その両脇を持ち上げて、はい、とノアに差し出した。

「あなたの猫を勝手にお借りしてしまってごめんなさいね。あの……でも、もしよかったら、またこの子と遊んでいいかしら？」

「別に、僕の猫じゃないから好きにしたらいいんじゃない」

もじもじしながらお願いするルチアに、ノアの答えは随分と素っ気ないものだった。

さらに彼は、大きな猫目石のような目でルチアを見上げ続ける。

「そいつのこと、気に入ったの？　だったら、あなたが飼えばいいよ」

ノアはそれだけ言うと、猫を受け取らずに踵《きびす》を返した。

え？　え？　と猫とフィンと顔を見合わせた後、ルチアは慌ててノアの小さな背に声をかける。

「ま、待って！　あの、えっと……そうだ、名前！　この子は何て呼んだらいい？」

するとノアは扉の前で振り返り、やはりひどく淡々とした様子で答えた。

「ずっと面倒を見るつもりじゃなかったし、最初から名前は付けていない。あなたの猫になったんだから、あなたが呼びたいように呼べばいい」

「え……？」

こうしてルチアは、流刑地生活二日目にして早くも扶養家族を持つことになった。

＊＊＊＊＊＊

空に一番星が輝く頃、ルチアの歓迎会が始まった。

会場は、洞窟住居の中に設《もう》けられた食堂……ではなく野外である。

というのも、建物としての強度を保つために壁を多く残した結果、食堂は小分けに間仕切りされた全室個室風にできており、住民全員が顔を合わせて食卓を囲むことが困難であったからだ。

野外会場の上座《かみざ》は、大蛇ヴォアラの頭蓋骨が鎮座《ちんざ》する大木の袂《たもと》。藁《わら》を積んだ上に厚手の布をかけて拵《こしら》えられたソファには、集落の最長老であるおばあと共にカミーユが陣取っていた。

年功序列でトップな前者に対し、後者はまさしく生まれながらのヒエラルキートップといったところか。

女王となるべく育てられたがゆえの堂々とした立ち振る舞いのせいか、はたまた守人《もりびと》の跡取りを産んだという功績のおかげか、女王然としたカミーユの態度を集落は許容しているようだ。

今宵《こよい》の歓迎会の主役であるルチアは彼女達と共に上座《かみざ》に座らされ、挨拶《あいさつ》に来る人々相手にリーデント王国で培《つちか》った愛嬌を振りまく。その膝の上には、昼間に彼女の猫となったサバトラが我が物顔で座っていた。

ここでは、新入りへヴォアラ島に来ることになった経緯を殊更《ことさら》尋ねないのが暗黙の了解らしい。

大陸の流刑地として始まり、流刑者とその子孫ばかりで形成されている集落の不文律が、ルチアの気を楽にしてくれる。

また、ずっと側に寄り添っているフィンの存在も、慣れない場所での精神的負担を軽くしていた。

「全員の顔や名前を慌てて覚えようとしなくていい。限られた人数しかいないんだ。暮らしているうちに嫌でも覚えるだろう」

「はい。……それでも、早急に覚えておくべき方はどなたですか？」

「俺とおばあと母の他には……そうだな、昼間顔を合わせたマルクスだな。あれが現在厨房《ちゅうぼう》の若手の要《かなめ》だから、腹が減った時に声をかければ適当な食い物を提供してもらえる」

「把握しました。マルクスさん、覚えました」

そのマルクスを筆頭に厨房《ちゅうぼう》を取り仕切るコック達が作った数々の料理が、ルチアの目の前にも並んでいる。

鯛《たい》に似た白身魚をヤシの葉で包んで蒸し焼きにしたり、巨大なマングローブ蟹《がに》を茹《ゆ》でてライムを搾《しぼ》ったり、と魚介類中心のそれらに、前世は島国日本で生まれ育ったルチアは親近感を覚えた。

シャコ貝の刺身には、魚のアラや骨を煮詰めて作った魚醤《ぎょしょう》みたいなタレを付けて食べる。なかなか癖のあるこれに初日から口を付ける流刑者は今までいなかったらしく、美味《おい》しいと言ったところフィンにたいそう驚かれた。

彼と出会う前のルチアはヴォアラ島を無人島だと思い込んでいて、過酷で孤独なサバイバル生活を覚悟していたものだ。だというのに、蓋を開けてみれば島では二百人に届く数の人間が文明的な生活を送っていた。

ルチアが最も文明的だと感じたのは、火を熾《おこ》す方法に関してである。

人間の祖先は火を得ることによって他の動物と一線を画《かく》す進化を遂げた。火は、人間にとって欠かせないものだ。

幼馴染《おさななじみ》のジュリエッタに勧められた『無人島で百日間生き残る方法』にも、火の熾《おこ》し方が詳しく載っていたし、それはルチアが小舟でヴォアラ島に上陸してまず挑戦したことでもあった。

砂浜に散乱していた漂流物の中から手頃な小枝と板を確保し、板の破片が動かないように両の膝で押さえて、その中央に垂直に立てた小枝を両手で挟んで擦り合わせる。しばらくすると小枝と板の破片の摩擦部分から煙が立ち始め、そこに枯れ葉を焼《く》べてふうふうと息を吹き付ければ、たちまちめらめらと火が踊り出す――という手はずだった。

ところが結局、ルチアは火熾《おこ》しに失敗した。蝶よ花よと育てられた今世の器は非常に繊細で、小枝と板の破片が摩擦で発火する前に、彼女の掌《てのひら》が限界を迎えたのだ。

その直後、フィンに拾われたからよかったようなものの、危《あや》うく初日から行き詰まるところだった。

そうして連れてこられた流刑者とその子孫の集落では、なんとマッチが使われている。

それはルチアの前世の日常にあった、赤い頭を箱の側面に擦り付けて発火する安全マッチではなく、アメリカの西部劇などでカウボーイがブーツの底で擦《す》って火を付けたりする硫化《りゅうか》りんマッチに近いもののようだ。

件《くだん》のマッチはヴォアラ島が唯一交易している島――火山帯に属し、硫化《りゅうか》りんの元となる硫黄《いおう》が豊富にある島で作られていて、非常に高価なものだという。

その管理は長《おさ》であるフィンに任されており、彼はこの夜、ルチアを集落へ迎え入れる歓迎会のため、貴重な一本を持ち出した。

それを使用して、ジャングルから集落に下りるスロープとなっている大蛇の遺骨の終着点——盆地の中央に位置する湖沼《こしょう》の縁《ふち》に、大きなキャンプファイヤーが組まれたのだ。

明々《あかあか》と燃え上がる炎に照らされた洞窟住居は幻想的だった。

その光景は、前世で訪れることが叶わなかった、カッパドキアの洞窟ホテルをライトアップした写真を思い出させ、ルチアは何やら郷愁《きょうしゅう》にも似た切ない気持ちを覚えてしまう。

そんなルチアの心情に目敏く気づいたのは、隣に陣取っていたカミーユだった。

「これ、宴《うたげ》の主役が辛気《しんき》臭い顔をするものではないよ。せっかくの酒がまずくなる」

その言葉とは裏腹に、美味《うま》そうに酒を呷《あお》る彼女の持つ器がヤシの実を半分に切ったものなのは、いかにも南の島といった感じである。

酒も、ヤシの樹液が自然発酵《はっこう》したものだ。飲んだ経験こそなかったものの、前世でもパームワインやトディと呼ばれる似たようなヤシ酒が存在していた。

白濁していて、乳酸飲料を思わせる甘酸《あまず》っぱい味がする酒で、アルコール度数は低く飲みやすいが、しばらく放っておくと勝手にどんどん発酵《はっこう》が進んで酢に変化してしまうらしい。

つまり、早く飲まねば酒として楽しめなくなるため自然とペースが上がる。よってカミーユも、さらにその向こうに腰かけたおばあも早々に出来上がった。

「フィンに伴侶が見つかって、この集落も安泰だねぇ。わしはもう思い残すことはないよ」

「何を言ってるんだ、おばあ。最低でも、ルチアの産んだ子が立って歩けるようになるまでは元気でいてもらわねば困る。私に孫の面倒が見られるとは思えないからね」

「やれやれ、相変わらず困った子だねえ、カミーユは。孫の世話までこのおばあに丸投げしようって魂胆《こんたん》かね？」

「これまで何人もの子供を育ててきたおばあのことを、純粋に尊敬しているし頼りにしているんだよ」

まるで本当の母娘のように親しげで遠慮のないカミーユとおばあの会話に、ルチアは膝に抱いた猫の背を撫でるだけで口を挟まない。

彼女達が、ルチアがフィンと夫婦になって子を産むと決めつけているのに引っかかりを覚えないわけではないが、ほろ酔い気分のヒエラルキートップ二人の会話に無粋なマジレスをするほど、ルチアは空気の読めない人間ではなかった。

「浮かれたい気持ちは分かりますが、殿下もおばあも少々飲み過ぎではありませんか？」

そんな中、盛り上がる女達の間に勇敢にも切り込んだのは、亜麻色《あまいろ》の髪をした壮年の男性だった。

皺《しわ》のないシャツとズボンをかっちりと着込んだその人は、執事みたいにカミーユの側に寄り添い甲斐甲斐《かいがい》しく世話を焼いている。カミーユを〝殿下〟と呼ぶことからして、おそらくは彼女がロートランド王国から追放される際に付き従ってヴォアラ島にやってきた元侍従か何かなのだろう、とルチアは見当を付けた。

だとすると、出会って早々に大事な主人を手篭《てご》めにしたというフィンの父親を恨んでいてもおかしくないが、見ている限り男性とフィン自身との関係は悪いものではなさそうだ。

そもそも、前の長《おさ》であろうフィンの父親が今現在どこでどうしているのか、生きているのか死んでいるのかさえ、ルチアは知らない。

風呂でのカミーユとの会話から察するに、夫婦関係が良好であるとは思えないので、わざわざ藪《やぶ》をつついて蛇を出すこともないだろうと尋ねるのをやめたのだ。

従者らしき男性の苦言に、カミーユは美しい顔を顰《しか》めて、いかにも不機嫌そうな声でネイサ、と彼の名を呼んだ。

「せっかくいい気分で飲んでいるというのに、水を差すでないわ。野暮《やぼ》なことを言っていないでお前も飲め」

「いえ、殿下。私は、酒はあまり……」

「ネイサの分際で口答えするんじゃない。それとも何か？　私の勧める酒が飲めないとでも言うのか？」

「そういうわけでは……」

すぐ側で繰り広げられる典型的なアルコールハラスメントに、前世で同じような目に遭った経験があるルチアはそわそわと落ち着かない気分になるが……

「あの二人にとってはいつものことだ。気にするな」

「うふふ、相変わらず仲良しだねぇ」

フィンとおばあは、カミーユを止めるつもりがないようだ。

そうこうしている間にも、一通りルチアに挨拶《あいさつ》を済ませた集落の人々は、思い思いに宴《うたげ》を楽しんでいた。

いい感じに酒が入って、飲めや歌えのどんちゃん騒ぎがあちこちで行われている中、ふと、ルチアの目が喧騒《けんそう》とは対極にある一角を捉える。

会場の端に置かれた木の椅子に、昼間ルチアに猫をくれた少年ノアが座っていた。

まるでルチアの歓迎会も、それに浮かれる集落の人々も拒絶するみたいに、キャンプファイヤーに背を向けている彼から、ルチアは目が離せなくなる。

というのも、まだ親の庇護下にあるべき年齢の彼が、ぽつんと一人ぼっちで食事をしていたからだ。

「あの子……ご家族は？」

そう零したルチアの視線の先に気付き、フィンがたちまち痛ましげな顔をする。

「この島にノアの家族はいない。彼も流刑者だ。九ケ月ほど前にこの島に来た」

「えっ、あんな小さな子まで流刑にするような国があるんですか？」

フィンは、ノアが流刑に処された理由を口にしなかった。

初日にルチアに事情を問うたことからして、長《おさ》のフィンだけはノアがヴォアラ島に送られた経緯を把握していると思われる。けれども彼がそれを口外することはないのだろう。

それにしても、わずか十歳程度の子供が一人きりで海の果てに放逐《ほうちく》されるなんて、よほどの訳ありなのは想像に難《かた》くない。

気が付けばルチアは立ち上がり、吸い寄せられるようにノアの方に向かおうとしていた。

そんな彼女の腕を、フィンが掴んで引き止める。

「行ってどうするつもりだ」

「あの子と、お話ししてみようかと」

「同情ならやめておいた方がいい。小さいながら、彼にも誇りがある」

「同情などいたしません。ただ、退《の》っ引《ぴ》きならない事情を持つ者同士、少しは共感できるかと思うんです」

同情が欲しくないのはルチアも同じだ。でもノアの寂しそうな背に手を添えてやりたいと、ただそう思った。

フィンはノアの後ろ姿を眺めてやや逡巡《しゅんじゅん》していたが、やがて小さくため息を吐いてからルチアの腕を解放する。

「……そうだな。俺たちよりも、似た境遇のお前の言葉の方が、あれの心に届くかもしれない」

ルチアが立ち上がったことで膝から下りていた猫は、まるで先導するかのようにノアに向かって歩き出していた。

よくよく見れば、ノアの側にも三匹の猫がいる。彼が世話をしているという、ルチアがもらい受けたサバトラの兄弟だろう。

一足先にノアのもとに辿り着いたサバトラが、彼の前のテーブルにぴょんと飛び乗る。

それに驚いて手元から顔を上げたノアが、近づいてきていたルチアに気付いて猫目石みたいな目をまん丸にした。

ただ、それも一瞬のことで、すぐに視線を逸らされてしまう。

けれどもルチアは気にせず、ノアの隣の椅子に腰かけてにっこりと笑った。

「こんばんは」

「……こんばんは」

律儀に挨拶《あいさつ》を返してくれたものの、視線は逸らされたままだ。

ノアの手元には、サンマに似た魚の丸焼き――の成れの果てが置かれていた。

ヴォアラ島での主な動物性タンパク源は魚介類である。中でもこのサンマに似た魚は集落内に作った大きな生《い》け簀《す》で養殖されており、最も頻繁《ひんぱん》に食卓に上《のぼ》るらしい。

一方大陸の、特に内地の国々においては、魚料理は珍しい。リーデント王国もこれに当て嵌《は》まるが、前世では肉よりも魚を好んで食べていたルチアは抵抗がなかった。しかしノアは明らかに魚料理に慣れておらず四苦八苦している様子。

彼によってボロボロに分解された焼き魚は、身と骨がごちゃ交ぜの悲惨な状況に陥《おちい》っていた。

「それ、食べ辛いみたいですね。魚料理は苦手？」

「味は、別に嫌いじゃないんだ。でも、骨をとるのが苦手で……」

「そう、食べるのは大丈夫なのね。でしたら、こうすると簡単に骨がとれますよ。見ててくださいね」

「え……？」

戸惑うノアを余所《よそ》に、ルチアは別のテーブルから同じ魚の丸焼きを一尾もらってきて、骨取りの実演を始めた。

「まず、魚のお腹と背中を数ヶ所摘まみます。こうすると骨と身の間に空気が入って、骨から身が離れやすくなります。力を入れ過ぎると身が崩れてしまいますから、優しくね？」

「う、うん……」

「次に尾を切り離します。それから、えらの付近に切り込みを入れて、魚の胴を押さえながら頭を持ってゆっくり横に引っ張ると――ほら、取れました」

「わ、わわっ……頭と背骨が一気に⁉」

ノアはカルチャーショックを受けた様子だった。そして、すぐに好奇心が涌き上がってきたらしく、新たに焼き魚をもらってきて、ルチアの手順を真似て骨を外し始める。

魚を食べる時の作法としては落第点だろうが、海の果てに放逐《ほうちく》されたルチアやノアに行儀が悪いなどと眉を顰《ひそ》める者もいないだろう。

「――やった！　できた！」

かくして、見事魚の背骨を引っこ抜くことに成功したノアは、猫のような金色の瞳をキラキラと輝かせ、年相応の笑みを見せた。

ルチアはそれを微笑ましく見守りつつ、「すごい」「上手」としきりに褒め称える。

そのうち、はしゃぎ過ぎたと気付いたのかノアはばつが悪そうな顔をしたが、ちらりとルチアを見てぼそりと呟いた。

「……骨の取り方、教えてくれてありがとう」

「どういたしまして。私も、昼間は猫を譲っていただいてありがとうございました」

「それは……別にお礼はいらないよ。だって、最初から僕の猫じゃないんだから……」

「でも、あなたが今日までお世話をしてくれていたおかげで、私はこの子と出会うことができたんですもの。だから、あなたにはとても感謝しているんです。本当にありがとうございました」

ルチアが重ねて礼を言うと、ノアは今度は否定せず、ほんのりとはにかんで「うん」と頷いた。

どういう事情でヴォアラ島に来ることになったのかは、お互いに知らない。

ただ、来たばかりのルチアは元より、すでに滞在九ヶ月を過ぎたというノアも、まだアウェー感がある。

新参者同士、何となく生まれる連帯感に安心したのはルチアだけではなかったようだ。

「ねえ、ノアって呼んでもいいかしら？　私のことはルチアって呼んでくださいね」

「うん、いいよ。それで、猫の名前はミッチーで決定なの？」

その問いにルチアは笑顔で頷く。

前世の愛猫は雌だったが、ルチアがもらったサバトラは雄である。ミッチーが雄雌どちらでもいける名前でよかった。

幾分明るい表情をして魚を頬張るノアに倣《なら》い、ルチアも自分が骨取りをした魚を解《ほぐ》して食べ始める。見た目だけではなく味もサンマによく似ており、脂が乗っていて実に美味だった。

ちなみに、最初にノアが四苦八苦した末に骨と身が交ざった焼き魚の成れの果ては、ルチアの愛猫となったミッチーとその兄弟猫が仲良くシェアしている。

そんな和《なご》やかなテーブルに、突如大皿を抱えて乱入してきた者がいた。料理人のマルクスである。

「はーい、君達！　これ、食べてみてー!!」

彼は意気揚々《いきようよう》とルチアとノアの前に大皿を差し出したかと思うと、何の肉なのか当ててみろと言う。大皿に載っていたのは、ヴォアラ島では珍しい肉料理に見えた。

粉をまぶして油で揚げているようで、見た目は鶏《とり》の唐揚げに似ている。しかし、食感は鶏肉よりも若干硬く、断面が赤黒い。

何の肉なのか分からないノアは、口に入れるのを躊躇《ちゅうちょ》している。

一方ルチアは果敢にもそれを口に含み――次の瞬間、両目を見開いて固まった。

「ルチア、どうしたの？　これ、好きじゃなかった⁉」

「えっ、ダメだった？　うわー、ごめーんっ!!　大丈夫だよ？　ペッてしていいんだからねっ⁉」

心配したノアが小さな手で彼女の背中を擦《さす》り、マルクスはおろおろしながら空《あ》いた皿を持ってきて吐き出すよう促《うなが》す。

けれども、ルチアはブンブンと首を横に振ると、口に含んでいたものをもぐもぐと咀嚼《そしゃく》する。そうして呑み込んでから、震える声でぽつりと言った。

「おいしい……」

この味を、ルチアは知っていた。

ただし、今世で口にしたのはこれが初めてである。

その肉を実際に食べたことがあったのは、前世のルチアだった。

背中や腹などの脂肪の少ない赤肉に、調味料を染み込ませて粉をまぶし高温の油で揚げたそれは、学校給食に時々登場した鯨《くじら》の竜田揚《たつたあ》げそのものだったのだ。

不慮の事故により一度目の人生が強制終了させられたかと思ったら、転生して始まった二度目の人生では十八年間過ごした祖国から離れて見知らぬ島にまでやって来た。

そこで偶然出会った懐かしい味に、ルチアの両目からはぽろりぽろりと涙が零れたのだった。

＊＊＊＊＊＊

「──鯨肉《くじらにく》に感動して泣いたらしいな？」

日付が変わった頃、ルチアの歓迎会はお開きとなった。

キャンプファイヤーの火を消して、人々はそれぞれの部屋に戻っていく。

洞窟住居の中には部屋がたくさん作られており、さながらマンションや寮のようになっていた。

「マルクスが、お前に美味《うま》いものをたくさん食べさせてやらねばと張り切っていたぞ」

「そういう風に言われると、今まで碌《ろく》なものを食べていなかったみたいじゃないですか。祖国の名誉のために申し上げますけれど、決してリーデントで粗末な食生活を送っていたわけではありませんよ？」

「それにしては、大蛇の幽霊まで食えるなら食ってやろうという勢いだったじゃないか」

「あの時はまだ、食糧事情がこんなに充実しているなんて知らなかったんですもの」

かつて、主であった大蛇が死んだ後、ヴォアラ島の生態系トップに立ったのは人間だった。ジャングルには多種多様の果実が溢れ、豊富な地下水によって大陸から持ち込まれた小麦もおおいに育った。周辺の海は豊かな漁場であり、集落の中に生《い》け簀《す》を拵《こしら》えて養殖を始めてからは、漁獲量も安定している。

鯨《くじら》は漁をして捕まえるのではなく、時折島の付近の浅瀬で座礁《ざしょう》するものが出るらしい。集落では、そうして手に入れた大量の鯨肉《くじらにく》を塩漬けにして長期保存する技術が確立されていた。

大陸の国々にとっては単に流刑地という認識しかないヴォアラ島だが、もしかしたらどこよりも食糧自給率の高い場所ではなかろうか。

ただ、その恩恵を受けるためには集落に迎え入れられることが不可欠であって、やはりフィンとの出会いが、ルチアの流刑地ライフに光明が差すきっかけになったのは間違いない。フィンには感謝をしているし、彼を頼もしいとも思っている。

しかしルチアは現在、だからといって、この展開はどうなのだろうと釈然としない気持ちを抱いていた。

「美味《おい》しいものをいただけるのは嬉しいですが、その前に私事権《プライバシー》をいただきたいんですけど……」

歓迎会がお開きになってルチアが連れてこられたのは、昼間、風呂でのぼせた際に寝かされていた部屋だった。つまりは、フィンの私室である。

そうして今、ルチアは彼と一緒に彼のベッドに横になっている状況だった。

それもこれも、カミーユとおばあが二人をすでに夫婦のように扱う上、そんな集落のヒエラルキートップの言動を誰も否定しないせいだ。

その結果ルチアは、ベッドとテーブルしか調度品のない殺風景なフィンの部屋に居候《いそうろう》させられることになった。

新参者は一定期間、集落の長《おさ》の部屋に世話になるという慣習があるのなら仕方がないが、十歳のノアでさえ初日に個室を与えられたというのだから、ルチアの扱いが異常なのは明白である。

「……私の尊厳は、ちゃんと守られるんですよね？」

「昼間そう言った。二言はない」

じとーっとした目で問うルチアの髪を手慰《てなぐさ》みに撫でながら、フィンは澄ました顔で答える。

そのまま前髪を掻き上げて額《ひたい》に当てられた彼の手がほんのり冷たく感じられ、ルチアはほうとため息を吐く。

顔も身体も熱いのは、二夜連続して異性と添い寝をするのに照れているわけでも、昼間のように湯でのぼせたわけでもない。

歓迎会のお開き直前に、すっかり出来上がったカミーユとおばあに捕まって、しこたまヤシ酒を飲まされたせいである。おかげで足もとが覚束《おぼつか》無《な》くなったルチアはフィンに抱き上げられ、やれ初夜だの新枕《にいまくら》だの囃《はや》し立てられつつ会場を後にすることになったのだ。

ルチアにとってこの状況は不本意である。だが、正直言うと今はもう眠くて眠くて仕方がなかった。

それを察したフィンが、幼子を寝かし付けるように髪を撫でたり背中を優しくトントン叩いたりするものだから、ただでさえ新たな環境に疲れていた彼女はひとたまりもない。

ルチアの尊厳を踏みにじるつもりはないと言った言葉を信じ、重くて仕方なかった瞼をついに閉じる。

そうして、ふっと意識を手放す瞬間、その瞼に優しく押し当てられた柔らかなものは何であったのか。

そして……

「お前の尊厳を踏みにじるつもりがないのは確かだが——リーデント王国が捨てたお前を俺がもらうと言ったのも本気だぞ」

フィンの声を聞いたのが夢か現《うつつ》か、ルチアには分からなかった。

第五章　流刑地三日目

今世のルチアの髪は銀色で、前世の一般的な日本人の観点からすれば、それこそファンタジー世界のキャラクターみたいな色合いをしている。

亡き母譲りのそれを乳母《うば》はたいそう大事にし、ともすれば日に何度も梳《くしけず》るほどの執着を見せていた。

細くて真っ直ぐな腰に届くくらいに長い髪は、財も手間もかけて手入れをされてきたのだから確かに美しいものだろう。

しかしながら、乳母《うば》も侍女もいない環境においてルチア自身で管理せねばならなくなった今、その質を維持し続けることが果たして可能か――答えは否《いな》だ。

そんな自問自答をしながら目覚めたルチアが開口一番発した言葉に、後朝《きぬぎぬ》の余韻を楽しむように――実際は二人の間には何もなかったが――ベッドに広がっていた彼女の銀髪を撫でていたフィンはぎょっとすることになる。

「おはようございます。刃物をお借りできますか？　もしくは、あなたの手で一思いにバッサリやっちゃってください」

「おはよう……って、いきなり何なんだ!?　物騒だな!!」

髪の話と分からなかったフィンには、ルチアが流刑生活三日目にして世を儚《はかな》んで自決しようとしている風に聞こえたらしい。

慌てて抱き起こされ、美味《うま》いものを腹いっぱい食わせてやるから生きろっ!! なんて、大真面目な顔で説得されたルチアは、いったい自分は彼にどれだけ食いしん坊だと思われているんだろう、と遠い目をした。

その後、手入れが面倒なので髪を切りたいだけだと説明したことで誤解は解けたものの、彼女の髪を殊《こと》の外《ほか》気に入った様子のフィンは難色を示した。

そんな彼が、刃物の代わりにルチアの前に差し出したのが……

「さあさ、できましたよ。頭皮が突っ張って痛むようなことはございませんか?」

「はい、大丈夫です。ありがとうございます――ネイサさん」

昨夜、カミーユの側に侍《はべ》って甲斐甲斐《かいがい》しく世話をしていた壮年の男性ネイサだった。

朝も早くからルチアを担ぎ上げていきなり私室に突撃してきたフィンを、ネイサは嫌な顔一つせずに迎え入れた上、ルチアの髪の手入れを任せたい、なんて突拍子もないお願いにも二つ返事で頷いたのである。

長い髪が邪魔だとルチアが訴えたところ、それを頭頂部でふんわりとしたシニョンにし、一本の棒を簪《かんざし》のように差して器用に纏《まと》めてくれた。

リーデント王国では、少しでも跡が付くのを嫌った乳母《うば》が髪を結わせてもくれなかった。乳母《うば》は病的なまでにルチアとその母を重ね、ルチアが母の姿から離れるのを許さなかったのだ。

けれども今は首周りがすっきりし、俯《うつむ》いても髪が前に垂れてきて視界を遮《さえぎ》ることもない。

ネイサの部屋の壁にかかった鏡の前でくるんと回って髪型を確認したルチアの頬が、自然と綻《ほころ》ぶ。

鏡には、それを微笑ましそうに眺めているフィンとネイサも映り込んでいて、我に返ったルチアはほんのりと頬を赤らめた。と、その時。

「ふわあ……」

衣擦《きぬず》れの音と共に、気怠《けだる》げな欠伸《あくび》が聞こえてくる。ここでようやく、ルチアはネイサの部屋に彼以外の人物がいたことを知った。

「朝から何やら騒がしいな……おや、ルチアじゃないか。おはよう」

「お、おは、おはようございます……!?」

ネイサの部屋にあるベッドの上でのっそり起き上がったのはカミーユだった。しかも、裸である。

豊満な乳房を惜しげもなく眼前に晒《さら》され、同性とはいえルチアは目のやり場に困ってしまう。

状況を見るに、カミーユとネイサはただの主従ではなく男女の関係なのだろう。

ルチアは慌ててフィンの顔を窺《うかが》った。彼は、母親とその従者が昨夜ベッドを共にしたとありありと分かるこの状況でも驚いた様子はない。ということは、彼らはすでに公認の仲なのかもしれない。

ルチアがそう考察していると、フィンは一つため息を吐いて、近くの椅子にかかっていた衣服をカミーユに向かって投げつけた。

「まったく、だらしないな。さっさと身嗜《みだしな》みを整えてくれ」

「だらしないのはお前の方だろう？　どうやら、二夜続いて据え膳を食い損なったようじゃないか」

昨夜、フィンとルチアの間に何もなかったことを示唆《しさ》するカミーユの言葉に、フィンがぴくりと片眉を上げる。

彼は胸の前で両腕を組んで母親を睨むと、ふんと鼻を鳴らして続けた。

「急《せ》いては事を仕損じると言うだろう。俺には父という反面教師がいるからな。二の舞を演じるつもりはない」

「そんな悠長《ゆうちょう》に構えていて、思わぬ相手に横から掻《か》っ攫《さら》われねばいいがな」

朝も早くからバチバチと火花を散らす親子に、当事者でありながらも巻き込まれたくないルチアはそそくさと壁際に退避する。

一方、ネイサはにこにこしながらベッドに近づき、フィンが投げつけた衣服をカミーユの肩に羽《は》織《お》らせると、彼女の白魚《しらうお》のような手を恭《うやうや》しく取って指先に口付けた。

「おはようございます、殿下。今日は何をなさいますか？」

ネイサの言葉に、カミーユは空《あ》いている方の手を顎に当てて、ふむ、と思案する。

そして、ふとルチアと目を合わせると、さも名案が閃《ひらめ》いたといった表情になって高らかに宣言した。

「――よし、今日は炭小屋の大掃除だ！　徹底的にやるぞ！」

＊＊＊＊＊＊

集落の人々が住まう洞窟住居は、天に向かって聳《そび》え立つ巨大なクリーム色の岩山の中に、アリの巣のように幾つもの通路と部屋が作られている。

元々はこの島を支配していた大蛇ヴォアラが掘って住処としていた穴を、その死後、人間が拡張して今の形になったのだという。

ルチアを含めてちょうど二百人となった住民は、その中でそれぞれ好きに部屋を決めて生活している。

家族で一つの大きな部屋を使っている場合もあれば、手頃なサイズの個室で過ごす者もいた。

台所や浴室、手洗いといった水回りは共有なので、部屋には寝に帰るだけという者も少なくない。

フィンもその類《たぐい》のため、せっかく集落の長《おさ》らしく広めの個室を使っているのに、ベッドとテーブルしか調度品のない殺風景な部屋になっている。

ともあれ、この洞窟住居で最も多く面積を占《し》めるのは、やはり共有部分だろう。

先に挙げた水回りに加え、各部屋を繋ぐ通路も多くの住民が頻繁《ひんぱん》に行き来する。

必然的に汚れが溜まりやすいため、それを掃除する役目を担《にな》う者達がいた。それが、現在カミーユをリーダーとする通称〝お掃除隊〟である。

メンバーはカミーユを含め、綺麗好きが高じて集まった老若男女十五名。

そのうちの精鋭中の精鋭だという五名が、この日の朝食後、とある部屋の前に集まった。

彼らに向かい合い、腕まくりをして両の腰に手を当てたカミーユは、はち切れそうに豊満な胸を張って口上を述べる。

「よいか、お前達！　生活空間を汚す者に慈悲はない!!」

「御意《ぎょい》！」

「汚れを放置するなどもってのほか！　そんな輩《やから》は根絶せねばならんっ!!」

「御意《ぎょい》!!」

カミーユの演説を力強く肯定するメンバーの後ろで傍観していたルチアは、まるで軍隊のような異様な雰囲気に戦《おのの》き、隣に並んだ人物の手をぎゅっと握る。すると、小さなそれがルチアの手をしっかりと握り返してくれた。

「大丈夫だよ、ルチア。家の中を汚しさえしなければ、あの人達は無害だ」

「う、うん……あの、手を繋いでいてもいい？」

「いいよ」

「ありがとう、ノア」

炭小屋の大掃除をすると宣言したカミーユは、その様子を見学させるためにルチアを現場までつれてきた。

現在ルチアは、島人《しまびと》の助けがないと生きていけないため居候《いそうろう》や食客《しょっかく》として扱われる〝掛人《かかりゅうど》〟という立場にある。

全ての島人《しまびと》が流刑者を祖先に持つのだから、新たな流刑者が集落に加わることを忌避《きひ》する者はなく、むしろ働き手や新しい血が増えると歓迎する傾向が強い。ただ、掛人《かかりゅうど》は集落の取り決めに口出ししたり、話し合いに加わったりすることはできない。

仕事を持って自立する、あるいは島人《しまびと》と結婚したり子供を儲《もう》けたりすれば、島人《しまびと》として認められるようになるという。

自身もそうして掛人《かかりゅうど》を脱したカミーユは、ルチアが仕事に就《つ》く場合の選択肢の一つとして、お掃除隊の活動を見学させようと考えたらしく、ついでに同じく掛人《かかりゅうど》のノアも巻き込まれたというわけだ。

連れてこられた時は乗り気ではなさそうだったノアも、ルチアが縋《すが》るとまんざらでもなさそうな顔をした。女の子に頼られれば、自然とはりきってしまうのが男の子である。

現在集落にいる掛人《かかりゅうど》は三人。ルチアと、ノアと、もう一人——それが、これからカミーユ率《ひき》いるお掃除隊が突入しようとしている部屋の住民だった。

炭小屋というのは通称で、本当はアーノルドという男性の部屋らしい。それが何故、炭小屋呼ばわりされているのだろうか。

「この部屋の中を見たら分かる。ルチア、扉が開いたら息を大きく吸い込んじゃだめだよ」

「心得ました」

意味深なノアの言葉に戸惑いつつも頷いていると、ついにその時がきた。

「——アーノルド！　神妙にいたせっ!!」

良く通る声でそう叫んだカミーユが、ノックもなく扉を蹴破ったのだ。

扉が開くと同時に、五名の精鋭お掃除隊が部屋の中へなだれ込んでいく。

さながら「御用改めである！」と叫んで池田屋を襲撃した新撰組《しんせんぐみ》のような鬼気迫《ききせま》る突入劇だった。

前世で読んだことあるやつだ！　などと心の中で突っ込みつつ、ルチアは蝶番《ちょうつがい》が外れそうになった扉から恐る恐る部屋の中を覗《のぞ》き込んだ。

「――うわあっ……」

その瞬間、彼女は後ろに仰《の》け反ることになる。部屋の中が凄まじく汚れていたからだ。

ただし、ゴミや洗濯物、いかがわしい雑誌なんかが散乱しているような典型的な汚部屋《おへや》とは違う。

部屋一面を覆《おお》っているのは、真っ黒い炭の粉だった。

調度品は、部屋の隅に簡素なベッドと木組みの脚立が置かれているだけだったが、その上にも炭の粉が積もって真っ黒になっている。

「粉が舞うから、ルチアとノアは中に入ってこなくていいぞ」

カミーユは鼻と口をスカーフで覆《おお》ってそう言い置き、ズカズカと部屋の中に足を踏み入れた。そして、二つある窓を全開にすると、猛然と部屋中の炭の粉を払い落として窓の外へ掃き出し始める。

そんな光景を眺めつつ、ルチアはまだ唖然《あぜん》としていた。

というのも、炭小屋と呼ばれた部屋の四方の壁を覆《おお》っているのが、ただの汚れではなかったからだ。

壁には、所狭しと絵が描かれていた。

人物画もあれば風景画もある。隅に描かれている四匹の猫は、もしかしてノアが世話をしている猫達がモデルではなかろうか。

絵は天井にまで至っており、木組みの脚立はそのために置かれていたのかと合点《がてん》がいった。

「すごい……あれって、もしかして炭で描かれているのかしら？」

「うん、木炭だよ。だから粉がいっぱい落ちるし、絵も擦《こす》ったらすぐに消えちゃうんだ」

木炭は、集落の中で主に燃料用に作られているが、この部屋の住人はそれを画材として使っているようだ。

ルチアとノアがそんな風に部屋の前で話をしていると、いつの間にやってきたのか、サバトラのミッチーとその兄弟猫達が開きっぱなしの扉からするりと中へ入っていってしまった。

前足と後ろ足を合わせて四個掛けることの四匹分、合計十六個の可愛い足跡が床に積もった炭の粉に付く。

思わず、あっ、と声をハモらせたルチアとノアの方に、視線を向けた者がいた。

煤《すす》けた白い髪とヘーゼル色の瞳をした壮年の男性――この部屋の主、アーノルドである。

問答無用で踏み込んできたお掃除隊を前に、諦めの表情を浮かべて部屋の真ん中に立ち尽くしていた彼は、ルチアと目が合った瞬間、零れんばかりに両目を見開いた。

「――マリア？」

アーノルドはそう呟いたかと思ったら、床に積もった炭の粉を煙のように巻き上げつつ猛然とルチアへ駆け寄ってくる。

そして、今朝方ネイサがカミーユにそうしたように、ルチアの手を恭《うやうや》しく取ってその指先に口付けた。

「ああ、マリア！　こんなところで、君と再び相見《あいまみ》えることができるなんて……もしや、これは運命ではなかろうか⁉」

「えぇっとですね。大変申し訳ありませんが、マリアは母の名です」

「――なんだって⁉　君は、マリア・レンブラント嬢ではないのかい⁉」

「はい、その娘のルチアと申します。あの、母をご存知なのですか？」

聞けば、アーノルドはルフラント王国の元王弟で、過去にルチアの母と結婚の話が持ち上がったことがあったらしい。ルフラント王国は大陸の西岸にある中堅国家で、現在でもリーデント王国と国交がある。

「僕の方は一目惚れだったんだよ。残念ながら、絵ばっかり描いてる引き籠もりと結婚するのは嫌だと断られてしまったけれどね」

「あの……なんか、その、母がすみません……」

「初対面で、是非とも君の裸婦画を描きたいと言ったのがまずかったのかなぁ」

「あぁー、そうですよね。確実にその発言のせいですよね」

炭の粉で汚れていたのは部屋だけではなく、そこにずっと籠もって絵を描いていたアーノルド自身もひどい有様だ。当然、彼に握られたルチアの手だって真っ黒になった。

それを見兼ねたカミーユから、アーノルドを風呂に入れて着替えさせるよう申しつかったルチアとノアは、彼を連れて地下の大浴場へ移動する。入浴の付き添いは男同士ということでノアに任せたが、ほかほかに温《ぬく》もって風呂から上がってきたアーノルドの髪は、ルチアが拭《ぬぐ》って乾かしてやった。

煤《すす》けた白髪《しらが》に見えていた髪は、炭の粉を洗い落としてみれば綺麗なプラチナブロンドだ。

目尻に刻まれた皺《しわ》は年齢を感じさせるが、肌は白く透き通っており、顔立ちは端整で品がある。

若い頃はさぞ美しい青年であったろうと見受けられるものの、ルチアの母マリア・レンブラントは、そんなアーノルドではなく自国の国王に嫁《とつ》いで正妃となった。

当時、思いっきり振られた形となったアーノルドは意気消沈したそうだが……

「そんな僕を哀れんで、義理の姉上が絵のモデルを買って出てくれたんだ」

「義理のお姉様ということは……つまり、当時のルフラント国王陛下の奥方様ですか？　まさか、裸婦画を描いたとかおっしゃいませんよね……？」

「えっ？　いやー……彼女も最初はちゃんと服を着ていたんだよ？　でもほら、気持ちが盛り上がると、人間って大胆になっちゃうよね？　最終的にはありのままの自分を描いてほしいって言って、全部脱いじゃったんだよねぇ」

「それ、絶対にまずい展開じゃないですか……」

ルチアの言う通り、まずい展開になったがために、アーノルドは今こうしてヴァアラ島にいる。

王妃の裸の絵を描いただけでなく、そのままなし崩し的に男女の関係を持ってしまったことがばれ、怒り狂ったルフラント国王によってアーノルドは流刑に処されたのだった。

彼はルチアの母にはいくらか未練があったようだが、流刑のきっかけとなった兄王の妃に特別な思い入れはなかったらしい。

何もかも失って放逐《ほうちく》された彼に残ったのは、絵を描くことへの執着だけ。

ヴァアラ島に来た当初は、洞窟住居の通路などといった共有部分にまで際限なく絵を描きまくって、当時のお掃除隊長だったおばあに叱られてばかりだったという。

如何《いかん》せん、画材となる木炭は擦《こす》れれば絵が消えてしまうし、うっかり触れれば通行人も真っ黒になる。木炭の粉が床に落ち、それを踏んでそれぞれの部屋に戻れば、そちらの床も汚れてしまう。

当然、共有部分に絵を描くことを禁じられたアーノルドは、仕方なく私室として与えられた部屋の中をキャンバスにするようになり、その結果、来る日も来る日も自室に籠もることになったのだ。

それが、今から三十年も前のこと。つまり、ヴァアラ島の住民となって三十年経ってもまだ、アーノルドは島人《しまびと》として認められていないのに、彼はあっけらかんと言う。

「別に、掛人《かかりゅうど》と呼ばれ続けて不自由だと感じたことはないよ？　なんだかんだ言いながらも皆よくしてくれるからね」

流刑者の血を受け継ぐ島人《しまびと》は、程度の差はあれど、国を追われた祖先の無念を我がことのように感じている。

彼らが掛人《かかりゅうど》に対して親切で寛容なのは、その境遇に祖先を重ねて哀れんでいるからだ。

つまり裏を返せば、掛人《かかりゅうど》である限り永遠に島人《しまびと》に哀れまれ続けることになる。

それに気付いた瞬間、ルチアは愕然《がくぜん》とした。

今世では生まれて間もなく同腹の兄と生母を続けざまに失って、周囲の人間からは〝可哀想な王女〟というレッテルを貼られて生きてきた。

それが煩《わずら》わしかったことも、祖国を出ようと決意した理由の一つであるルチアにとって、新天地に来てまで哀れみや同情を向けられるなんて真っ平ご免だ。

最も手っ取り早く島人《しまびと》の仲間入りをする方法は、おそらくフィンの伴侶となることだろう。

彼個人に関しては、実直で頼もしく好感の持てる相手だと思っている。あちらも守人《もりびと》の血を残すパートナーとして、島の外から来たルチアが最適だと明言していたのだから、彼女が望めば一も二もなく受け入れられるはず。ウィンウィンである。

けれども、そんな利害の一致だけを理由とした結婚は、はたして政略結婚とどう違うのか。

せっかく何もかも捨てて、身一つでこんな遠くまで来たというのに、肩書き一つに残りの人生を捧げてしまっては本末転倒ではなかろうか。

ルチアは一人、悶々《もんもん》と考え込む。

そんな中、石を叩くみたいなカツカツという音が響いていることに気付き、彼女は我に返った。

音の出所を探すと、クリーム色の岩の壁にアーノルドが絵を描いているではないか。

「アーノルドさん、だめだよ。またカミーユさんやおばあに叱られるよ」

「うんうん、そうだねぇ、ノア。叱られちゃうかもねぇ」

呆れた顔をしたノアに窘《たしな》められつつも、アーノルドは絵を描く手を止めない。

よくよく見ると、その絵のモデルはルチアだった。両目をぱちくりさせる彼女に、アーノルドはほくほく顔で向かい合う。そして、何気ない風に続けた。

「いやいや、憂鬱《ゆううつ》そうな表情をしていても美しいねぇ。本当に君はマリア嬢の生き写しのようだ……そういえば、彼女は息災かい？」

ルチアはとたんにうんざりとした気分になってしまう。

こんなリーデント王国から遠く離れた場所に来てまで、亡き母の面影《おもかげ》を引き摺《ず》る者の相手をせねばならないのか、と舌打ちすらしたくなる。

そのため、随分とぶっきらぼうな返答になった。

「息災も何も、母は私を産んですぐに亡くなりましたが？」

ところがそう言い放った次の瞬間、ルチアはぎょっとすることになる。

今の今まで笑みを浮かべていたアーノルドの顔が一転、悲しみでいっぱいになったからだ。

それればかりか、ヘーゼル色の瞳から大粒の涙をぼろぼろと零し始めた。

「えええ？　あ、あの……アーノルドさん……？」

「そう……そうか……彼女はもう……」

「えー、ええーっと……配慮のない伝え方をして申し訳ありません」

「いや、いいんだ、いいんだよ。僕の方こそ、無神経な質問をしてしまったね……」

アーノルドはなおも涙を流しながら、そっとルチアを抱き寄せた。

突然のことに驚いたが、労《いたわ》るみたいに優しく背中を撫でられては拒むのも憚《はばか》られる。

ぐっと口を噤《つぐ》んで身を固くしたルチアに、アーノルドは嗚咽《おえつ》まじりに続けた。

「そうか……マリア嬢は、こんなに素敵なレディに成長した君を知らないんだね。可哀想に……」

「え……？」

ルチアはこの時、脳天を撃ち抜かれたような強い衝撃を受けた。

リーデント王国の王女として生を享《う》けて十八年間。いつだって可哀想だと言われるのはルチアばかりで、それもこれもさっさと逝《い》ってしまった母や同腹の兄のせいだと思っていたのだ。彼らを恋しく思うどころか、時には恨めしく思うことさえあった。

けれども、アーノルドはそんな母こそ哀れだと泣く。自分が腹を痛めて産んだ娘の成長を見ることもできぬまま、逝《い》かねばならなかった母が可哀想だと彼は言うのだ。

ルチアは、自分がいかに今世に対してきちんと向き合っていなかったかという事実を突き付けられた気がした。

前世の成熟した精神を持ったまま転生してしまったばかりに、彼女は悪い意味で達観し過ぎていた。レンブラント公爵や乳母《うば》の束縛が理不尽なものだと分かっていたのに、反抗して逆ギレされたら面倒だとか、長いものには大人しく巻かれていた方が楽だとか、戦いもせずに諦めてばかりだったのだ。

その結果、ルチアは二度とリーデント王国に帰れない身になった。

自分自身が望んだこととはいえ、これを亡き母が知ったらどう思うだろうか——

産んでもらい十八年経って初めて母の気持ちを考えたルチアは、またも愕然《がくぜん》とした。

そんな彼女を抱き締めて、アーノルドは咽《むせ》び泣く。

「きっとマリア嬢も見たかっただろうね。君が幸せになる姿を見たかっただろう。ああ、可哀想だ……悲しい、悲しいね……」

やっと自我が目覚めたばかりの幼子みたいに、ルチアは母に対する感情を上手く言い表せない。代わりに、アーノルドの涙が亡き母を悼《いた》んだ。

アーノルドは、とても優しく、とても純粋な人だった。

彼は、自分を振ったルチアの母に対して少しも悪感情を抱いていないし、そればかりか流刑を言い渡した兄王も、原因の一端となった身持ちの悪い義姉さえ、一切恨んでいない様子だ。

アーノルドの震える背中を撫で返しながら、ルチアは今世を他人事のように考えていたことを猛省し、同時に、過《あやま》ちに気付かせてくれた彼に何か返せないだろうかと思案する。

その場に居合わせたノアは、大の男が突然少女に抱き着いて泣き出したことに面食らっていたが、それを茶化すこともなく、一歩引いたところから静かに二人を見守っていた。

そのノアが立つ側の壁には、先ほどアーノルドがルチアを描いたと思われる絵がまだ残っている。それを改めて目にしたルチアは瞠目《どうもく》した。絵が、木炭みたいな黒ではなく、薄い青色で描かれていたからだ。

「アーノルドさん、あれ……さっきの絵、何で描いたんですか？」

「ああ、あれはね、石で描いたんだよ。色の付く石。木炭と一緒で擦《こす》るとすぐに落ちちゃうし、木炭よりずっと薄くしか描けないからあまり使わないいんだけどね」

「色の付く石……それ、どこで手に入れたんですか？」

「岩向こうの海岸にいっぱい落ちているんだよ。青だけじゃなくて、赤や黄色、緑色のもあったかなぁ」

それを聞いたルチアは、暗闇に一条の光明が差すのを感じた。

＊＊＊＊＊＊

初日の夜にルチアとフィンが宿泊したツリーハウスのあるジャングルは、ヴォアラ島の北半分を占《し》めている。ルチアが上陸した砂浜は、その北東部に位置していた。

一方、集落は島の南西部にあり、人々が住居としている岩山の裏はすぐ海岸になっている。

こちらの海岸一面を覆《おお》っているのは、北東部のような白砂ではなく、ウズラの卵くらいの大きさをした色とりどりの玉砂利《たまじゃり》だった。

この玉砂利《たまじゃり》こそが、アーノルドが言う〝色の付く石〟である。

「ねえ、ルチア。石なんか集めてどうするの？」

カミーユ率《ひき》いるお掃除隊によるアーノルドの部屋の大清掃はまだ続いており、しばらく彼を外に連れ出しておくように命じられたルチアは、ノアも含めた三人で岩山の裏の海岸にやってきた。

そして足もとをびっしりと覆《おお》う玉砂利《たまじゃり》の中から、より色鮮《あざ》やかなものを選んで拾っている。

それを見て訝《いぶか》しそうな顔をするノアに、ルチアは笑って答えた。

「アーノルドさんが色の付いた絵を描けるように、いろんな色の石を用意しようと思うんです」

「さっきのアーノルドさんの話、聞いてなかったの？　木炭と一緒で擦ったらすぐに消えちゃうし、薄くてあんまり綺麗な色にならないんだよ？」

「この石でそのまま絵を描くのではないんですよ。石から絵の具を作って、それでアーノルドさんに絵を描いてもらおうと思うんです」

「石から、絵の具を？　そんなことできるの⁉」

日本画材に岩絵の具というものがある。天然の鉱物を砕いて作った顔料で、海外でも同様に多くの天然顔料が使用されてきた。

作り方は、鉱物を細かく砕いて粉末状にしたものに、膠《にかわ》などを固着材として混ぜることによって画面に定着し得る絵の具に練成する。

このようにして作られた絵の具は、今世ではリーデント国王家お抱えの宮廷画家達にも使われており、ルチアも過去に何度かそれらで肖像画を描いてもらったことがあった。

前世でも今世でも、綺麗な色を生む鉱物というのは高価なものが多いため、自然と絵の具の値段も跳ね上がる。特に、ラピスラズリを精製して作る美しい青色顔料ウルトラマリンなどは、ヨーロッパの著名な芸術家を借金まみれにするほど高価であったという。

そういう代物《しろもの》と比べてしまうと、ルチアが今せっせと拾っている成分も分からぬ玉砂利《たまじゃり》などは格段に劣るだろうが、要は色さえ出せれば構わないのだ。

絵をきっかけとして流刑に処されることになったアーノルドに、兄であるルフラント国王は絵の具を持っていくことを許さなかったらしい。妻を寝取られて、相当業腹《ごうはら》だったのだろう。

アーノルドはヴァアラ島に来てからも気ままに絵を描き続けていたけれど、木炭でしか描けないことに満足していたわけではないようだ。ルチアの話を聞くと、一緒になって玉砂利《たまじゃり》を拾い始めた。

「いやいや、この石が絵の具になるなんてねぇ。本当だとすると、ここは僕にとって宝の山みたいな場所だね」

「王宮で使われる絵の具と同様の発色を期待されると困りますが、きちんと精製すれば石で直接描くよりは濃くて耐久性のあるものができると思いますよ」

そもそも、ルチアが何故岩絵の具の精製に関する知識を持っているのかというと、前世で最期の瞬間を共有したあの幼馴染《おさななじみ》のせいである。

彼女の付き合いで、地元の文化センターで開催された『石で作った絵の具で石に絵を描いてみよう』というテーマのカルチャースクールに参加していたのだ。

実は幼馴染《おさななじみ》が本当に参加したかったのは、同日同時刻に隣の教室で開催されていた『美味《おい》しい石焼き芋の作り方』の方だったのだが、申し込みをする際にうっかり間違えてしまったらしい。

どちらも石だからいいか、などと開き直った幼馴染《おさななじみ》からテーマの変更を知らされぬまま、石焼き芋が食べられるものだと思ってついていった前世のルチアは、ひどい裏切りに遭った気分だった。

「僕も拾う。石はどこに入れればいい？」

「でしたら、ここに。こうして入れ物を拵《こしら》えております」

手持ち無沙汰《ぶさた》になったらしいノアも、結局玉砂利《たまじゃり》集めを手伝い始める。拾った玉砂利《たまじゃり》の入れ物としてルチアが提示するのは即席のバッグだ。

これは大判のショールの四方の端を結んで作ったもので、岩絵の具の作り方同様、前世のルチアが幼馴染《おさななじみ》に引っ張ってつれていかれた『風呂敷バッグの作り方講座』で教わったことを元にしている。向上心は強いのに寂しがりやの幼馴染《おさななじみ》に付き合わされる度《たび》に、ルチアも地味にスキルアップしたのだ。

ショールは、慣れない日差しの下へ出る際に被るようにとフィンに持たされたものだったが、この時間は太陽が東の空にあり、岩山の影がちょうど海岸に落ちて日差しも熱さも遮《さえぎ》ってくれていた。

せっせと玉砂利《たまじゃり》を選定する三人の側では、いつの間にかやってきた四匹の猫が色とりどりの玉砂《たまじゃ》利《り》を転がして遊んでいる。

そんな中、ガタガタ音を立てて木の扉が開き、ひょいと顔を出した人物がいた。

「あれー？　掛人《かかりゅうど》三人お揃いで、こんなところで何してるのー？」

「あら、マルクスさん。ごきげんよう」

ルチア達が玉砂利《たまじゃり》を拾っていたのは、ちょうど厨房《ちゅうぼう》の裏だったらしい。

現れたのは、昼ご飯の仕込みを一通り終えて休憩しに出てきたコックのマルクスだ。

ヴォアラ島で生まれ育ったために当然島人《しまびと》に分類される彼は、ルチア達が絵の具を作るつもりで玉砂利《たまじゃり》を拾っていると伝えると、ふーんと、さして興味がなさそうに頷いた。

その後、何やら思いついたような顔をして厨房《ちゅうぼう》に入っていったが、すぐにまたルチア達の前に戻ってくる。その手にあったのは、細長い棒状の揚げ菓子だった。

「ねえ、ルチア。これ、ちょっと味見してみてくれる？　ひいひいじいさんの記憶を元にひいひいばあさんが再現した、祖国で流行《はや》ってたお菓子って聞いてるんだけど……これで本当に合っているのかな？」

「ひいひいおじい様の祖国ということは、リーデント王国のお菓子ですね……いただきます」

それは、ルチアが前世の映画館やテーマパークなんかでよく見かけた、スペイン伝統のお菓子チュロスとそっくりだった。こちらではチュロと呼ばれている。

作り方もほぼ同じで、特徴的なのは生地の段階で火にかけて熱を入れるところだろう。

ただリーデント王国では昨今、チュロはさほど流行《はや》りのお菓子ではなくなっている。特に上流階級の間では健康志向の高まりにより、揚げ菓子を忌避《きひ》する傾向にあった。

けれども、それをそのままマルクスに伝えるということは、お前のリーデント情報はもう古いと言うようなものだ。

「とても美味《おい》しいですよ、マルクスさん。祖国で食べていたものがここでも食べられて嬉しいです」

「そっかぁ、よかった！　本場の味を知っているのは、この島ではルチアだけだからね。君にそう言ってもらえて僕の方こそ嬉しいよ！」

実のところ、今世のルチアはチュロを口にしたことがないのだが、嘘も方便である。

そうとは知らないマルクスは、彼女の感想を聞いて心底誇らしげな顔をした。

彼の高祖父はリーデント王国の元王子で、死の間際まで祖国に未練を残していたらしい。

またフィンによれば、高祖父の王子時代の話を聞いていたマルクスも、小さい時からリーデント王国に対して強い憧れを抱いているという。

彼はノアとアーノルドにもチュロを味見させ、二人からも美味《うま》いと感想をもらってご満悦な様子だったが、ふと、ルチア達が集めていた玉砂利《たまじゃり》を見下ろしてぽつりと言った。

「ねえ、それさ。ヘビノナミダって呼ばれてるって知ってた？」

「ヘビノナミダ……蛇の涙？　また蛇にちなんだ名前⁉　まさか、この石に毒があるとかおっしゃいませんよね⁉」

「あはは、まさか！　毒なんて、ないない！　何の変哲もないただの石っころだよ。ただ先人はそんな石っころを、一人ぼっちでこの島に住んでいたヴォアラが海の向こうを眺めて寂しい寂しいと零した涙だって思ったらしいんだよね」

「ヴォアラが、寂しい……ですか？」

マルクスの話を聞いたルチアは、何ともロマンチストな先人がいたものだと思った。

かつての流刑者にとっては死刑執行人にも等しい大蛇を捕まえて、孤独に涙を零す寂しがり屋に仕立て上げるなんて、人間とは随分と逞《たくま》しい。初日の夜中にその幽霊と遭遇していたルチアには、とてもじゃないが浮かんでこない発想である。

そんなことを遠い目をして考えていた彼女の耳に、マルクスの呟きが届いた。

「馬鹿だよねぇ」

「……え？」

「寂しいなら、どうして島を出なかったんだろう」

「はあ、それは……確かに……」

ルチアの隣に立ったマルクスは、無表情になってじっと海の向こうを眺めていた。

水平線の上にうっすらと盛り上がって見えるのは、ヴォアラ島が唯一交易をしている島の影である。かの島の周辺を含め、ヴォアラ島の南側は海底までの距離が短いため大型船は近づくことができない。

ゆえに、ルチアを護送してきたような大陸の大型船は全て北側の沖合で小舟を降ろすのだ。

「外の世界はあんなに広いのに、どうしてヴォアラは島を捨てなかったんだろう――どうして、僕達はいつまでもこの島で生きなくちゃいけないんだろう……」

凪《な》いだ海に、マルクスの呟きが落ちる。

ルチアは何と言葉を返せばいいのか分からず、黙って彼の横顔を見上げるしかなかった。

やがて、そろそろ昼食の仕上げをしようと他のコックがマルクスを呼びに来た。厨房《ちゅうぼう》を取り仕切る若手のリーダーとして、彼は集落で確固たる地位を築いているようだ。

「それじゃあね。三人とも、石集めは適当に切り上げて、昼食を食べにおいでよ？」

マルクスはそう言い置くと、厨房《ちゅうぼう》に戻っていった。

それから、どれくらい時間が経ったのだろう。

「――ルチア、そろそろ中に入れ」

マルクスに釘を刺されたことも忘れて玉砂利《たまじゃり》集めに没頭していると、迎えがやってきた。

正確には、何度も昼食に行こうと声をかけたのに、生返事ばかりで一向に腰を上げないルチアに業《ごう》を煮やしたノアが、助っ人を呼んできたのだ。

ちなみに、マイペースの極みであるアーノルドは、ノアからすればはなから戦力外だったらしい。

「この海岸は正午を過ぎると日差しがきつくなる。島の気候に慣れるまで、お前は立ち入り禁止だ」

そう言って、問答無用でルチアを担ぎ上げたのはフィンだった。

やっと我に返ったルチアの額《ひたい》に手を当て、彼はぎゅっと眉を顰《ひそ》める。

「顔が赤いぞ。暑さにやられたんじゃないのか。おい、朝持たせたショールはどうした?」

「ショールでしたら、ほらあの通り。とても有効的に活用させていただいてます」

ルチアがそう言って玉砂利《たまじゃり》入れにしている即席バッグを指差すと、フィンは一瞬訝《いぶか》しそうな顔をした。

だが、すぐにそれが自分が持たせた大判のショールでできていると気付いたらしく、端と端を結び合わせて作った取っ手を持ち上げて、感心したみたいに言う。

「へえ、上手くできている。ルチアが作ったのか?」

「そうですよ。大判の布があれば、大体なんでも包めます。教えましょうか?」

「そうだな、後で教わろうか。だが、まずは腹ごしらえだ。お前はちゃんと食わせないと、何をするか分からないからな」

「失敬な。そんな、食いしん坊みたいに言うのやめてくださいってば」

この日、午後になって海が時化《しけ》たため、いずれにせよルチア達がもう一度海岸に出ることは叶わなかった。

　そればかりか、ルチアはどうやら軽い熱中症を患《わずら》っていたらしく、フィンによってベッドに突っ込まれた上、ノアに一日中見張られる羽目になった。

第六章　流刑地三十日目

「――急げ、始まるぞ！」

興奮した様子の人々がルチアを追い越し、洞窟住居から我先にと飛び出していく。

それに続いて海岸に出ると、朝日が昇り始めたばかりで辺りはいまだ薄暗かった。

洞窟住居がある岩山の裏――石絵の具を作ろうと玉砂利《たまじゃり》を拾い集めたあの海岸から、朝日の色を映して黄金色に輝く水面《みなも》に、黒い小山のような影が見える。

ルチアの隣で、ノアがほうとため息を吐いた。

「大きい……あれが、鯨《くじら》……？」

「ノアは、鯨《くじら》を見るのは初めてですか？」

「うん、初めてだ。海に住んでいるけど、あれは魚じゃないんだっけ？」

「ええ、鯨《くじら》は私達人間と同じ哺乳類《ほにゅうるい》。赤ちゃんで生まれて、お母さんのお乳を飲んで育ちます」

ヴォアラ島南西部の岩場に、一頭の鯨《くじら》が座礁《ざしょう》したのは昨日の夕方のことだった。

鋭い歯を持ち魚やイカなどを食べるハクジラの一種で、大きさとしては中型のものだ。

これを放置すればやがて体内に溜まったメタンガスが爆発して、辺り一面悲惨な事態になりかねないので、腐敗する前に早急に解体して食糧や資源に回される。ヴォアラ島では、昔からそうされてきたらしい。

鯨《くじら》の周りには、若者を中心に島人《しまびと》の男達が大勢集まっていた。

クレーンのような重機はないため、男達が鯨《くじら》の身体に縄をかけて素手で引っ張っている。

「ご覧よ、あの見事な弧線《こせん》を描く身体……まさに曲線美だね。あの通り水の抵抗を最小限に抑える形をしているから、あれほどの巨体でも海の中を速く泳げるんだ」

まるで潜水艦みたいな流線形のボディが海水から引き上げられたのを見て、ノアの向こうで感慨深そうなため息を吐いたのはアーノルドだ。

ルチアが彼らと三人で、この海岸で玉砂利《たまじゃり》を拾い集めてから、すでに一月《ひとつき》ほど経っていた。

あの時の玉砂利《たまじゃり》は細かく砕いた後で篩《ふるい》にかけて流水にさらし、小さ過ぎるものや不純物を洗い流して顔料を精製した。これは、水中での沈殿速度の差を利用して大きさ別に粒子を分離する水簸《すいひ》という比重選鉱の一種で、砂金の採集などにも用いられる方法だ。

そうして精製した粉末に鯨《くじら》の膠《にかわ》を定着剤として混ぜれば、岩絵の具ならぬ石絵の具の完成である。

最初は色が薄かったりくすんだりしているものばかりだったが、試行錯誤を重ねた結果、最近になってようやく安定した発色のものが出来上がりつつあった。

水簸《すいひ》作業には水が必要なため、必然的にアーノルドは洞窟住居を出て湖沼《こしょう》の畔《ほとり》で過ごす時間が増え、それに比例して彼が集落の人々と関わる機会も多くなっている。

そんなアーノルドの熱視線を浴びる鯨《くじら》は、島人《しまびと》の男達の手によってまな板代わりの平らな岩の上に載せられた。

するとと、ここでようやく真打の登場である。

「――長《おさ》っ、待ってました！」

「フィン、頼むぞ！」

鯨《くじら》の解体は、ヴォアラ島では代々長《おさ》の役目らしい。

そのため現在の長《おさ》たるフィンが、長い柄の先に大きな刃を括《くく》り付けた薙刀《なぎなた》みたいな刃物を肩に担いで颯爽《さっそう》と現れた。

「あれで骨まで断てるのかしら？」

「ル、ルチア……本当に解体を見るの？」

「はい、せっかくですので後学のために。ノアは、部屋に戻っていますか？」

「……ううん、ここにいる。あなたと一緒にいる」

ルチアが前世生まれ育った日本には捕鯨《ほげい》と鯨肉《くじらにく》を食す文化があったおかげで、さほど抵抗を感じないが、鯨《くじら》を見たのも生まれて初めてだというノアは、これから始まる解体作業に戦々恐々《せんせんきょうきょう》とした様子だった。

すると、ルチア達が海岸にいるのに気付いたフィンがぎょっとして立ち止まる。

「お前達……来たのか？」

「あら、来てはだめでした？　解体の見学は島人《しまびと》限定ですか？」

「いや、だめとまでは言わないが……お前達には刺激が強過ぎると思うぞ？」

「大丈夫です。いざとなったら、ノアの目を手で塞ぎます」

日の出と共に鯨《くじら》の解体が始まる情報は、ルチアにも昨夜のうちにフィンから与えられていたが、見学は推奨されていなかったらしい。さもありなん。鯨《くじら》の解体はなかなかのスプラッターだ。壮年のアーノルドはともかくとして、ほんの一月《ひとつき》ほど前まで王宮の奥に仕舞われていた箱入り王女なルチアと、まだ十歳のノアにそんな凄惨《せいさん》な現場を見せようとは、フィンでなくても思わないだろう。

汚れるのを見越してか、フィンの上半身は裸だ。無駄な肉の一切ない身体を惜しげもなく晒《さら》している。

彼はルチアとノアの見学に賛同しかねる様子だったが、鯨《くじら》を引き上げて興奮気味の男達に早く早くと急《せ》かされて仕方なくそちらに向かう。その際、ルチア達のことを託すように、目に付いた人物に目配せをしていった。

「今宵《こよい》は久々に、生の鯨肉《くじらにく》を肴《さかな》に一杯やろう。ネイサ、お前も付き合え」

「御意《ぎょい》にございます、殿下」

ノアとは反対のルチアの隣に並んだのは、巨大なイモの葉を日傘代わりにネイサに持たせせたカミーユだった。

鯨肉《くじらにく》の刺身は、捌《さば》いたその日しか味わえないご馳走だ。

座礁《ざしょう》した鯨《くじら》は、昨夜のうちに血抜きも兼ねて腐りやすい内臓を身体の外へ引っ張り出されていたらしい。

これらは後々、沖合の海に捨てられて、魚や海鳥の餌となる。

人々が息を呑んで見守る中、フィンはまず最初に尻尾を切り落とした。すぱっと一刀両断された切り口が、刃物の鋭さと使い手の腕の良さを物語っている。

次に腹と背に横一線に切り込みを入れると、鯨《くじら》の身体に残っていた血がブシュッと大きな音を立てて噴き出し、周囲は一気に赤に染まった。

「いやあ、美しい……っ！　あんな鮮《あざ》やかな赤は、絵の具ではなかなか出せないなぁ!!」

アーノルドは興奮が抑え切れない様子で鮮血の美しさを雄弁に語る。彼に肩を抱かれたノアの顔は、可哀想なほど引《ひ》き攣《つ》っていた。

「フィンの肉体美も実に素晴らしい。ご覧よ、あの鋼《はがね》の筋肉……まるで芸術品のようだ」

アーノルドはさらに、筋肉質なフィンの背中をうっとりと眺めて惜しみない称賛を送る。

そんな彼を横目に、ルチアの耳元にカミーユが口を寄せてきた。

「ルフラント王国より流されてきて、はや三十年。炭小屋に籠もって、昼夜問わず壁という壁に絵を描き続けていたあのアーノルドが、朝日の中で芸術を語るようになるなんて、奇跡みたいだ」

「アーノルドさん、随分規則正しい生活ができるようになりましたものね。元は王子様ですから、文化人の素養は充分でしたし」

カミーユ率《ひき》いるお掃除隊が彼の部屋を定期的に掃除するのには、室内を清潔にするという目的の他に、彼のためにキャンバスを白に戻してやるという意味合いもあった。

洞窟住居の中を木炭だらけにされるのは困るが、絵を描くことが彼の生き甲斐《がい》であると理解し、それを取り上げようとはしなかったのだ。アーノルドはこの三十年、集落にとって紛うことなき食《しょっ》客《かく》であった。

けれども、そんな彼の立ち位置が、ここにきて変わろうとしている。

その第一歩は、彼がおばあに頼まれて部屋の扉に描いた、マーガレットの花だ。

真っ白い花弁と黄色いめしべとおしべを持つ花の絵は、年季の入った柿渋色《かきしぶいろ》の木の扉によく映《は》えた。

それを見て感心した他の者が、是非とも自分の部屋の扉にも絵を描いてほしいと言い出し、そうして描かれた絵をまた別の者が目にして……という風に、アーノルドの名声は瞬《また》く間に集落中に広がっていったのだ。

「今やアーノルドは、集落唯一の画家としての地位を確立したと言っても過言ではない。島人《しまびと》として集落に認められる日も近かろう。よくやってくれたな、ルチア。私もそなたの母として誇らしいぞ」

「いいえ、私は絵の具を提案しただけで、別に大したことは……と言いますか、母、とは……？」

「一月《ひとつき》共寝をしたそなたとフィンは、もはや事実婚も同然だろう。フィンの伴侶ということは、つまりその母である私とそなたも親子になるわけだ。私のことは、今後は母と呼ぶがいい」

「え？　え、えーっと、それは非常に光栄なのですが……」

カミーユの言う通り、ルチアはヴォアラ島に到着したその夜からずっと、フィンと同じ寝床で就寝している。

しかしながら、最初に宣言した通り、彼はルチアの意思を無視して事を進めようとはしなかったため、現在も二人は清い関係を継続中だった。

フィンのパーソナルスペースが狭いのは相変わらずなので、すでに良い仲なのではと誤解されることもあるが、少なくともルチアはまだピッカピカの処女だ。

そんな状況がカミーユとしては歯痒《はがゆ》いらしく、早くルチアとフィンが名実共に夫婦となるように、とあの手この手で外堀を埋めようとしてくる。

「なんだ。私が母では不服か？」

「不服だなんて、とんでもないことでございます」

少女みたいに唇を尖らせるカミーユに、ルチアは心の中でやれやれとため息を吐いた。

側に佇《たたず》むネイサは微笑むばかりで助け船を出してくれる気配はない。

ルチアは仕方なく、困り顔を作って口を開いた。

「その、慣れなくって……生まれてすぐに母を亡くしましたので、今まで誰かを母と呼んだことがないのです」

「そう……そうであったか……」

「ですから、母と呼ぶのはまだ難しいかもしれませんが……カミーユ様を母のように思って甘えてもいいですか……？」

「いいに決まっているではないか！　水くさいことを言うでないよ！」

とたんに感極まった様子のカミーユが、ルチアをぎゅっと抱き締める。

勢い良くぶつかってきた豊満な胸に顔面を強打し、ルチアはうっと呻《うめ》いた。

暫定母の腕の中で鼻を押さえて涙目をしょぼしょぼさせながら、ふと、記憶にある方の実母――前世の母に思いを馳せる。

前世では、母より先に逝《い》くという最悪の親不孝をしてしまったことに、今更ながら胸が痛んだ。

そうこうしているうちに、フィンが腹と背に入れた切り込みから、島人《しまびと》の男達の手によって鯨《くじら》の分厚い皮が剥がされていく。

ベリベリベリという凄まじい音が、まるで鯨《くじら》の断末魔の叫びのように聞こえた。

鯨《くじら》の解体は時間との勝負だ。太陽が高く昇って気温が上がる前に終わらせなければ、腐敗が進んでしまう。

黙々と作業を進めるフィンの背中に、人々の視線が集中する。

刃物を振り上げる度《たび》に筋肉が盛り上がり、小麦色の鞣《なめ》した革めいた肌の上で汗が光った。

「我が息子ながら惚《ほ》れ惚《ぼ》れするほどいい身体をしているな。どうだ、ルチア。惚れ直したか？」

「そう……ですね。あの逆三角形の広背筋は、理想的な細マッチョかと」

「ほそまっちょ？」

「何でもないです」

カミーユが誇らしげに言う通り、フィンの勇姿は惚《ほ》れ惚《ぼ》れとするものだった。

こんもりとした黒い小山の上に一人立つ彼は征服者のようで、畏怖《いふ》さえも覚える。

鯨《くじら》の血を浴びてあちこち赤に染めた姿は凄惨《せいさん》だが、それがさらに彼を強者に見せていた。

どこかで、きゃあ、と黄色い悲鳴が上がる。出所を窺《うかが》うと、頬を染めた妙齢の女性達が一所に集まって、フィンに熱い視線を向けていた。

腰の曲がった老齢の男性が、歴代の長《おさ》の中でも特に解体が上手い、とフィンを誉め称える。

鯨《くじら》の解体は、娯楽の少ない集落の人々にとって一大イベントであると同時に、長《おさ》のカリスマ性を高める儀式のようなものだ。

海の生態系上位にある鯨《くじら》の身体に刃を突き立て、それを捌《さば》き、恵みを分け与える長《おさ》の姿に集落の人々は感謝と尊敬を覚える。

こうして長《おさ》が分かりやすくリーダーシップを発揮することで、豊かだが閉鎖的な集落は統率がとれているのだろう。

フィンが振り上げた血塗《まみ》れの刃が、太陽の光を浴びてギラリと光る。

ちらりと見えた彼の横顔も、その切っ先のように鋭くて、ルチアはとっさにノアの両目を手で覆《おお》っていた。

＊＊＊＊＊＊

鯨《くじら》の解体ショーが行われた日の午後のことである。

ルチアが祖国リーデント王国から履《は》いてきたあの黒いパンプスがとんだ災難に見舞われた。

災難の元凶は、ルチアの愛猫ミッチーとその兄弟猫達だ。

まだ一歳にも満たない彼らは悪戯《いたずら》盛りで、せっかくアーノルドが作った絵の具を引っくり返したり、足の裏に絵の具を付けたまま洞窟住居の中を走り回ったりとやりたい放題。

ルチアのパンプスもそんな彼らの前でうっかり脱いだことで餌食《えじき》となり、左右とも見事アッパー、中底、本底の三枚おろしにされてしまった。さらに猫達は、バラバラにしたパンプスの部品を咥《くわ》えてどこかへと持ち去ったのだ。

ヴォアラ島では珍しい牛革で作られていたのが彼らの興味を引いたのかもしれない、というのがカミーユの言。

ノアが猫達とパンプスの三枚おろしを探しに行ってくれたため、ルチアはその間カミーユの履物を借りたのだが、如何《いかん》せんサイズが合わないせいで歩きにくい。

仕方なく、食堂の片隅に座ってノアがパンプスの部品を取り返してきてくれるのを待っていると……

「——あれ、ルチア。もしかして、一人？」

「はい、マルクスさん。実は……」

厨房《ちゅうぼう》から出てきたマルクスが、ルチアに気付いてやってきた。夕食用の鯨肉《くじらにく》の下処理を終えてきたらしい彼は、ルチアの向かいの席に座って一息つく。ルチアは労《ねぎら》いを込めて水差しからカップに水を注ぎつつ、自分のパンプスに起こった悲劇を話して聞かせた。

「ふーん、なるほど。それは災難だったね。でも話を聞く限り、猫達から取り返したって、その靴はもう履《は》けないんじゃないかなぁ」

「私も薄々そんな気はしていています……」

「新しいものを用意した方がよくない？　せっかくだし、自分で作ってみたらどうかな」

「靴を自分で、ですか？」

さすがに、前世でも靴を作った経験はない。戸惑うルチアに、マルクスが人好きのする笑みを向けた。

「作り方を教えてもらえばいいんだよ。服飾関係を担《にな》っている子達がいるから紹介するね」

彼はそう言ってルチアの手を取ると、返事も聞かぬまま引っ張って歩き出す。

よろけて転びそうになったルチアは、岩の壁に手をついて何とかその場に踏みとどまった。

「あっ、ちょっ……ま、待って……待ってくださいっ……！」

「んー？　どうしたの？」

「お借りしている履物が足に合わないんです。申し訳ありませんが、引っ張らないでいただけると助かります」

「ああ、そっか、ごめんごめん。じゃあ――だっこしてあげようか？」

マルクスが悪びれる様子もなくそう言って、ルチアの手を掴んでいるのとは反対の手も差し出してくる。

ルチアはぎょっとして、慌てて首を横に振った。

「いえ、結構です。ゆっくり歩いていただければ、自力で……」

「僕のだっこはだめなの？　どうして？　もしかして、フィンに操《みさお》を立ててるからとか、そういう感じ？」

「え？　いえ……」

「そもそも、君さ――もう、フィンとは寝たの？」

矢継《やつ》ぎ早《ばや》に繰り出される不躾《ぶしつけ》な質問に面食らいつつ、ルチアはひたすら首を横に振る。

マルクスの言う「寝た」が、ただの添い寝を指すのではないことくらい、前世の記憶がなくたって分かった。

「部屋に居候《いそうろう》させていただいているだけで、フィンとは何もないです」

「えー、本当に⁉　君と一つのベッドで寝ているって聞いたよ？　一月《ひとつき》も一緒に寝てて、何もないって言うの？　長《おさ》ともあろう者が、そんな甲斐性《かいしょう》なしで大丈夫なのかな」

カミーユ然《しか》り、マルクス然《しか》り。ルチアがフィンの誠実さをアピールすればするほど、彼の面子《メンツ》が潰れていっているような気がして、何だかひどく申し訳ない気持ちになる。

ようやく自分の手を離して歩き始めたマルクスを、ルチアは覚束《おぼつか》無い足取りで追いかけた。

前を行く大きな背中が、ぶつぶつと独り言をこぼす。

「ふーん……まあ、いいか。フィンとまだ何もないなら、それはそれで好都合だし」

「え？」

「何でもないよ。あー、ほら、もう着いた。ここだよ。――おーい、君達。ちょっと彼女のこと頼めるかなー？」

「あ……」

マルクスがルチアを連れてきたのは、ちょうど食堂の真上に当たる二階部分の一室。木の扉には、アーノルドの手によるものと思わしきスズランの花の絵が描かれていた。

スズランは大陸の北の涼しい高原に生《は》え、熱帯に属するヴォアラ島では見られない植物である。

その鈴に似た真っ白くて可憐な花を象徴するように、部屋には七名の妙齢の女子達が集《つど》っていた。

ノックもなしに扉を開けたマルクスを、大きな木のテーブルを囲んで座っていた彼女達はぎょっとした様子で振り返り、ルチアの顔を見てさらに目を丸くする。

とたんに、ルチアは居たたまれない心地になった。

集落の人々は総じて、初日からずっと新参者のルチアに好意的に接してくれていた。

顔を合わせれば笑顔で挨拶《あいさつ》を交わし、不自由はしていないかと声をかけてくれる。

一方で、集落に住まうようになって一月《ひとつき》経っても、ルチアがまったく交流できていない者達もいた。

それが、彼女と同じ年頃の女子達――マルクスに案内された部屋に揃っていた七名だったのだ。

今朝、鯨《くじら》を解体するフィンの勇姿に黄色い悲鳴を上げていたのも、彼女達である。

ルチアには彼女達から若干避けられている自覚があったので、いきなり引き合わされてしまってとてつもなく気まずい。

それなのに、マルクスは扉の前で立ち尽くしたルチアを強引に部屋の中へ押し込むと、それじゃあね、と片手を上げて自分はさっさと引き上げていった。

バタンと背後で扉が閉まり、ルチアは顔を強張らせる。

彼女の緊張に呼応するように、七名の女子達の表情も見るからに固くなった。

前世において中高生時代、新学年になっていざ新しい教室に行き、親しい友人が一人もいなかった時のあの強烈なアウェー感を思い出し、胃の辺りがキリキリしそうだ。

すでに出来上がっているグループの中に後から一人で飛び込んでいくというのは、ほとほと勇気のいることである。

服飾関係を担《にな》っているとマルクスが言っていた通り、彼女達が囲むテーブルの上にはさまざまな生地や糸が並べられ、窓際には糸車も置かれている。それぞれ手に針や糸、鋏《はさみ》を持って、裁縫に勤《いそ》しんでいるところだったようだ。

作業を中断させてしまった気まずさと、明らかに歓迎されていない空気に息が詰まりそうになりながらも、ルチアは何とか声を発する。

「あの、突然お邪魔して申し訳ありません」

すると、七人のうちの一人が、はっと我に返ったような顔をして椅子から立ち上がった。

ルチアより少しだけ大人びた顔立ちの、背の高い女子である。

彼女はこほんと一つ咳払いをすると、姿勢を正して口を開いた。

「私がこの部屋の代表よ。ここに何か必要なものでもあるのかしら?」

「実は、その……靴が壊れてしまいまして。何か履物の作り方を教えていただけませんでしょうか?」

ルチアの言葉を聞き、明らかにサイズの合わない履物に包まれている彼女の足もとを見て、代表と名乗った女子は合点《がてん》がいった顔をした。

「分かったわ。じゃあ、そちらに座って。あいにくだけど、大陸の靴は作ったことがないのよ。この島で一般的に履《は》かれているもので構わないかしら？」

「はい、もちろんです。よろしくお願いします」

ルチアが座るよう指示されたのは、窓際に置かれた糸車の側の椅子だった。他の女子達が囲むテーブルからは離れている。

輪に入れてもらえなかったことを寂しく思うような、ひとまず距離を置けたことにほっとしたような、相反する感情にルチアはこっそりため息を吐く。

履物の作り方は、代表と名乗る女子が指南してくれた。

口調はどこか事務的ではあったが面倒くさがらず丁寧に教えてくれたので、どうあってもルチアを排斥《はいせき》しようとしているわけではない——と思いたい。

たった二百人しかいない集落である。ルチアもここで暮らしていく以上、彼女達とまったく関わらずに今後の人生を過ごすのは難しいだろう。

幼馴染《おさななじみ》のジュリエッタほど仲良くはなれなくても、せめて時たま一緒にお茶を飲めるくらいの女友達は欲しいものだ。

誰か一人でも、自分と打ち解けてくれる女の子がいますように——

そう願いつつ、一人ぼっちの心細さと寂しさにひとまず蓋をして、ルチアは靴作りに専念することにした。

見本用として借りた履物は、靴というよりも前世で一時期流行《はや》ったグラディエーターサンダルに近い。

フィンをはじめ、集落のほとんどの人がこれを履《は》いている。

基本となる中底には、親指を入れる輪が一つと、踵《かかと》を固定するストラップがすでに縫い付けられている。

さらに、左右から十本ずつの革紐が飛び出しており、それを自分の足の甲に添うように編み合わせて形を作っていくのだ。素材は全て、鯨《くじら》の皮を鞣《なめ》したものが使われているらしい。

ルチアは教わった通り、足の甲をぴったり覆《おお》うよう丁寧に革紐を編み合わせていく。

編み上がったら革紐の端を中底の裏に縫い付けて、余った部分を切り取る。

革紐の端と縫い目を隠すため、中底の裏に何枚か革を貼り付けて本底を作る。革を重ねて靴底を厚くすることで、足の裏への衝撃を和《やわ》らげるクッションになるという。

革を張り合わせる接着剤は、こちらも鯨《くじら》から採った膠《にかわ》を使用する。膠《にかわ》は固まるのが早いが、しっかりと定着するまでの重し代わりに、ルチア自身がそれを履《は》いてその場に立った。

乾くのを待つ間、話し相手でもいればよかったのだが、他の女子達からは相変わらず遠巻きにされていて寂しい限りである。ヒソヒソと小声で囁《ささや》き合っているのを見ると、自分の悪口を言われている気がしてしまい、余計に気が滅入《めい》った。

（この疎外感……さすがに凹《へこ》むなぁ……）

居たたまれなくなったルチアは、何とか気を紛らわせようと、余った革紐の切れ端を手に取った。

そうしてここでまた、彼女が前世で身に着けたスキルが役立つことになる。

まずは一つ輪を作り、重なった部分を指で摘《つま》んで押さえながら、少し下にずらした位置に二つ目の輪を作る。それから、革紐の端を下から潜《くぐ》らせ上に通し、また下に……という具合に上下交互に通していき、出来上がったのは平仮名の〝め〟を連想させるあわじ結びと呼ばれる結び目だった。

前世では、海外に行くとチップを払う場面が多々あった。裸金《はだかがね》で堂々と渡していいのだが、日本には古来よりポチ袋という習慣があり、これにチップを入れると外国人にたいそう喜ばれたのだ。

それに気を良くして、さらに小さな水引飾りを付けたポチ袋でチップを渡したいと言い出したのが、前世の幼馴染《おさななじみ》。そして、不器用な彼女に代わってそれを習得させられたのが、前世のルチアである。ちなみに、水引の結び方はインターネット配信されていた動画を参考にして覚えた。

あわじ結びからさらに、残った革紐の先端を平仮名の〝め〟の中心となっている穴に、輪になるように丸めつつ左右順番に差していくと、可愛らしい梅の花みたいな、その名の通り梅結びが完成する。

ルチアはこれを六つ作り、三つずつ繋いで左右それぞれのサンダルの甲に飾り付けた。

鯨《くじら》の革だけでできたシンプルなサンダルだが、梅結びをあしらうことで華やかさが増す。

漂白したり染色したりした革紐で作れば、もっと飾りが映《は》えそうだ。

そんなことを考えつつ足もとを眺めていたルチアは、ふと視線を感じて顔を上げる。

そして、ぎょっとした。

「ひえっ……!?」

今の今までルチアを遠巻きにしていたはずの女子達が、いつの間にか彼女の周りに集まってきていたからだ。

彼女達は全員両目をまん丸にして、ルチアの足もとを――正しくは、サンダルに取り付けた梅結び飾りを食い入るように見つめている。その姿が、前世の記憶の中にある、水引飾りを初めて目にした時の外国人の反応と重なった。

「えーっと……よろしければ、結び方をご説明しましょうか？」

試しにルチアがそう提案してみると、女子達の色とりどりの瞳が一斉に輝く。

「ぜひ！」

真っ先に答えたのは、代表と名乗ったあの女子だ。

それを皮切りに、私も、私も、と声を上げ始める女子達の現金さにはいささか呆れるが、それよりも疎外感から解放されたことにルチアはほっとする。

「あなた、手先が器用なのね！」

「ねえ、これ！　髪飾りなんかにしても、可愛いんじゃないかしらっ！」

さっきまでの余所余所《よそよそ》しさが嘘みたいに、左右から手を引かれて大きなテーブルの方に招かれた。

女子達はやりかけの縫い物も何もかもを端に追いやって、全員が全員革紐を手に取る。

流刑先で、まさかカルチャースクールを開くことになるとはルチアも思わなかった。

そうして、輪の中に迎え入れられて分かったのは、女子達は別段ルチアを嫌っていたわけではなかったということだ。

ヴォアラ島に生まれ育った人間は誰しも、流刑に遭った先祖の無念やその身に流れる血の誇りと共に、自《みずか》らのルーツである大陸に強い憧れを抱いているという。

そんな憧れの地から突然やってきたルチア――しかも、自分達と同年代で同性の相手に、女子達は当然興味津々《きょうみしんしん》だった。集落到着初日の夜に開かれた歓迎会では、七人揃って挨拶《あいさつ》に行こうと話し合っていたらしい。

ところがいざ歓迎会が始まってみると、長《おさ》であるフィンがルチアの横に陣取り、集落の最長老であるおばあと女王然としたカミーユが彼女を公然と構いまくっている。

あまりのＶＩＰ待遇に怖気《おじけ》付いてしまって挨拶《あいさつ》する機会を逃した上、それ以降も話しかけるきっかけを掴めないまま一月《ひとつき》が経ったというのが、ルチアが女子達に遠巻きにされることになった顛末《てんまつ》だった。

先ほど彼女がマルクスに連れられてやってきた時も、突然のことに動揺するあまりに本意ではない態度をとってしまったと申し訳なさそうにする女子達に、ルチアは笑って首を横に振る。

「私、祖国では一人だけしか友達がいなかったんです。そんな彼女も異国に嫁《とつ》いでいってしまって、きっともう二度と会えません。もしよろしければ、仲良くしていただけると嬉しいです」

それを聞いた女子達は、「もちろん！」と声を揃えた。

代表と名乗った女子から順番に自己紹介が始まる。

そうして、ルチアが無事全員と挨拶《あいさつ》を交わし終わった頃――唐突に扉が開いた。

「あれー!?」

現れたのはマルクスで、自分が問答無用で放り込んだルチアの様子を今更見に来たらしい。

ルチアが女子達と一緒にテーブルを囲んでいるのを目にしたとたん、彼はどういうわけか意外だと言わんばかりの声を上げた。

「えっ、なになに？　仲良くなっちゃった感じなの？」

「はい、まあ……おかげさまで」

「へー、ふーん……作戦失敗かー……」

「あの……？」

ルチアの見間違いでなければ、マルクスは女子達に囲まれて和気あいあいとしている彼女を見てつまらなそうな顔をした。

もしかして、彼はルチアが孤立して消沈するのを期待していたのだろうか。

そんな風に勘繰りたくなってしまう出来事であった。


「――ということが、あったんですよ」

クリーム色をした岩の天井は、この一月《ひとつき》ですっかり見慣れたものとなった。

ルチアはベッドに仰向けに寝転んでそれを見上げながら、この日の午後に経験した出来事を語っていた。

聞き手はただ一人。ベッドの本来の主であるフィンその人だ。

自《みずか》らの左腕を枕にして横向きに寝転んだ彼は、空《あ》いた右手で手慰《てなぐさ》みにするようにルチアの髪を梳《す》きつつ、ちらりと視線を壁際にやって口を開いた。

「なるほど、仕立て部屋の女子達と仲良くなったんだな。それで、いきなりあんなに服が増えたわけか」

「その代わり、夕食の時間までもみくちゃにされましたけどね」

ベッドとテーブルしかなくて殺風景だったフィンの私室には、この一月《ひとつき》で随分とルチアの私物が増えていた。

壁際に設置されたばかりの彼女専用の棚には、今朝までなかった衣服がみっちりと詰まっている。

マルクスに連れていかれた仕立て部屋で七人の女子達と打ち解けたルチアは、水引の結び方講座を終了した後もその場に引き止められ、彼女達の服飾作品を試着するマネキン役をさせられた。

棚に詰め込んだ衣服達は、その礼だと言って一人一人からもらったものである。

ちなみに、肝心のルチアの黒いパンプスは猫達のねぐらの一つで発見されたが、やはり修復不可能なほどボロボロにされてしまっていたため、回収を諦めたという報告をノアから受けた。

「それにしても……マルクスさんまで私達の仲を誤解してましたよ。そもそも、どうして私がフィンの部屋で寝起きしているとご存知だったんでしょうか？」

「それは、俺が教えたからだろうな。お前にどの部屋を与えたのか尋ねてくる相手には、ルチアなら俺とベッドを共有していると答えるようにしている。マルクスもそうだな」

「わあ！　もうそれ、誤解してくれって言っているも同然じゃないですか！　やっぱり一人部屋を所望します!!」

「待て待て」

ルチアは慌ててベッドから起き上がろうとしたが、それよりも早くフィンに捕まって、その右腕にすっぽりと抱え込まれる。

フィンの距離感が近いのは相変わらずだ。ヴォアラ島に来て彼と出会うまで、それこそ元婚約者のオリバーとだってこんなに密着したことがなかったため、さすがのルチアも少しどぎまぎしてしまう。

とはいえ彼女自身、この状況を嫌だとは決して感じていなかった。

この一月《ひとつき》で、ルチアはフィンの人となりを概《おおむ》ね把握したつもりだ。

若いながらも集落の長《おさ》として人々を統率する手腕には脱帽するし、それでいて偉ぶったところのない振る舞いには好感が持てた。

加えて、ビジュアル的にもまったく申し分なく、カミーユが息子自慢をしたくなるのも分かる。

——つまるところ、ルチアはフィンのことを人間的に好きになるのと比例して、異性としても意識するようになっていた。

前世の記憶と人格を持ったまま生まれ、それゆえに今世を他人事のように感じていた彼女にとっては初めてのことだ。

いつだって一線を引いていた元婚約者オリバーとは対照的に、フィンはすぐ側までぐっと踏み込んできてルチアの心を遠慮なく揺さぶる。

今も彼は、宥《なだ》めるように彼女の背中をトントン叩きつつ、考えてもみろ、と言葉を続けた。

「今更部屋を分けたと知られれば、今度は会う者会う者に俺との関係が破綻《はたん》したのかと尋ねられるぞ。いちいち説明するのは面倒じゃないか？」

「それは……まあ、確かに面倒ですけど……」

「そうだろう。だったら、このまま同じ部屋を使うのが無難だと思わんか？」

「……何だか、上手く丸め込まれているような気がします」

ルチアが複雑な表情をしていると、その肩口にフィンが顔を埋《うず》めてくる。

そうして首筋の辺りで犬みたいにクンクンと鼻を鳴らされて、ルチアはぎょっとした。

「ええっ？　なになに、何ごとですかっ⁉」

「いやなに……どうにも鼻の奥に血の臭いが残っているようで不快でな。鯨《くじら》の解体をした日はいつもこうだ」

「それはご愁傷様《しゅうしょうさま》で……って、それと、私をクンクンするのとどう関係するんです⁉」

「お前の匂いで上書きしたい」

フィンはそう言うと、ルチアをぎゅうぎゅう抱き締める。

今朝の鯨《くじら》の解体は二時間ほどで終わり、フィンはその後、切り分けた部位の選定や塩漬けの作業で忙しかったらしい。そのため、この日ルチアが彼と再び顔を合わせたのは、夕食の席だった。

フィンは常日頃、集落の長《おさ》として忙しくあちこち飛び回っている。一日中ジャングルに入っていることもあるようで、昼食の時間に食堂に来られない日も少なくなかった。

けれども、日が落ちる頃にはルチアの側に戻ってきて、夜は必ず並んで眠る。

ベッドの中でその日一日どう過ごしたのかをフィンに報告するのが、ルチアの日課になっていた。

ただこの日の、ルチアが消沈するのを期待していたようなマルクスの言動については話していない。

マルクスは、フィンにとっては幼馴染《おさななじみ》だ。それを疑う――あるいは悪く言われては気分が良くないだろうと考えたからである。ルチアだって、前世の幼馴染《おさななじみ》やジュリエッタを悪く言われるのは嫌だ。

「ルチアはいい匂いがするな。何か、香でも焚《た》いたのか？」

「香なんて触ってもいませんよ。あ、もう……あんまりクンクンしないでください。恥ずかしいです」

フィン自身、鯨《くじら》の解体後は海に飛び込んで血を落とし、その後改めて風呂にも入っているから清潔な石鹸《せっけん》の香りしかしない。男風呂でも女風呂でも同じ石鹸《せっけん》が置かれているので、ルチアも彼と同じ香りがするはずなのだが……

衆人の前では刃物を振り上げ勇ましい長《おさ》を演じていたというのに、自分と二人きりのベッドの上では一変、まるで子犬が甘えるみたいに擦り寄ってくる彼を、ルチアは不覚にも少しだけ可愛いと思ってしまう。

だから、戯《じゃ》れ合いの延長のようにさらなるスキンシップを求められても、断らなかった。

「ルチア――おやすみのキスをしても？」

「……いいですよ」

ルチアの首筋から顔を上げたフィンが、すでに鼻先同士がキスをしているような状態で強請《ねだ》る。

今朝は鯨《くじら》の解体作業を見学するために早起きしていた上、仕立て部屋での着せ替え人形役で疲れていたルチアが欠伸《あくび》を噛み殺しつつ頷いてすぐ、フィンはその唇に触れるだけのキスをした。

柔らかな他人の唇の感触は、眠気で蕩《とろ》けた思考の中であってもやはり照れくさい。

堅物の元婚約者とは、ついぞ体験しなかった生身による触れ合いに、ルチアの頬は自然と色付いた。

「キスをしたのは……あなたが初めてです」

「そうか、それは重畳《ちょうじょう》」

うとうとしながらルチアが呟くと、フィンの声が心なしか弾む。

ところが、彼女がむにゃむにゃと続けた言葉を耳にしたとたん、眉間に皺《しわ》を刻んだ。

「……んん？　違う、違いました。すみません、嘘をつきました。ジュリエッタが先でした」

「は？　どういうことだ。詳しく聞かせてもらおうか」

「私達がノアくらいの年の頃です。家庭教師を撒《ま》いてきた彼女に付き合ってクローゼットに隠れたんですが、思った以上に内部が真っ暗で……それでうっかり顔と顔とがぶつかって、ぶちゅっと」

「いやいや、それはキスの数に入れなくてもいいんじゃないか……って、おいこら！　聞いているのか⁉」

フィンが何やら強い調子で訴えているようだったが、この時にはもうルチアの上の瞼と下の瞼はくっ付いてしまっていて、彼の主張はまったく頭に入ってこなかった。

それなのに、ふとした沈黙の後。

大きなため息にまじって降ってきた声は、微睡《まどろ》むルチアの耳に不思議と届いた。

「ジュリエッタ、ジュリエッタと……さすがに、少々妬《や》けるんだが？」

第七章　流刑地八十七日目

ルチアがヴォアラ島で生活を始めて、間もなく三ヶ月が経つ。

この日は朝も早くから、集落の若者が総出でジャングルに入っていた。

その目的は、ルチアもヴォアラ島初日にフィンの背中に負ぶわれつつ口にした果実、ヘビノミツを収穫すること。

果汁いっぱいの小さな粒が寄り集まってできているそれは、色こそ黄色いもののルチアの前世の記憶にある木イチゴを彷彿《ほうふつ》とさせる。

ちなみに、ヘビノチと呼ばれる木イチゴそっくりの赤い色をしたものもあるが、こちらは口に入れたら最後、舌も食道も胃も爛《ただ》れて水さえ飲めなくなるという猛毒の果実だ。

そんなヘビノチとは対照的に、ヘビノミツはまったくの無毒であるという。

黄色い果汁に含まれる酸がミネラルの吸収を助けて熱中症予防にもなるとのことで、熱帯に属するヴォアラ島では日常的に口にされている。

日持ちがしないことと、そのまま食べると非常に酸味が強いため、甘味を加えてジャムにするのが一般的だ。そうして加工されたものは、守人《もりびと》のフィンが一手に担《にな》う他の島との交易にも使われる。

その効能から薬として重宝され、マッチや鶏《とり》の雛《ひな》といった高価なものと交換してもらえるらしい。

ヘビノミツはヴァアラ島の特産品と言っても過言ではない、大いなる自然の恵みであった。

ルチアも、このヘビノミツの収穫に参加することになったのだ。

これまでも何度かジャングルに入ったことはあったものの、集落からさほど離れたことはなかった。

しかし、ヘビノミツがたくさん生《な》っているのはジャングルの中央付近とのことで、今日はヴァアラ島に到着した日に泊まったあのツリーハウスの近くまで繰り出す予定らしい。

守人《もりびと》としてジャングルの地理を全て把握しているフィンは、人々を先導するために先頭を行く。

一方で、ジャングルを歩き慣れていないルチアは最後尾をのんびり進んでいる。ずっと自分が側に付いていられないことを案じたフィンは、行軍に先駆け彼女の前で難しい顔になっていた。

『いいか、ルチア。よく聞け』

『はい、はい、聞いておりますよ』

彼はルチアの両肩を掴んで、小さな子供に言い聞かせるみたいに続ける。

『ヘビノミツ以外のものは、見つけても安易に触れるなよ。美味《うま》そうに見えても、絶対に口に入れるんじゃないぞ』

『分かりました。ヘビノミツ以外は触りません、食べません。あと、ヘビノミツもすっぱいのでそのままでは食べません』

実のところ、昨日の夜から何度も同じことを言いつけられており、さすがにルチアの耳にもタコができそうだった。

しかしながら、長《おさ》という重荷を背負いつつも自分を案じてくれるフィンを煩《わずら》わせたくなくて、素直にこくこくと頷いておく。

それでもまだ安心できないのか、彼はある人物にルチアを託すことにしたらしい。

『ノア、くれぐれも頼むぞ。ルチアがふらふらしないように見張っててやってくれ』

『うん、分かった』

ルチアはこうして、幼いノアにお守りされることになったのである。

もちろん、普通は逆だろうと突っ込みたかったが……

「行くよ、ルチア。いい？　僕から絶対に離れないで」

「……心得ました」

珍しく張り切っているノアを前にして無粋な主張を繰り出せるほど、ルチアは空気が読めない人間ではなかった。

「ふむふむ、随分奥まで行くんだねぇ。僕がこの島に来た頃は、ヘビノミツは集落の近くにも結構生《な》っていたんだよ」

そう言いながらルチアの隣に並んだのは、すっかり引き籠もりを返上したアーノルドだ。

ここ最近、アーノルドがあちこちの部屋の扉に描いた絵に魅入《みい》られ、彼に弟子入りして絵を学ぶ島人《しまびと》が増えている。そんな弟子達が生活能力の乏《とぼ》しい師匠を見兼ねて、こぞって身の回りの世話を焼くようになり、カミーユ率《ひき》いるお掃除隊が御用改めする必要もなくなった。

今では、アーノルドの部屋は炭小屋の呼び名をすっかり返上してしまっている。

「ヘビノミツは綺麗な黄色なんだけどね。すり潰して絵の具にしようにも、すぐに果汁が変色して茶色になっちゃって駄目だったんだ」

アーノルドもジャングルに同行するつもりらしいが、ヘビノミツの収穫は二の次である。彼の真の目的は、絵の具を作る材料を探し出すことだった。

海岸や集落中からいろんな石を拾って来ては試したけれど、いまだに青色だけ納得のいくものができないのだという。

「ラピスラズリなんかがあると、最高なんですが……」

「その、ラピスラズリというのも石かい？　ルチア」

「複合鉱物の一つです。とても鮮《あざ》やかな青い色をしているんですよ」

「それはそれは。是非ともお目にかかりたいものだね」

ラピスラズリは石灰岩の中に産出される鉱物であり、石灰岩はサンゴ礁《しょう》などが堆積《たいせき》してできたものである。

もしもこのヴォアラ島がかつては海の底にあり、隆起《りゅうき》して現在のようになったとすれば、ジャングルの中から石灰岩が産出する可能性もなくはないだろう。

前世ではパワーストーンとしても重宝されていたラピスラズリは神聖な力が宿るとされ、魔除けに利用されるだけでなく、視力回復や解毒作用――特に、蛇毒を消すという古い伝承があるという。

全て、パワーストーンにハマっていた前世の幼馴染《おさななじみ》の受け売りである。

ちなみに前世の最期、幼馴染《おさななじみ》は本場のトルコ石を買うんだと張り切っていたが、トルコではトルコ石が産出されていないことを飛行機内で読み返していたガイドブックで知った。

「ルチアもアーノルドさんもちゃんと僕について来て。余所見《よそ》ばっかりしない」

「はーい」

「ノアは頼もしいねぇ」

掛人《かかりゅうど》三人で結成された小隊は、小さな隊長に従って最後尾を行軍する。

先を行く人々がしっかりと道を踏みしめてくれているおかげで、非常に歩きやすかった。

目印となるツリーハウスまでは二時間ほど。到着したらさっそく、その周囲でヘビノミツを収穫する。

道中、ツリーハウスに泊まった時にフィンが食べさせてくれたマンゴーみたいな果実の他にも、青いバナナに似たものや、巨大なパイナップルのおばけのようなものを見つけたが、ルチアは言いつけられた通り無闇に手を触れなかった。

果実の他に、特に注意しなければいけないのはキノコ類である。

ジュリエッタが持ってきてくれた『無人島で百日間生き残る方法』にも、キノコの有毒無毒を素人目《しろうとめ》で判断するのは非常に危険なため、絶対に触れないようにと記されていたのだ。

そんなこんなで真面目に収穫に勤《いそ》しんだ結果、スカーフの四隅を結んで拵《こしら》えたルチアのバッグも、あっという間に黄色い果実でいっぱいになった。

ルチアが玉砂利《たまじゃり》を集める際に風呂敷包みを応用して作ったバッグは、フィンの目に留まったことをきっかけに集落中で流行し、今回のヘビノミツ収穫においても重宝されている。籐《とう》の籠より柔らかいため、底になった果実が崩れにくいのだ。

ヘビノミツは豊作だった。わざわざ若者総出で収穫しにきた甲斐《かい》がある。捥《も》ぎたての甘酸《あまず》っぱい香りに、自然とルチアの頬も綻《ほころ》ぶ。

異変が起きたのは、そんな時だった。

「――わあっ!?」

突然、背後でノアの声が上がった。

慌てて振り返ったルチアは次の瞬間、ひゅっと息を呑むことになる。

彼女に背中を向けて尻餅をついているノアの前に、真っ白い大蛇が鎌首を擡《もた》げていたからだ。人間など容易《たやす》く丸呑みしてしまえそうな大きな口の中は真っ赤で、上下の顎には鋭い牙がびっしりと並んでいる。先が二股に割れた細長い舌は、それ自体が生き物のようにちょろちょろと動き回っていた。

ルチアがヴォアラ島にやってきて初めての夜に、ツリーハウスで遭遇したあの大蛇の幽霊に違いない。

「ヴォアラ!? 昼間なのに、どうして……?」

ルチアは愕然《がくぜん》とした。ヴォアラに遭遇したくなければ、夜のジャングルにはよほどのことがない限り足を踏み入れない方がいいとフィンに聞かされたから、てっきり夜しか出没しないものだと思い込んでいたのだ。

また、ヴォアラは霊体で、基本的には無害だとも彼は言っていたが……

「わ、わああっ!!」

「ノアッ……!!」

尋常ではない大きさの大蛇が牙を剥《む》いた状態で迫ってくれば、誰だってパニックに陥《おちい》るだろう。

明るい場所で見たヴォアラの目は、赤紫色をしていた。ブルーベリーみたいな形状でとても甘い、その名もヘビノメという果実と同じ色だ。

爛々《らんらん》と輝くそれにぐっと迫られて、ノアは尻餅をついた状態のままもがく。ルチアは震える足を叱咤《しった》して駆け寄り、彼を立たせて背中に隠した。

「ル、ルチア……」

「だ、大丈夫。無害だって、フィンが言ってたから……」

その間にも、大蛇の長い身体がとぐろを巻いて、ルチアとノアの周りをぐるぐる回り始めた。

ぎょろりとした赤紫色の目玉が、舐めるように二人を眺めている。

ところが——

その視線がふいにルチアとノアから外れて、自《みずか》らの足もと——大蛇に足はないから、自分の影がある地面に落ちた。

つられて目を向けたルチアが見たのは、何やら得体の知れない真っ赤な塊《かたまり》だった。

猛毒の果実ヘビノチを寄せ集めて固めたみたいな、成人の拳《こぶし》くらいの大きさの物体である。

その姿はまるで——

「——ヘビノ、シンゾウ」

〝蛇の血〟が集まる〝蛇の心臓〟――ルチアが連想した通りの言葉を発したのは、フィンだった。

彼は目の前でとぐろを巻くヴォアラではなく、そのたもとに落ちている真っ赤な果実を凝視して、ルチアが今まで見たこともないほど険しい顔をしている。

かと思ったらさっと駆け寄ってきて、ルチアとノアをその謎の物体とヴォアラから引き離す。そして、茂《しげ》みからひょいと顔を出したマルクスに向かって叫んだ。

「マルクス、ヘビノシンゾウだ！　全員連れて集落に戻れ！　今すぐだっ!!」

「……っ、了解っ!!」

こうして、一行はヘビノミツの収穫を中断し、急遽集落に戻ることになった。

ルチアもノアも何が起こったのか分からないまま、今度はマルクスを先頭とした列に追随するほかなかった。

＊＊＊＊＊＊

ヘビノシンゾウは、ヘビノチの突然変異であるという。

その名の通り、胸から抉《えぐ》り出したばかりの心臓みたいな見た目で、薄い皮の中に詰まった果汁は鮮血のようだった。

もちろんこちらも猛毒で、その毒性の強さは本家ヘビノチをゆうに上回るという。

ヴォアラ島のかつての支配者であったヴォアラも強力な毒を持っていたらしいが、それはこのへビノシンゾウを食べて自《みずか》らの体内で精製していたのではないかと言われている。

ヘビノチもヘビノシンゾウも、実が熟すと木から落ち、地面で弾けることによって種を飛ばす。

ルチアとノアが大蛇と遭遇した場所にあったヘビノシンゾウは、すでに地面に落ちた状態にあった。

それが弾ければ、あの場所に居合わせた面々——一帯でヘビノミツを収穫していた若者達が全員、猛毒の果汁を浴びる羽目になっただろう。

だからこそフィンは、すぐに全員を連れて集落に戻るようマルクスに命じたのだ。

マルクス率《ひき》いる一行は、太陽が傾き始める前に無事集落に帰り着いた。

ヘビノシンゾウ発見の情報により、人々はしばらくの間混乱していたが、それでも夕食が出来上がる頃にはいつも通りの平穏を取り戻していた。

収穫の途中で引き上げたとはいえ、この日持ち帰ったヘビノミツは大量だったため、さっそく出来立てのジャムが夕食に添えられる。

けれども、ルチアはその味を素直に楽しむことができない。

というのも、いつもは必ず一緒に夕飯をとっていたフィンの姿がなかったからだ。

それどころかこの夜、ベッドに入る時間になっても、彼が自室に——ルチアの側に戻ってくることはなかった。

「これって、絶対におかしい。フィンに何かあったのかも……」

ヴォアラ島に来て初めて迎えた一人ぼっちの夜。

ルチアはいつもよりずっと広く感じるベッドに仰向けになり、すっかり見慣れたクリーム色の岩の天井を睨んでいた。

昼間に長時間ジャングルを歩いて疲れているはずなのに、まったく眠気がやってこない。

やがて、ルチアは意を決してベッドから起き上がり、サンダルを履《は》いて部屋を出た。

薄暗い通路を岩の壁を伝いながら進み、やってきたのは赤い薔薇《ばら》の絵が描かれた扉の前だ。

薔薇《ばら》の絵はもちろん、アーノルドの作である。

わずかな逡巡《しゅんじゅん》の後、コンコンとノックしたところ、時を経《へ》ずして扉が開いた。そうして現れた相手に、ルチアはすかさず口を開く。

「こんばんは。夜分に申し訳ありません――ネイサさん」

「こんばんは、ルチア」

ルチアが訪ねたのは執事然としたネイサの――そして、扉に描かれた赤い薔薇《ばら》のイメージそのままな彼の女主人、カミーユの部屋だった。

「お入り、ルチア。フィンのことで来たのだろう？」

部屋の奥からそう声がかかると、ネイサは困ったような顔をしながらも、ルチアを中に招き入れてくれる。

小さく会釈《えしゃく》をして扉を潜《くぐ》ったルチアは、隣に立ったネイサと、部屋の奥のベッドに腰かけていたカミーユを順に見てから口を開いた。

「フィンが、こんな時間になっても帰ってきません。彼がどこにいるのか、お二人はご存知ですか？」

　とたんに、カミーユとネイサが顔を見合わせた。それにより、ルチアは彼らが何かしらの事情を把握していると確信する。

　近くにいたネイサに、フィンの居場所を知っているなら教えてほしいと告げると、彼はますます困った顔になった。

「フィンはヘビノシンゾウの毒に少し中《あ》てられたので、今夜は別室で療養しているんです。大丈夫、明日になれば回復しますから、ルチアも心配しないで休みなさい」

「別室とはどこですか？　どこで療養しているんですか？　私が見舞ってはいけませんか？」

「ルチア……フィンを心配していただけるのはありがたいのですが、彼も男です。弱った姿を君に見られたくはないでしょう。どうか、今宵《こよい》は一人にしてやってくれませんか」

「弱った姿って……フィンはそんなに具合が悪いんですか!?」

　ネイサはどうやら、ルチアをフィンのもとに行かせたくないらしい。

　カミーユは、そんな彼とルチアのやり取りを黙って眺めていたが、やがてベッドからするりと手を伸ばし、壁にかかっていた鍵の束を掴んでネイサに向かって放り投げた。

「ネイサ――ルチアを、フィンのところへ案内してやれ」

「殿下!?」

　鍵の束を受け取ったネイサは、とたんに焦った顔になる。

「お待ちください、殿下。何卒《なにとぞ》お考え直しを。どうか、フィンの気持ちも酌《く》んでやって――」

「——黙れ」

言い募ろうとするネイサを、カミーユは鋭く制す。

そして、冷え冷えとした眼差《まなざ》しで彼を見据え、ぴしゃりと言った。

「ルチアに弱った姿を見せたくない、だと？　そのルチアに業《ごう》を背負わせようとしているのに、独り善がりも甚《はなは》だしいわ」

満天の星空の下、潮が満ちてぐっと狭くなった海岸を、ルチアはネイサに連れられて歩いていく。

足もといっぱいに散らばる玉砂利《たまじゃり》が、二人の足に踏みしめられてキュッキュと鳴いた。

すっかり寝静まった集落の中、ランプを掲げて先導するネイサが声を潜《ひそ》める。ランプを持つのと
反対の手には、冷たい水の入った水差しが抱えられていた。

「殿下は、フィンを守人《もりびと》の子供として産んだことに、ずっと罪悪感を抱いておいでです。そのせい
で、彼の人生は他の者にはない苦労を強《し》いられるから、と」

カミーユは、息子のフィンを深く愛しているという。

そんな愛する息子には、生まれ落ちた瞬間からヴォアラ島の守人《もりびと》の、そして集落の長《おさ》としての責
任が伸《の》しかかった。母親のカミーユがその苦労を憂《うれ》えたとしても、何ら不思議はないだろう。

ただしカミーユは、ルチアと初めて出会った時に湯の中で、フィンは世が世ならロートランド国
王になっていたと言い放ったのだ。

一国の王となればもちろん、人の上に立つ立場ならば常人にはない苦労もあって然《しか》るべき。

それなのに、自分が産んだせいでそうなったと罪悪感を覚えるなんて、どうにもカミーユのキャラに合わないような気がしてならない。

ルチアがそう率直に告げると、ネイサは伏し目がちに続けた。

「ヴァアラの血肉を食らってその眷属《けんぞく》となった守人《もりびと》の一族は、唯一ヘビノシンゾウの毒に耐性を持っています。極々稀《まれ》に自然発生するヘビノシンゾウの毒から集落の人々を守るために、守人《もりびと》は身を挺《てい》してそれを排除しなければなりません」

守人《もりびと》であるフィンが毒を受けたとしても、二十四時間以内に体内で中和される。

ただしその間、彼は凄まじい苦痛に苛《さいな》まれるという。

フィンはすでに弾ける寸前だったヘビノシンゾウを放置するわけにもいかず、ルチア達を集落に帰した後、一人でそれを処理したのだろう。

その際に、彼は少なからず毒を浴び、そして今、どこかでたった一人苦しんでいる。

この事実こそが、我が子を守人《もりびと》として産んだカミーユが罪悪感を抱く要因であった。

たとえ耐性があると分かっていたとしても、我が子が猛毒を浴びることに何も感じない母親がいようか。

これこそが、カミーユが先ほど、フィンがルチアに背負わせようとしていると口にした〝業〟だ。

カミーユは、フィンを守人《もりびと》として産んだことを後悔している。

島に来て早々に、フィンの父親に手篭《てご》めにされたという彼女には、きっと生まれてくる我が子がどのような運命を背負わされているのかを知る術《すべ》もなかったのだろう。

何も知らずにこの世に産み落としてしまった我が子を愛せば愛すほど、苦労に満ちたその人生が憫然《びんぜん》でならない。

フィンは、ルチアに自分の伴侶となることを望んでいると言った。

それなのに、守人《もりびと》の務めを果たしたことで弱っている今の姿を彼女に見せないということは、いずれ生まれるかもしれない我が子が引き継がねばならない苦労を誤魔化していることになるまいか。

少なくとも、カミーユはそう感じたのだろう。

そして、自分と同じ業をルチアが知らずに背負わないでいいように、彼女をフィンのもとへ向かわせたのだ。

カミーユの真意に辿り着いたルチアは、言葉を失った。

ネイサは彼女を見て困った顔をし、男同士だから味方をするわけではありませんが、と前置きしてから続ける。

「フィンに、事実を誤魔化して君に業を背負わせようなんて意図などないのです。君の前で格好がつかないのが嫌なだけ。いつも強い自分でいて、頼られたい――ただ、それだけなんです」

「そんな……そんな子供っぽい理由で、あの人は今夜部屋に帰ってこなかったんですか？」

「ははは……元来男は子供っぽいものなんです。好きな女性相手には特に、ですね」

「私が心配することに思い至っていないとしたら、あまりにも思慮に欠けると思います」

ルチアが不貞腐れた顔をしてそう呟くと、ネイサはたちまち苦笑いを浮かべ、すまないね、とまるでフィンの代わりであるかのように謝った。

やがて二人が辿り着いたのは、玉砂利《たまじゃり》に覆《おお》われた海岸をしばらく歩いた先にある洞窟だ。

満潮になっても、この洞窟まではぎりぎり海水が届かないらしい。

奥に入ると木の扉があった。

「殿下は、君がフィンと添い遂げてくれることを願っておられます。もちろん、私も」

「えっと……」

「ですから、フィンが味わっている苦労も、守人《もりびと》の子が引き継がねばならない運命も、全てご自分の目で見て——その上で、君がいつかフィンを選んでくれることを心から祈っております」

ネイサは穏やかな声でそう告げると、カミーユが投げて寄越した鍵の束から一本選んで扉を開く。

その向こうはすぐ階段で、地下へと続いていた。

ランプの光を頼りに階段を下っていく。下に行けば行くほどに、空気がひんやりとしていくように感じられた。

毒に侵《おか》されたフィンがまるで隔離されるみたいに地下にいるのは、ヘビノシンゾウの気配に引かれたヴォアラがやってきて、他の人々の安眠を妨《さまた》げないようにだという。

それを聞いたルチアは、いろんなものを背負わされている彼を思って居たたまれない気持ちになった。

やがて階段の終着点に到達すると、ネイサが壁際に吊るされていたランプに火を移す。

ぱっと明るくなって見えたのは、広々とした石造りの部屋だ。その一角には祭壇《さいだん》らしきものが組まれ、酒と果物が供えられている。

ネイサはそれらを指差して言った。

「ここは、大蛇ヴォアラが生まれた場所として言い伝えられ、守人《もりびと》の一族が鍵を管理しております」

なるほど、一種のパワースポットのようなものか。

そう思いながら辺りを見回していたルチアだが、ネイサが鍵の束からまた別の一本を選んでどこかへ向かうのに気付いて、慌てて追いかける。

祭壇《さいだん》の裏に隠れ、ひっそりと木の扉があった。

カチリ、と小さな音を立ててそれを開錠したネイサに続き、ルチアはそっと扉の向こうを覗き込む。

どこもかしこも岩に覆《おお》われた部屋の中、ぽっかりと一ヶ所だけ開いているのは通風のための穴だろう。無造作に置かれたベッドには、布に包《くる》まり息も絶え絶えな様子のフィンが横たわっていた。

「フィン……!!」

「……っ、ルチア？　どうして、ここにっ……!?」

ルチアの声に、フィンが弾かれたように上体を起こした。その顔色は暗がりでも分かるくらい優《すぐ》れない。

処理の最中に浴びてしまったであろうヘビノシンゾウの毒を洗い流すため、湯を使って着替えもしたらしく、昼間とは違う服装をしている。

ルチアは慌ててベッドに駆け寄ると、背中に手を添えて彼の身体を再び横にした。

それを見届けたネイサが、ベッドの側にあったテーブルの上に水差しを置く。その隣には水を張った桶があり、ネイサはフィンの枕元に落ちていた布を拾ってその中に沈めた。

「熱が出ています。朝には下がると思いますが、よろしければ額《ひたい》を冷やしてやってください。えっと……ルチアは布を絞ったことは？」

「ございます。ご心配には及びません。それより、毒を弱める薬などはないのですか？」

「フィン自身の体内にある抗体以上に強力な薬はございません。水をたくさん飲ませてやってください」

「承知しました」

そんなやり取りをするルチアとネイサを、熱で潤《うる》んだフィンの青い瞳が茫然《ぼうぜん》と見つめていた。

だが、ネイサが一人で部屋を出ていこうとすると、彼ははっと我に返って叫ぶ。

「──っ、待てっ！　おい、ルチアを連れていってくれ!!」

ひとまず立ち止まったネイサが、部屋の中を振り返って首を傾げた。

「ルチア、私と一緒に上に戻りますか？」

「戻りません。今夜はこのまま、ここでフィンに付き添います」

ルチアの答えににっこりと微笑んで、ネイサがフィンに向き直る。

「だそうですよ、フィン。よかったですね」

「……だがっ！」

「ルチアは君を心配して、私と殿下に所在を尋ねてこられたのです。殿下が彼女に味方しておりますので、意地を張るだけ無駄ですよ。今夜は大人しくルチアの世話になりなさい」

諭《さと》すみたいにそう言うと、ネイサは今度こそ扉を閉めて出ていった。

フィンは唖然《あぜん》とした表情でそれを見送ったが、ルチアが水を絞った布を額《ひたい》に載せると、ふうと大きなため息を吐き出す。そしてようやく観念したかのように、ベッドに背中を沈み込ませた。

水に触れて冷たくなった手を彼の火照《ほて》った首筋に当ててやりながら、ルチアは拗《す》ねた風を装《よそお》う。

「苦痛をひとりぼっちでやり過ごそうなんて、随分と水くさいことをなさるんですね。あなたと私の仲ですのに」

「……俺とお前の仲、とは？」

「もちろん、俺様な家主と慎《つつ》ましい居候《いそうろう》ですけど？」

「はぁ……何だそれ……」

ルチアの手の冷たさが心地よいのか、フィンはその上に自身の熱い掌《てのひら》を重ねてじっと両目を瞑る。心なしかやつれた彼を見つめ、ルチアは今度はふりではなく、本当に拗《す》ねた顔をして口を開いた。

「あなたにばかり大変なことを背負い込ませて、何も知らずにのうのうと夜まで過ごしていたなんて……自分が恥ずかしいです」

「ルチアが気にすることではない。俺は守人《もりびと》の――当代の長《おさ》としての責務を全《まっと》うしているだけだ」

「でも、心配くらいさせてください。長《おさ》だから、それが責務だからって、こうやってあなたを一人苦しませるなんて、私の沽券《こけん》に関わります」

「そうか……それはすまないな」

苦笑いを浮かべて相槌《あいづち》を打つフィンの首もとに、じっとりと汗が滲《にじ》む。

ツンとした物言いとは裏腹に、ルチアは甲斐甲斐《かいがい》しくそれを拭《ぬぐ》ってやった。

キイ……パタン、と扉を開閉する音に続き、ザッザッと洞窟住居に戻るネイサの足音らしき音が通風孔から聞こえてくる。地上の音は、静かな地下では案外大きく響くようだ。

ネイサの足音が完全に聞こえなくなると、フィンはふと何かを思い出したみたいにズボンのポケットを探り始めた。そうして出てきたものに、ルチアは目を丸くする。

「え、これ……どこで？」

「ツリーハウス近くの川の上流に滝がある。その滝を越えた奥の岩場にくっ付いていた」

フィンがポケットから取り出したのは、鮮《あざ》やかな青い石の塊《かたまり》だった。周りには大理石に似た白い石が付着している。

はあ、と熱っぽいため息を吐き出しつつフィンが続けた。

「ヘビノミツの収穫もせずにふらふらしているアーノルドを捕まえたら、ルチアが青い石を探していると言うのでな。これがその石かどうかは分からないが……」

そもそも、青い石を必要としているのはルチアではなく、青い絵の具を作りたいアーノルドなのだが……

そう思ったけれど、ルチアは口に出さずに呑み込んだ。フィンの好意を無下《むげ》にしたくなかったからだ。

ルチアは青い石を彼の手に握らせると、その上から自分の両手で包み込む。

「私が探していたのは、まさにこんな鮮《あざ》やかな青い鉱石で、ラピスラズリといいます。ラピスラズリには、蛇毒を消す効果があるそうですよ」

フィンが見つけた青い石はラピスラズリではないかもしれない。ラピスラズリに蛇毒を消す効果があるというのも、ただの迷信かもしれない。

それでも、少しでも早くフィンを苛《さいな》む苦しみがなくなるように、ルチアは両手に祈りを込めた。

「これを見つけてきてくださったお礼に、今なら特別に一つだけお願いを聞いて差し上げます」

「そうだな……では、寒くてたまらないから添い寝して温めてほしい。それから、よく眠れるようにおやすみのキスをもらおうか」

「待って待って？　一つだけって言ったじゃないですか」

「そうだったか？　なにぶん、熱のせいで意識が朦朧《もうろう》としているのでな。大目に見てくれ」

とぼけた風を装《よそお》いながらも、フィンの息は相変わらず荒い。

縋《すが》るみたいに巻き付いてきた彼の腕は衣服越しでもひどく熱く、一刻も早く休ませるべきだと分かった。

乗りかかった船である。ルチアは意を決し、仰向けになったフィンの隣に腹這いになると、その顔を両手で挟んでえいやっとばかりに唇をくっつけた。

とたん、彼の高い鼻とルチアのそれがぶつかる。

「……っ、ふふ……へたくそ」

「し、仕方ないじゃないですか！　自分からキスしたのなんて、これが初めてですものっ！」

フィンに笑われたのと、彼の唇の感触と、両方による羞恥《しゅうち》で、ルチアの顔も熱に浮かされた彼に負けず劣らず熱くなった。

思い返せば今世だけではなく、前世でも自分から恋人にキスしたことはなかったかもしれない。

ルチアがそんなことを考えつつ、赤くなった顔を両手で覆《おお》ってうーうーと唸《うな》っていたら、フィンの掠《かす》れた声がそれは本当かと問うてきた。

「本当ですよ。正真正銘、さっきのが初めてです。光栄に思ってくださいね」

「やっぱり先にジュリエッタにしていた、なんてことはもう言わないだろうな？」

「言いません……フィンこそ、熱が下がったら忘れてるとか、やめてくださいね？」

「ああ、もちろん……忘れてたまるものか」

はあ、と万感の思いを噛み締めるようなため息と共に、フィンの両腕がルチアの背中に回った。

そのまま抱き枕よろしくがっちりと抱き竦められて、身動きがとれなくなる。

必然的に耳を押し当てることになった彼の厚い胸の奥では、ドクドクと激しい鼓動が響いていた。

フィンの寝息が聞こえてきたのは、そのすぐ後だ。

顔に集まった熱も冷めやらぬまま置いてけぼりをくらったルチアは、彼の胸元で人知れずため息を重ねる。ともすれば、自分から押し当てた唇の感触と熱がぶり返してきて、どうにもこうにも照れくさい。

きっと今夜フィンに贈ったものが、前世と今世——二度の人生の中で最も思い出深いキスになるだろう、とルチアは思った。

＊＊＊＊＊＊＊

夜が明け始めたのを、ルチアは通風孔から差し込むわずかな光で知った。

フィンはまだぐっすりと眠っている。呼吸は安定し、熱もすっかり下がったようで、ルチアはほっと胸を撫で下ろした。

夜中に何度か水を飲ませたため、ネイサが置いていった水差しは空《から》になっている。目を覚ましたら冷たい水を飲ませてやりたいと思い、ルチアはそっと彼の腕の中から抜け出した。

片手に空《から》の水差しを抱えて静かに扉を開閉し、真っ暗なままの階段を壁伝いに上《のぼ》る。

階段を上《のぼ》り切り、鍵のかかっていなかった外に続く扉を開くと、空は今まさに暁《あかつき》から曙《あけぼの》へ移り変わろうとしていた。

ルチアはぐっすりと眠るフィンを慮《おもんぱか》り、極力音を立てないように玉砂利《たまじゃり》の上を歩き出す。

辺りには夜の気配が濃く残っている。朝が早い年寄達が起き出すのにもまだ少し時間があるだろう。

そう見当をつけていたから、海岸に立っている人影を見つけた時は驚いた。

「――やあ、おはよう、ルチア」

「お、おはようございます。マルクスさん……？」

相手の顔はよく見えないが、マルクスだというのは声で分かった。

ガシャガシャと豪快に玉砂利《たまじゃり》を踏みしめながら近づいてきた彼に、地下にいるフィンの眠りを妨《さまた》げてしまわないかとルチアははらはらする。

そんな彼女の目の前までやってきたマルクスは、空《から》の水差しを見て首を傾げた。

「もしかして、一晩中フィンを看《み》ていたの？」

「はい、付き添っていただけで、大したことはできませんでしたけれど……」

「ふーん……まあ、でもヘビノシンゾウの毒に関しては、フィンしか対処できないんだからしょうがないよね。それで？　フィンはまだ弱ってるのかな？」

「幸い、熱は下がったようです。でも、せっかくぐっすり眠っているので、もうしばらく休ませておこうかと」

そう会話を交わしつつ、ルチアはこの時、違和感を覚えていた。

だんだんと空が白《しら》んでくるにつれ、マルクスがやたらと大きな荷物を抱えていること、そして彼のすぐ背後の水際に小舟がぷかぷか浮いていることに気付いたからだ。

小舟は、フィンが別の島との交易を行う際に乗っていくもので、古いものから新しいものまで三艘ある。

マルクスはそのうちの一番新しい小舟に抱えていた荷物を載せると、明るくなり始めた空を見上げて笑った。

「あはは、うん、今日はいい天気になりそうだ。絶好の出航日和《びより》——僕らの新しい人生の門出《かどで》にふさわしい朝だと思わないかい？」

「え？」

とたんに訝《いぶか》しげな顔をしたルチアに、マルクスが片手を伸ばしてきた。

そのまま腕を掴まれてぐいっと引っ張られた拍子に、抱えていた水差しが彼女の手から離れる。

哀れ、玉砂利《たまじゃり》の上に落ちた水差しは、ガシャンと大きな音を立ててまっ二つに割れてしまった。

「な、何を……？」

戸惑うルチアに、マルクスはにんまりとした笑みを浮かべる。

そして、彼は高らかに言った。

「行こう——いや、帰ろう。僕らの祖国、リーデントへ」

第八章　流刑地八十八日目

夜の海には色がなく、まるでかつてアーノルドが部屋中に木炭で描いていたモノクロの絵のようだ。

ところが日が上《のぼ》ると同時に、モノクロの海にはたちまち色が載った。

朝日は辺り一面を赤に染め、その瞬間は夕日と見分けがつかなくなる。

やがて水面《みなも》は赤から紫に染まり、ついには青へと行き着く。

世界が生まれ変わるその劇的な瞬間を、ルチアはこの朝、間近で目撃することとなった。

早朝の海岸でばったりマルクスと出会《でくわ》したルチアは、今現在、彼と一緒に海の上にいる。

マルクスは声を上げようとした彼女の口を手で塞ぎ、その身体を軽々《かるがる》と担ぎ上げ小舟に乗せたのだ。

もちろん、ルチアだって抵抗したのである。非力な元箱入り王女ではたかが知れているが、両手両足をばたつかせて懸命に暴れてみせた。

それでも結局彼女が小舟に乗せられたのには、退《の》っ引《ぴ》きならない理由がある。

「にゃー」

小舟の先で進行方向に背を向けて座るルチアに、猫が身体を擦り付けて愛らしく鳴いた。

ノアから譲り受けた四兄弟のうちの一匹。ルチアの前世の愛猫にそっくりで、二代目ミッチーを襲名したあのサバトラだ。

マルクスが荷物の端にくくり付けた小袋から、首根っこを摘まんでそれを取り出したため、ルチアはやむなく彼に従った。人質ならぬ猫質だ。

「小動物を盾にするなんて……マルクスさん、見損ないました」

「心外だなぁ。せっかく出会えた飼い主と離ればなれになるのは可哀想だから、一緒に連れていってやろうと思っただけでしょ？　むしろ、感謝してほしいんだけど」

ルチアがじとりとした目で睨むと、マルクスは白々しい顔をして肩を竦める。

猫はというと、ルチアの気も知らず、船先に立って気持ち良さそうに髭《ひげ》を揺らし始めた。

そんな猫とルチアを連れて、マルクスは何をとち狂ったのかリーデント王国へ行くと言う。

ルチアはふるふると首を横に振った。

「絶対に無理です。こんな小舟で大陸まで行けるはずがありません」

「いやいや、分かってるって。僕だってそこまで無謀じゃないさ。目下《もっか》目指しているのは――ほら、あそこだよ」

マルクスがそう言って指差した先、水平線の上に盛り上がって見えるのは、ヴォアラ島と唯一交易する島の影だ。水深が浅いために大型船が通らないこの辺りは波も静かで、ルチア達が乗る小舟の航跡《こうせき》だけが水面《みなも》を波立たせていた。

浅いとはいえ、海底に足が届くほどではない。

小舟に乗せられたのは不本意なものの、前世はカナヅチだった上に今世では泳いだ経験が一度もないルチアでは、海に飛び込んで岸に戻るのは不可能だった。

「あの島に辿りついたとして、それからどうするおつもりですか？」

「だから、リーデントに行くんだってば。あの島には、大陸の船が定期的に就航するらしいんだよ」

フィン情報だよ、とマルクスは櫂《かい》で水面《みなも》を掻きつつ上機嫌に話す。

彼と向かい合う形で小舟に座ったルチアは、神妙な顔をして言った。

「マルクスさん、私はリーデントには帰れません。ご存知でしょう？　私は罪人――大罪を犯して流刑に処された身です」

「うーん、大罪ねぇ……前から気になってたんだけど、そんな虫も殺せないような顔して、いったい何をやらかしたんだい？」

「兄上様を――現リーデント国王陛下を毒殺しようとしました」

「毒殺？　兄王様を!?　あっはっは、それは豪儀《ごうぎ》だなぁ！　君、女王様にでもなりたかったの!?」

ルチアの言葉を冗談だとでも思っているのか、マルクスはさもおかしそうに声を立てて笑う。

事実だと訴えても、彼は船首をヴォアラ島に戻そうとはしなかった。

「あのね、ルチア。実は僕、さほどリーデント王国にこだわるつもりはないんだよ」

「えっ……？」

「僕はね、とにかく大陸に行きたいんだ。ひいひいじいさんが流刑になっていなかったら、僕だって大陸で生まれて大陸で育っていたかもしれないんだからね」

「それは……」

マルクスが、高祖父の祖国であるリーデント王国に憧れているという話はフィンから聞いた。

彼自身、リーデント王国からやってきたルチアの話を聞きたがったり、高祖父が好んだというリーデント王国の料理にこだわってみたりと、その情熱を隠す素振りもなかったのだ。

だから、彼がヴォアラ島を出てリーデント王国に——それがある大陸に行ってみたいと言うのも、実際に行動に移すのも理解できないことはない。

分からないのは、何故ルチアが有無を言わさず同行させられようとしているのか、だ。

その疑問をぶつけると、マルクスはすかさず持論を展開し始めた。

「君はさ、こんな辺鄙《へんぴ》な島に埋もれてないで、煌《きら》びやかな世界に舞い戻るべきだと思うんだよね」

「そうおっしゃられましても……何度も申し上げますが、私は罪人であり、祖国を追い出された身です。リーデントに戻る場所などございません」

「だーかーらー、別にリーデントにはこだわらないんだってば！　リーデントの他にも、大陸にはいっぱい国があるでしょ？　君を——あるいは、その身に流れるリーデント国王家の血を欲しがる国も、あるんじゃないかなぁ？」

「そんな……そんなこと、考えたこともございません」

マルクスの言葉に驚いて、ルチアは向かいに座る彼の顔をまじまじと見た。

「ヴォアラ島で代を重ねてしまったひいひいじいさんの血には、もう政治的価値はないだろうね。

それは僕自身も然《しか》り。でも、ルチアは違うよね。つい数ヶ月前まで、君は正真正銘君主国のお姫様だった。その身に流れる血は、一国の元首を挿《す》げ替《か》えられる可能性だって秘めている」

ルチアの血に思いも寄らない利用価値を見出したらしいマルクスは、悪い顔で続ける。

「君——ルチア・リーデントという手土産《てみやげ》を持った僕を、いったい大陸のどの国が拾ってくれるかと考えると、わくわくしちゃうよね」

「私は、あなたにとっては手駒なのですか？」

「いやいや、対等な関係でありたいと思っているよ。ほら、元を辿れば僕らって親戚だし？　なんなら僕と君で高祖父の家を再建するっていうのも、一つの手かもしれないね」

「ご冗談を」

それこそ笑えない冗談を言い始めた相手に、ルチアは顔を強張らせる。

けれどもマルクスは、ルチアの反応など気に留めずに興奮した様子で言い募った。

「いつかヴォアラ島を脱出してやろうって、子供の時からずーっと思っていたんだ。ルチアがリーデント王国から来たって聞いた時は、ついにそれを実行に移す時が来たんだって確信したね。君の存在が、僕の背中を押してくれたんだよ」

「それこそ心外です。私自身は、ヴォアラ島で生きるつもりで参ったのですから」

「祖国より、こんな辺鄙《へんぴ》な島がいいって言うの？　うーん、理解できないなぁ。そもそもこんな島、君はすぐに嫌気が差して逃げ出したがるだろうって思ってたんだけど」

「生憎《あいにく》ですが、私は今の生活に充分満足しております」

この頃には、辺りはすっかり明るくなっていた。

太陽の光を浴びて、水面《みなも》がキラキラと光っている。

しかしそんな美しい光景も、マルクスの話のせいで台無しだった。

「大陸の内地では馴染《なじ》みが薄いはずの魚料理も平気そうだし、むしろ喜んで食べてたよね？　歓迎会でいきなり鯨《くじら》の肉を出したのだって、君がヴォアラ島の食文化に失望すればいいと思ってのことだったのに、結局は平気で口にした上、涙を流しながら美味《おい》しいなんて言っちゃうんだもん」

魚とも家畜の肉とも違う鯨肉《くじらにく》は、初見では口に入れるのを躊躇《ちゅうちょ》するのが一般的な反応らしい。赤黒い色の肉を気持ち悪く感じ、一生口にしない島人《しまびと》もいるという。

確かにルチアも前世の記憶がなければ、食べるのに抵抗があったかもしれないと思った。

「人間関係を拗《こじ》らせちゃえば島に居辛くなるかなって思って、君との間に距離があった女子達が集まる仕立て部屋に放り込んでやったのに、何だか普通に馴染《なじ》んじゃってたし？　本当、ルチアって全然僕の思う通りに動いてくれないよねー」

「……まさかまさかです。私、マルクスさんに意地悪されてたんですか？」

「別にルチアが嫌いだとか、そういうんじゃないんだよ？　とにかく、君がここを早く出て行きたいって思ってくれればそれでよかったんだ。そしたら、僕が島を出ようって誘った時に一も二もなくついてきてくれたでしょ？」

「でも、そうならなかったから……私が一向に島を出たがる素振りを見せないから、こうして強引に連れ出されることになった、ということですか？」

マルクスのあまりに手前勝手な行動に、ルチアはふつふつと怒りが涌いてくる。

彼が大陸に憧れる気持ちを否定するつもりはないが、ルチアが付き合わされる道理はないのだ。

それに何より、根本的なことをマルクスは忘れてはいないだろうか。

「ヴォアラ島の海を自由に出入りできるのは、ヴォアラの眷属《けんぞく》である守人《もりびと》だけだと伺いました。私達では、そもそもあちらの島に渡れないんじゃないですか？」

死んで三百年経った今でもヴォアラ島は大蛇の縄張りであり、そこに入った人間は全て餌だと認識される。

幽霊となったヴォアラは人間を捕食しないものの、一度自分のものだと認識した生き物を逃したくない一心で、眷属《けんぞく》以外が沖へ出ようとすれば波を起こして海岸へ引き戻すか、最悪船を引っくり返して溺死させてしまうとルチアは聞いていた。

けれども、マルクスは不敵に笑う。

「確かにそういう言い伝えだけどね。少なくとも僕が生まれて以降、守人《もりびと》以外に海を渡ろうとした人はいないんだ。だから、本当にヴォアラが邪魔してくるのかどうかも分からない。だったら一《いち》か八《ばち》か、言い伝えはただの迷信だった、ってのに賭けてみようと思うんだ」

「でしたら、どうかお一人でお願いします！　私は危ない賭けには乗らない主義なんですっ！」

「僕だってそうだよ。でもね、君と会った瞬間から島を出たい衝動が収まらないんだ。全部全部、君のせいだよ。だったら、責任をとってもらわないとね？」

「そんなの言いがかりですっ!!」

理不尽極まりないマルクスの主張に眉を顰《ひそ》めつつ、ルチアは船首に座っていた猫を抱き上げた。

先ほどまで凪《な》いでいた水面《みなも》が、徐々に乱れ始めていたからだ。それに伴い、小舟の揺れが大きくなる。

マルクスが目指す島の海岸が視認できるほどまで、ヴォアラ島から離れたことと関係があるのだろうか。小舟は間もなく潮境に差しかかろうとしていた。

心なしか背筋が冷たくなり、ルチアは温かな猫の身体をぎゅっと抱き締める。

その時だった。

「――ルチア!!」

マルクスの背後――ヴォアラ島の方角から、ルチアを呼ぶ声が聞こえてきた。

ルチアは猫を抱いたまま小舟の上で立ち上がり、こちらに向かってくる人影に叫び返す。

「フィンっ!!」

「うわわっ、ちょ、ちょっとちょっと……急に立ち上がらないでよ!!　船が傾いちゃうでしょっ!!」

猛然と櫂《かい》を漕《こ》いで小舟で追いかけてくるのはフィンだった。

地下の部屋でぐっすり眠っていたはずだが、もしかしたら地上でルチアが水差しを落として割った音が聞こえたのかもしれない。

普段から小舟に乗り慣れているだけあって、彼が櫂《かい》を漕《こ》ぐスピードはマルクスとは比べ物にならないくらい速かった。

あっという間に、フィンの焦った表情が見える位置まで両者が近づいた――その時である。

突如、ルチア達が乗る小舟のすぐ前方の水面《みなも》が盛り上がり、波となって船先を叩いた。

「きゃっ……!!」

「ルチア、座って！　船縁《ふなべり》に掴まってないと、海に落ちちゃうよっ!!」

そうこうしているうちにも海面は大きくうねり出し、小舟は木の葉のように翻弄《ほんろう》される。

「も、戻りましょう、マルクスさん！　このままではっ……」

「いやだ！　戻らない……戻るものかっ!!」

ルチアが猫を片手に抱き、もう片方で船縁《ふなべり》を掴みながら震える声で訴えるも、マルクスは激しく頭を振って櫂《かい》の柄《え》を握り直した。

「いやだいやだ！　島の中で無為に寿命を全《まっと》うするよりも、ただ一瞬でもいい、外の世界をこの目に焼き付けてから果てたい——僕は、行くよっ!!」

「マルクスさんっ……!?」

マルクスの決意は固かった。しかし、海も頑《かたく》なだった。

怒りを露《あらわ》にするように、波はどんどん荒くなり——そしてついに、ルチア達が乗った小舟は真下から何かに突き上げられるみたいにしてひっくり返ってしまった。

ルチアもマルクスも、悲鳴を上げる間もなく海に投げ出される。

水面《みなも》に叩き付けられる瞬間に身体を丸めたのは、衝撃を極力小さくしようとする防衛本能が働いたのだろうか。

ドボンッという鈍い音と共に海に突っ込んだルチアは、刹那《せつな》ぎゅっと両目を瞑った。

上から叩き付けてくる波に頭を押さえられて水面《みなも》に顔を出せない。ガボゴボと、自分が吐いた空気の泡に覆《おお》われて視界はゼロだった。それでも猫を離さなかったのはもはや執念だ。

どこが海面なのかも分からなくなる。必死にもがきつつ、ルチアが前世に続いて二度目の死を覚悟しかけた、その時だった。

突然二の腕を掴まれたと思ったら、強い力で引っ張り上げられ、次の瞬間には顔が海面から出る。

「ルチア、しっかりしろ!!　息を吸えっ!!」

「……っ、はっ！　げほっ……げほっげほっ……!!」

ルチアを助け上げてくれたのはフィンだった。

猫はちゃっかりとルチアの腕から抜け出し、もっと安全な彼の肩に駆け上がる。

フィンの乗って来た小舟が転覆《てんぷく》していないのは、彼が守人《もりびと》であるがゆえだろう。

その小舟に引っ張り上げられたルチアは、フィンにくっ付いたまま茫然《ぼうぜん》と辺りを見回した。

今し方の荒波が嘘のように、海面はすでに静けさを取り戻していたのだ。

けれども、あの一瞬が嘘ではない証拠に、すぐ目の前には転覆《てんぷく》した小舟が一艘、船底を露《あらわ》にしてぷかぷかと浮いている。

マルクスの姿はどこにもなかった。

その日は丸一日、集落中の人々が海岸を歩き回ったが、マルクスは見つからなかった。

ずぶ濡れのルチアをカミーユとネイサに預けたフィンも、改めて小舟を出して島の海一帯を捜索《そうさく》したけれど、成果を挙げられずに日没を迎える。

夜には、遺体がないままマルクスの葬式が執《と》り行われた。

熱帯気候の島であるので、人が死ねばその日のうちに別れを済ませて荼毘《だび》に付《ふ》すのが習わしである。

葬式は、ルチアの歓迎会が行われたのと同じ、洞窟住居前にある湖沼《こしょう》の畔《ほとり》で行われた。

あの時上座《かみざ》となった、ヴォアラの頭蓋骨が鎮座《ちんざ》する大木の袂《たもと》に、空《から》の棺《ひつぎ》が置かれている。その側では、マルクスの両親と思《おぼ》しき壮年の男女が泣いていた。

フィンとおばあが、それを静かに慰めているようだ。

ルチアはそんな光景を離れた場所で眺めていた。遺体のない棺《ひつぎ》に花を手向《たむ》けるのも、マルクスの両親にお悔やみの言葉をかけるのも、どうにも気が引けたからだ。

そんな彼女の側には、ノアがずっと寄り添ってくれている。

「ルチア、大丈夫……？」

「うん……」

マルクスは、島を出たい衝動を抑えられなくなったのは、ルチアのせいだと言った。

言いがかりも甚《はなは》だしく、今思い出しても腹立たしいが、彼女がリーデント王国から来たことは、確かにマルクスが今回の暴挙に出たきっかけとなったのだろう。

自分の存在が兄王に罪悪感を抱き続けさせることや、窮屈なばかりの王宮生活から逃《のが》れたい一心で、ルチアは祖国を捨ててヴォアラ島にやってきた。

そのせいで誰かに破滅の道を歩ませることになるなんて、想像してもいなかったのだ。

ルチアがマルクスを死なせたわけではない。けれど、その一端を担《にな》ってしまったことは否定し切れない。

彼女の中には、マルクスに対する罪悪感が生まれていた。

「ノアは……祖国に帰りたいって思ったこと、ある？」

「え……？」

ノアがどこの国からどういう理由でヴォアラ島に送られてきたのか、いまだにルチアは知らない。

彼女の問いに、ノアは猫目石みたいな瞳を揺らして口籠《くちごも》った。

しばしの逡巡《しゅんじゅん》の後、小さく、どうにも自信なさげに頷く。

「帰りたい、帰りたいよ……ルチアは違うの？」

「私は、もう祖国に居場所はありませんもの。それに、この島で過ごす毎日の方が楽しいです。ノアもいるし、ミッチーもいるから……」

「そう……」

ルチアの膝の上では、愛猫ミッチーが丸くなっていた。その背を撫でながら、空《から》の棺《ひつぎ》が花で埋め尽くされていくのを眺める。

マルクスは自分の行動がこれほど多くの人々を悲しませる結果になるなんて、考えていたのだろうか。できることならもう一度会って、問い詰めてやりたいと思った。

そんな中、隣に寄り添ったノアが再び口を開く。

「昨日さ……ヘビノシンゾウがあった場所に、ヴォアラが出てきたでしょ」

「ええ」

「あの時はいきなりでびっくりしたし、すごく怖いと思ったんだけど。あのね、僕……もしかしたら、助けてもらったのかもしれない」

「……どういうこと？」

あの時、ヘビノミツを採るために上ばかり見ていたノアは、ヘビノシンゾウが落ちていることにまったく気付いていなかったらしい。

そのまま行けばきっと知らずに踏みつけ、弾けて飛び散った猛毒の果汁をもろに浴びてしまっていたことだろう。ヴォアラがヘビノシンゾウから遠ざけるように割って入ってきたおかげで、ノアは事無きを得たのだ。

ノアにはフィンのような毒に対する耐性はない。罷《まか》り間違えば、今頃棺《ひつぎ》に収められていたのは彼だったかもしれないのだ。

「もちろん、偶然かもしれないし、ヴォアラが本当は何を考えているのかも分からないけれど……」

「ノアは、ヴォアラに助けてもらったと思いたいのね？」

ルチアの問いにノアは小さく頷くと、ぱっと顔を上げて言った。

「マルクスさんも、助けてもらえているかもしれない。どこか、この島とは違う場所に流れ着いて生きているかもしれないよ」

「そうね……」

どうやらノアは、ルチアを慰めてくれているようだ。

彼はピタリとルチアにくっつくと、ぼそぼそと続けた。

「何があったのかはよく分からないけど……僕は、ルチアが無事戻ってきてくれてよかったと思ってるよ」

「うん……ありがとうね、ノア」

この後ノアと連れ立って、ルチアもやっと遺体の入っていない棺《ひつぎ》に花を手向《たむ》けた。

その際、フィンに事情を聞いたのであろうマルクスの両親に、息子の無茶に巻き込んで申し訳ないと謝られ、余計に居たたまれない心地になる。

葬送のための献杯が始まり、参列者にヤシ酒が振る舞われたところで、ルチアは逃げるようにフィンの部屋へ戻った。

この分だと、今宵《こよい》も家主は戻ってこられないだろう。

そんなことを考えつつ、一人寂しくベッドに横になってうとうととする。

前夜は何度も起きてフィンに水を飲ませていたことで寝不足だったせいもあり、ルチアはそのまま眠ってしまった。

ただ、さほど深い眠りではなかったようで、ギイ、と扉の開く音が聞こえたとたんに意識が浮上した。

次いで彼女の耳に届いたのは、この三ヶ月で聞き慣れたはずの足音だったが、どういうわけかわずかな違和感を覚える。

それでも、ギシリと音を立てて誰かが自分の寝転がるベッドに上がってくる気配がしても、ルチアはまったく警戒をしていなかった。

何故なら、相手がこの部屋の本来の主——フィンであると確信していたからだ。

ルチアの意思を無視して事を進めるつもりはないと宣言し、実際この三ヶ月間おやすみのキス以上のことはしてこないフィンを、彼女は信頼していた。

だから——

「……っ、フィン⁉」

彼に伸《の》しかかられて、いまだ夢現《ゆめうつつ》で無防備だった唇を舌で抉《こ》じ開けられた時。

いったい何が起こったのか、すぐには理解できなかった。

フィンから立ち上《のぼ》るヤシ酒の甘ったるい香りで、ルチアまで酔ってしまいそうだった。

第九章　八十九日目から九十八日目まで

「う、うーん……」

何かに頬をしきりに撫でられているのを感じながら、ルチアの意識は浮上する。

湿っている上にザラザラとしたその感触は、とてもじゃないが心地いいとは言い難く、ルチアは逃《のが》れようと右へ左へ顔を背《そむ》けた。

すると、今度はふにっとした感触の何かに右の頬を押さえられ、動けなくなったところでまた鼻の頭をザラザラと撫でられる。

仰向けになったルチアの胸の上には、ずっしりとした重みもあった。

そんな状況ではさすがに目を覚まさずにはおれず、ルチアはのろのろと瞼を開く。

「……ミッチー、おはよう」

彼女の胸の上に乗っていたのはサバトラの雄猫で、頬を撫でていたのはその舌だった。

猫はルチアを起こして満足したのか、なーんと一鳴きして彼女の胸の上から下りると、床にいた兄弟猫と戯《じゃ》れ合い始める。

ルチアは寝ぼけ眼《まなこ》でそれを眺めていたが、ふと利き手の掌《てのひら》にジンと痺《しび》れたような感覚を覚え、目の前に翳《かざ》す。

昨夜、ルチアは生まれて初めて、この掌《てのひら》で人の頰をぶった。

前世でだって他人を叩いたことなど一度もなかったのだから、二つの人生を通してもあれが初めての経験だ。

そんな記念すべき――いや、忌《い》むべき初体験の相手が、彼女がヴォアラ島に到着して最初に出会い、それからずっと陰になり日向になり面倒を見てくれていたフィンだなんて、皮肉なものである。

けれども、ルチアは彼をぶったことを後悔していない。

「だって、あれはフィンが悪い」

昨日、夜も更《ふ》けた頃に部屋に戻ってきたフィンは、ベッドに横になっていたルチアへいきなり無《む》体《たい》を働こうとしたのだ。

掌《てのひら》には、彼の頰をぶった感触が今もまだ残っているような気がする。それを見つめるルチアの耳に、ふいに呻《うめ》き声が聞こえてきた。

「うう、うーん……」

ルチアの隣にはノアが眠っていた。先ほどの彼女同様、胸の上に乗った猫にベロベロと頰を舐められている。

ノアは現在、洞窟住居の一階に個室を与えられ、猫達と一緒に住んでいるのだ。

大人用のベッドは、小柄なルチアとノアなら二人寝転んでも充分な大きさだった。

「ノア、朝ですよ。起きて」

「うー……、ううう……もうちょっと……」

「ですが、いつまでも寝ていると猫達が、って……あーあ」

「んー！　んんー!?」

ノアは朝が弱い様子だ。

それでも彼が寝坊をして朝食に間に合わない日がなかったのは、どうやら猫達のおかげだったらしい。

一匹では起こせないと判断したのか、他の猫達もベッドに上《のぼ》ってきた。そして、ノアの口を舐めたり、鼻を甘噛みしたり、額《ひたい》の上にドーンと腹這いになったり、髪に爪を引っかけて絡まってみたりと、やりたい放題だ。

ちなみに、ルチアの愛猫となったミッチーも当然のように参戦している。

これにはさすがにノアも飛び起きて、顔中に纏《まと》わり付いていた猫達を振り払った。

「おはよう、ノア。大丈夫？」

「……お、はよう……うん……だいじょう、ぶ……」

ルチアは朝一番にげんなりとした顔をする彼に苦笑しつつ、猫達に乱された黒髪を手櫛《てぐし》でそっと整えてやる。

昨夜フィンを張り倒した後、ルチアは興奮冷めやらぬまま彼の部屋を飛び出して、ノアの部屋の扉を叩いた。

いきなりの訪問に驚きつつも中に入れてくれたノアに、ルチアはとっさに、フィンと喧嘩《けんか》をして家出してきたのだと訴えた。

家出……？　と一瞬ぽかんとしたノアだったが、それからしばらくしてフィンが部屋を訪ねてくると、ルチアはここには来ていない、と嘘をついて彼女を匿《かくま》ってくれたのだ。

強く信頼していたからこそ、フィンに襲われそうになった事実にルチアは多大なショックを受けていた。

けれども一晩経って冷静になれば、彼の事情も慮《おもんぱか》れる。

一昨日《おととい》の夜、フィンは毒に侵《おか》されて高熱に苦しみ、翌朝回復したとたんにルチアとマルクスを追いかけて海に入ったのだ。それから一日中捜索《そうさく》してもマルクスは見つからず、集落のしきたりに則《のっと》って執《と》り行われた葬式も長《おさ》たる彼が仕切った。

フィンの疲労は、すでに限界に達していたのだろう。

さらにそこに酒が入って、ルチアの前に現れた時にはもう正常な思考ができない状態だったのではなかろうか。

以前から距離感が近く、ルチアの意思を無視して事に及ぶつもりはないものの、彼女がその気になりさえすれば一気に関係を進める気満々だった彼のことだ。酔ったことで箍《たが》が外れて、普段抑え込んでいる欲望が理性を凌駕《りょうが》してしまったのかもしれない。

だが、フィンが素面《しらふ》ではなかったからこそ余計に、ルチアは昨夜の暴挙を受け入れるわけにはいかなかったのだ。

「どうするの、ルチア。長《おさ》と、仲直りできる？」

ようやく目が覚めてきたらしいノアに目を擦《こす》りつつそう問われ、ルチアはしばし逡巡《しゅんじゅん》する。

正直言うと、今はまだフィンと顔を合わせるのは気まずい。

フィンもフィンで、マルクスに対する心の整理を付けるためにも、ルチアへの行いを頭を冷やして反省するためにも、一人きりの時間が必要だろう。

だとしたら、お互いしばらく距離を取るのが賢明だ。

そう結論付けたルチアは、ノアの質問にぷるぷると首を横に振って宣言した。

「しばらくの間、家出を続けることにします」


それからというもの、ルチアは徹底的にフィンを避け始めた。

幸いと言うべきか否《いな》かは分からないが、守人《もりびと》として対外的なことも一手に担《にな》う彼は、昼間は終始忙しいため、ルチアが洞窟住居内をふらふらしていても鉢合わせすることは滅多にない。

食事の時間は全員が食堂に集まるので遭遇率が増すのだが、ルチアは格好の隠れ場所を早々に確保していた。

厨房《ちゅうぼう》である。

きっかけは、フィンの部屋を飛び出して最初の朝、厨房《ちゅうぼう》を訪れて下拵《したごしら》えの手伝いを申し出たことだ。

自分の存在が、マルクスがヴォアラ島脱出計画を実行に移す引き金となった。その罪悪感を払拭《ふっしょく》したいというのがそもそもの理由だが、若手コックの要《かなめ》であったマルクスを失って人手不足となった厨房《ちゅうぼう》にとっては、まさに渡りに船だったらしい。

リーデント王国の王女として生まれ育ったルチアは、もちろん料理などしたことはなかった。

しかしながら、前世では人並みにこなしていたのだ。記憶を掘り起こしつつどうにか励んだ結果、無事戦力として認められ、他の厨房係《ちゅうぼうがかり》と一緒に厨房《ちゅうぼう》で食事をするようにもなった。

さらには、厨房《ちゅうぼう》の責任者がカミーユと浅からぬ仲のネイサであったのも幸いしている。

「フィンがすみませんでした、ルチア。なんとお詫びすればよいか……」

彼はルチアとフィンの間に起こった出来事を把握していたらしく、横に並んでイモの皮むきをしながら心底申し訳なさそうな顔をした。ちなみにこのイモはヴォアラ島に自生しており、ルチアの前世で言うところの里芋みたいな味と食感で、若葉も葉菜として食べられる。

大人の肩幅をもすっぽりと覆《おお》うほどの巨大な葉は、傘としても重宝されていた。

「ネイサさんが気に病《や》まれる必要はありませんよ。カミーユ様は、あの愚息めって、たいそう怒っていらっしゃいましたけど」

そのカミーユは、ルチアがフィンを引《ひ》っ叩《ぱた》いて撃退したと聞くと、よくやった！　でかした！と大喜びだった。

ネイサは深々とため息を吐いて続ける。

「いやはや、血は争えないということでしょうか……いや、フィンに関しては未遂だったようですので、まだ救いはありますか」

「未遂で済んだのは、私が引《ひ》っ叩《ぱた》いたからです。逆を言えば、私がもし抵抗できなかったら、フィンはお父様と同じ轍《てつ》を踏んでいたんですよ。しっかりと反省していただかねばなりません」

そう息巻くルチアに恐縮しきりのネイサは、彼女が厨房《ちゅうぼう》に出入りしていることをフィンにばらさないよう、他のコック達にも口止めしてくれた。

夜は専《もっぱ》らノアの部屋か、仕立て部屋で仲良くなった同年代の女子達の部屋を渡り歩く。図らずも、深窓の王女であることを求められ続けた十八年間の鬱屈《うっくつ》を払拭《ふっしょく》するみたいに、のびのびとした日々だった。

ある夜など、ルチアを含めた八名の女子達が一部屋に集《つど》ってお泊まり会が開催された。

そのための広い部屋を提供してくれたのは、集落の住民の四分の一が血族だという最長老のおばあだ。

女子が集まって盛り上がる話題というのは、古今東西そう変わらない。

美容や服飾関係の話題、甘味かダイエットかという飽くなき葛藤、それから——恋の話。

この際、ルチアは以前から気になっていたことを彼女達に問いかけた。

「皆は、フィンのことをどう思っているの？」

フィンにはカリスマ性があり、若いながらも集落の長《おさ》を立派に務めている。

加えて彼は、絶世の美女である母カミーユ譲りの美形だ。

蜂蜜色の髪と青い瞳は世に言う理想の王子様の鉄板だし、適度に日に焼けた肌の色は健康的で、筋肉質で引き締まった長身は実に頼もしい。

妙齢の女子から見れば間違いなく優良物件だと思うのだが、そこのところはどうなのか。

もしかしたら、いきなりやってきた余所者《よそもの》のルチアが彼の近くにずっと置かれていたことを、快《こころよ》く思っていない女子もいるのでは……と少々気になっていた。以前、彼女達が自分に冷たかったのはそれが理由なのではと頭を過《よぎ》ったのだ。

ルチアの質問に、女子達は一瞬顔を見合わせてから、揃って頬を赤らめる。

「確かに、長《おさ》は素敵よね」

「そういえば私、長《おさ》が初恋だったわ」

「一度は皆、憧れるわよねぇ」

彼女達はうっとりとした顔で口々に述べたが、その後は何故だか示し合わせたみたいに「うーん」と唸《うな》り始めた。

「ただねー、結婚とか考えちゃうとね……」

仕立て部屋の代表を名乗る女子がそう口火を切ると、他の六名も「ねー」と同意する。

首を傾げるルチアに、彼女達は口を揃えてこう言った。

「――カミーユ様を、姑《しゅうとめ》にする勇気がない」

それは、ルチアを納得させるのに充分な答えであった。


仕立て部屋の女子達に限らず、集落の女性達は総じてルチアに対して好意的だった。

カミーユやおばあを筆頭に、皆、ルチアがフィンから逃げ回るのを面白がりながらも全面的に協力してくれたのだ。

一方の男性陣はというと、こちらはフィンに対して同情的だ。女性陣の目を盗んでは、さりげなくルチアに仲直りを勧めてきたりする。

そうして見えてきたのが、集落における女性と男性のパワーバランスは、前者に傾いているということだ。

リーデント王国を含めて大陸の国々の多くは男性社会で、女性の立場は弱くなりがちだ。

しかしヴォアラ島では、最長老のおばあと女王然としたカミーユという二大巨頭のおかげで、女性の発言権が強いらしい。

そういうわけで、ルチアが長《おさ》であるフィンをあしらい続けていても、誰かに引っ立てられるような恐れはなかったが……

「――ルチア！」

「わわっ……」

日を追うごとに、ルチアの行動パターンを把握し始めたフィンと遭遇する率が高くなってきた。

「ルチア、待て！　おい、少しは話をっ……」

フィンの方も、取り付く島もないルチアの態度が相当腹に据えかねているのだろう。

捕まったら最後、取って食われそうな鬼の形相で迫ってくる相手を見れば、ルチアのコマンドは〝逃げる〟一択に決まっている。

そんな彼女に、ふいに救いの手が差し伸べられた。

「ルチア、こっち」

クリーム色の岩の壁から、すっと出てきた小さな手が彼女を手招きしている。

一も二もなくルチアが飛び込んだのは、通路のあちこちにある狭い隙間。

「ありがとう、ノア。助かったわ」

ルチアを手招きしたのはノアだった。気ままな猫達を追いかけているうちに、彼はすっかり洞窟住居の構造や隠し通路に詳しくなったそうだ。今ルチアが潜《くぐ》ってきた道もその一つで、最も重要なのは――

「――おいっ！」

小柄なルチアや子供のノアなら何とかなるが、大人で長身のフィンには通れない隙間だということだ。

「ルチア！　そこにいるのか⁉」

「いいえ、おりませんよ。にゃーん、猫ちゃんでーす」

「……っ、くそっ、あざといな！　いるじゃないか！」

「残念でした。もういなくなりまーす」

隙間の向こうからフィンの声が聞こえてきたが、ルチアはノアと手と手を取り合って、早急にその場を後にした。

「ねえ、長《おさ》のこと、いつ許してあげるの？」

「別にもう怒ってはいないんですよ。でも、ここまでくると引っ込みが付かなくなってしまいましたので、どうせならフィンに捕まるまで続けようかと」

「長《おさ》、可哀想……僕、長《おさ》に味方してあげた方がいいかな？」

「あらあら、ノアは私の味方でしょう？　一度匿《かくま》ったからには、最後まで責任を持ってくださいね」

ルチアが澄ました顔をしてそう答えると、ノアは「仕方ないなあ」と言いつつもくすくすと笑う。

ルチアがフィンを避け始めてから、今日で十日になる。

この間に、彼女は集落の人々との交流を深めたが、最も距離を縮めた相手はこのノアだった。

最初に頼ったことが自尊心を刺激したのか、彼は掛人《かかりゅうど》としては後輩であるルチアを幼いながらも何かと助けようとしてくれる。

初見の時の素っ気なさが嘘みたいに、今ではころころと表情を変え、ルチアとは冗談を言い合うほどに仲良くなっていた。

そんなノアに、猫の面倒を任せたのはフィンだという。

わずか十歳にして、たった一人でヴォアラ島に放り込まれた彼が集落の中で肩身の狭い思いをしないようにと、子供でもできる仕事を与えたのだろう。幼いノアにもそういった配慮が理解できたため、彼はフィンを集落のリーダーとして尊敬している。

とはいえ、ここでの生活ももうすぐ一年になるノアが集落に馴染《なじ》んでいるかと問われれば、ルチアは頷きかねた。

ルチアとの仲が深まったのは間違いない。

同じ流刑者であるアーノルドとも比較的親しくしている。

だが、それ以外の大人はもとより同年代の子供と、言葉を交わすことさえ滅多になかった。

ノアには何か、周囲に心を開けない理由があるのかもしれない。

彼の小さな手に引かれて隠し通路を歩きつつ、ルチアはそんなことを考えていた。

＊＊＊＊＊＊

洞窟住居の中には、ルチアにとって居心地のいい場所がいくつもできていた。

ノアの部屋や女子達の仕事場でもある仕立て部屋。それからいつでも扉が開いていて、いつ行っても孫を迎えるように持て成してくれるおばあの部屋。

そしてもう一つが、かつてはカミーユに炭小屋と言わしめた場所だ。

フィンとニアミスしてノアに逃がされたルチアは、アーノルドの部屋に来ていた。

初めてこの部屋を訪れた時には、四方の壁にも床にも天井にも所狭しと絵が描かれていて、木炭の粉で一面真っ黒になっていたのだが、今は元来のクリーム色の岩肌が見えている。

画家としてのアーノルドに師事する島人《しまびと》達によって、彼の部屋は以前とは見違えるほど整っていた。

そんな中で、アーノルドは木の脚立をイーゼル代わりにし、そこに立てた白木に直接筆を滑らせている。

筆は鯨《くじら》の髭《ひげ》から拵《こしら》えたもので、その先に載せたのはもちろん石から作った石絵の具だ。

先日、集落の若者総出でヘビノミツを収穫しにジャングルに入った際、フィンが滝の向こうで見つけてきた青い石をすり潰し、アーノルドはついに納得のいく青の石絵の具を完成させていた。

そうして彼が真っ先に描こうとしたのは、クリーム色の岩山の上に広がる晴れ渡った青空でも、遠く水平線まで凪《な》いだ海でもなく、ルチアの姿だったのだ。

アーノルドが青の絵の具に決して妥協を許さなかったのは、彼女の銀色の髪と薄青色の瞳を描くためだったという。

どちらも、ルチアが亡き母から受け継いだ色である。

かつてのルチアは、レンブラント公爵や乳母《うば》から散々イメージを重ねられてきたせいで、自分の中に母の面影《おもかげ》を求められるとうんざりとした心地になったものだ。

けれども、娘の成長も見られずに亡くなった母が可哀想だと泣いたアーノルドのおかげで、やっと母を慮《おもんぱか》ろうという気になったし、素直にその死を悼《いた》む気持ちも抱けるようになっていた。

そんなルチアは今、絵のモデルとして、自然光を浴びながら窓辺の椅子に座っている。

開け放たれた窓の向こうは、玉砂利《たまじゃり》の海岸と海だった。

ササンササンと寄せては返す波の音を聞いていると睡魔がやってきて、ルチアはついうつらうつらとしてしまう。

「ふふ……寝不足かな、ルチア」

「……申し訳ありません」

笑いを含んだアーノルドの声に、ルチアははっとして姿勢を正す。

アーノルドはくすくすと笑いながら、キャンバスの上にゆったりと筆を滑らせた。

「まだフィンの部屋に帰っていないそうだね。連日慣れない寝床を使っているから、よく眠れていないのではないかい？」

「そんな柔《やわ》にはできておりませんので、大丈夫です。フィンのベッドじゃなくても、朝までぐっすりですよ」

ツンとしてルチアがそう言い返すと、アーノルドはますます笑みを深める。

もしかしたら彼は、ルチアが強がっているのを見抜いているのかもしれない。

フィンの部屋を飛び出した夜は、その前夜が寝不足だったのと朝からバタバタしていたこともあってすぐに寝入ったのだが、実はそれ以降、睡眠の質がいまいちなのだ。

ノアや猫達と一緒に眠るのは新鮮だし、女子会で盛り上がった末に寝落ちするのもとても楽しいというのに、ルチアはどうやら熟睡できていないらしい。

今さっきうつらうつらしたように、昼間は気を抜くとすぐに眠くなってしまうのだ。

けれども、フィンが隣にいないとよく眠れない、なんて認めるのはどうにも癪《しゃく》だった。

だからルチアはこっそり自分の太腿《ふともも》を抓《つね》って、忍び寄る睡魔を撃退しようとする。

そのまま澄ました顔を取り繕《つくろ》ってモデルを続けていると、アーノルドがとんでもないことを言い出した。

「フィンも、寂しい独り寝が続いて随分と参っているようだからね。今度、部屋の壁にルチアの絵でも描いてあげようと思うんだけれど、どうかな？」

「えっ、やめてください。自分の絵が描かれた部屋になんて、余計帰りたくなくなります」

「僕はねえ、ほら、裸婦画がいいと思うんだよね。男は単純だから、裸の女の子を見るとだいたい元気になるでしょう。それが好きな子の裸だったら、余計にね」

「いやいや、こちらの話聞いてます？　自分の裸の絵なんて言語道断ですからね⁉」

のほほんとした顔でぶっ飛んだ提案をするアーノルドのおかげで、ルチアの眠気も一気に吹き飛んだ。


集落の夕食は日暮れと共に始まる。

この日も調理の手伝いを終えたルチアは、賑わう食堂をよそに厨房《ちゅうぼう》の裏口から外へ出た。

今夜は夕食のメニューの一品に、彼女が作ったさつま揚げが加えられている。

スタンダードな魚料理に飽きがきていたノアのため、前世でも作ったことのない代物《しろもの》にもかかわらず果敢に挑戦したのだ。

記憶の中にあった「魚肉のすり身に、砂糖や塩や、あれやこれやを加えて形を整え揚げたもの」というざっくりとした定義をもとに試行錯誤を繰り返し、何とか及第点を出せる味に到達した頃には、味見のし過ぎでルチアのお腹はいっぱいになっていた。

改めて夕食をとる気にもなれず、食べ物の匂いで充満した厨房《ちゅうぼう》からも逃げてきたのだ。

厨房《ちゅうぼう》の裏は、色とりどりの玉砂利《たまじゃり》に覆《おお》われた海岸である。

午後は厳しい日差しに晒《さら》されるため立ち入るのは憚《はばか》られるが、この時間になると太陽は水平線の向こうに沈み、海から吹く風はひんやりとさえしていた。

夕焼けには郷愁《きょうしゅう》を覚えるけれど、日没によって色を失っていく海の光景はなんだか不安になる。寒くもないのに、ルチアがぶるりと身体を震わせた、その時だった。

「……っ⁉」

背後から、突然ぎゅっと抱き締められる。

とっさに上げそうになった悲鳴を呑み込んだのは、すぐ耳元に落ちた声を聞いたからだった。

「――ルチア」

聞き慣れた声だが、こんなに至近距離で耳にするのは久しぶりである。

ルチアは自分の身体の前で交差する、ほどよく日に焼けた筋肉質な両腕と、背後から肩口に押し付けられる蜂蜜色の髪を順に眺め、ほうとため息を吐いた。

「……やっと、捕まえた」

「はあ、捕まってしまいましたねぇ」

多大な疲れを滲《にじ》ませたフィンの声に、ルチアの暢気《のんき》な台詞《せりふ》が重なる。

昼間ノアに告げた通り、フィンに捕まってしまったのでこれにてゲームオーバーだ。

完全に観念したルチアは逃げる素振りも見せないが、そんな彼女をフィンはますますきつく抱き竦め、肩口に顔を埋《うず》めたままくぐもった声で言った。

「すまなかった」

「はい」

「酔っていたのを言い訳にするつもりはない。俺はあの時、お前の意思を無視して卑劣なことをしようとした」

「はい」

淡々と相槌《あいづち》を打つルチアに、懺悔《ざんげ》するみたいにフィンの独白は続く。

「マルクスが、リーデント王国や大陸に執着していることは知っていた。その関係でルチアに強く興味を引かれていることも把握しているつもりだった。最終的に島を出て行こうとしたあいつの選択を否定するつもりはない。人生をどのように歩むのかは本人の勝手だからな。だが——まさかお前を攫《さら》って島を出て行こうとするなんて、思ってもみなかった」

あの朝、ルチアがマルクスに腕を掴まれた拍子に落として割れた水差しの音で、フィンは飛び起きたのだという。

二人のただならぬやり取りが通風孔を通って耳に届き、慌てて地上に続く階段を駆け上《のぼ》った彼は、マルクスと共に小舟に揺られていくルチアを見つけた。

「とたんに、母に言われたことが頭を過《よぎ》ったんだ。ルチアに対して悠長《ゆうちょう》に構えていて、思わぬ相手に横から掻《か》っ攫《さら》われねばいいが、と」

それは確か、ルチアが集落で迎えた最初の朝にフィンとカミーユの間で交わされたやり取りである。

朝も早くからバチバチと火花を散らす親子に巻き込まれたくなくて、そそくさと壁際に退避して傍観に徹《てっ》したのをルチアも覚えていた。

「母の言葉が現実になって、俺は焦った。その焦りは、お前を島に連れ戻しても消えなくて……誰かに奪われる前に俺が、などと血迷った考えに行き着いてしまったんだ」

黙って耳を傾けるルチアに、フィンは声を絞り出す。

「本当にすまなかった。お前の尊厳を踏みにじるのも、怖がらせるのも本意ではなかった。心の底から反省している」

だからどうか、と懇願《こんがん》の言葉が続いた。

「帰ってきてくれ、ルチア。お前が隣にいないと、俺はもう碌《ろく》に眠れもしないんだ」

それに対し、ルチアはというと……

「分かりました。それでは、今夜からまたそちらでお世話になりますね」

わずかな蟠《わだかま》りも感じさせず、いともあっさりと頷いた。

とたんにフィンは信じられないと言わんばかりの表情をして彼女を見る。

ここにきてようやく彼の顔をじっくり見たルチアも、あら、と呟いて両目をぱちくりさせた。

「……本当に、いいのか？」

「いいですってば。それはそうと、眠れなかったっていうの、言葉のあやじゃないんですね。隈《くま》ができてますよ？」

「……逆に、お前の方は随分血色がいいようだな？」

「ノアと一緒に猫塗《まみ》れになって眠ったり、女子ばかりで集まって夜更かししたり、とっても有意義な家出でした」

ルチアはそう言って、満面の笑みを浮かべる。

本当は自分だってよく眠れていなかったのだが、そんな素振りは見せずに澄ました顔をしてマウントを取る。

それに上手く騙《だま》されてくれたらしいフィンは、彼女の肩口にグリグリと頭を押し付けながら唸《うな》るような声で言った。

「まったく、人の気も知らないで……」

こうして、約十日間に及ぶルチアとフィンの追いかけっこは幕を閉じた。

太陽は完全に沈んで海は真っ黒になってしまったが、それを見てもルチアはもうさっきのような不安を覚えなかった。

それは、いまだに彼女を離そうとしないフィンの存在のおかげだろう。

彼の温《ぬく》もりに包まれるのも久しぶりで、ルチアは何だかひどく照れくさい心地にもなった。

「ところで、私がここにいるってよく分かりましたね」

「ああ……実は、行き詰まっている俺を見兼ねて、父が教えてくれたんだ。ルチアが厨房《ちゅうぼう》の裏口から出たようだってな」

「……え？　ちち？」

「どうした？　何かおかしなことを言ったか？」

ルチアの聞き間違いでなければ、フィンは今〝父〟と言った。

フィンの父といえば、先代の長《おさ》で、ヴォアラ島に来たばかりのカミーユを手篭《てご》めにしたという人物だ。

これまで何度か話題には上《のぼ》ったものの一向に姿を見せないため、その人はすでに鬼籍に入っているとばかり思っていたルチアは困惑する。

そんな彼女の様子に、フィンが首を傾げて問うた。

「うん？　もしかして、ルチアは父の事情を知らなかったか？」

ルチアがこくこくと頷くと、フィンは困ったような顔をする。

「いや、すまない。てっきり母がしゃべっているものだと思っていた」

「ええっと……お父様はご健在でいらっしゃるんですね？」

「ああ、もちろん。母の側でぴんぴんしているさ」

「カミーユ様の側でって……それじゃあ、ネイサさんとのことも……？」

カミーユとネイサは同じ部屋で寝起きしている上に、ルチアとフィンとは違ってがっつり男女の関係にある。

フィンの父親は、それをいったいどんな気持ちで見ているのだろう。

昼ドラ顔負けな泥沼の三角関係を想像してルチアは口を噤《つぐ》む。

そんな彼女を、フィンは向かい合わせになるように抱き直した。

「その、ネイサがそうだ」

「……ん？」

一瞬言葉の意味が分からなくて、ルチアは眉間に皺《しわ》を寄せる。それに、ちゅっと唇を押し当てたフィンが、苦笑いを浮かべて驚くべき事実を口にした。

「ネイサが――俺の父だ」
「――は⁉」

第十章　流刑地九十八日目の夜から、百日目の朝にかけて

ネイサがカミーユを流刑に遭う前の称号である〝殿下〟と呼ぶのは、彼女の下僕として一生を捧げることを誓っているからなのだという。

それが、彼が犯した過《あやま》ちへの贖罪《しょくざい》であり、カミーユへの愛情だった。

ネイサは亜麻色《あまいろ》の髪と緑がかった青い瞳をしている。顔つきは穏やかで体は痩せ形の、まさに優男《やさおとこ》という風貌だ。

髪の色も瞳の色も、顔つきだって体型だって全然似ていないが、彼は正真正銘フィンの父親なのだとか。

「俺は紛う方なき母似だからな。初見で俺と父が親子だと言い当てられる者はおるまい」

母親譲りの蜂蜜色の髪を掻き上げつつ、同じく母親そっくりの青い目を細めてフィンが苦笑する。

夕闇迫る海岸で仲直りをしたルチアとフィンは、夕食で賑わう食堂を避けて部屋に戻ってきていた。

十日ぶりに一つのベッドに横並びに寝転んで、自分の知らない時間をルチアがどこでどう過ごしていたのかを聞きたがるフィンに、先にカミーユとネイサについての説明を求めているところだ。

ロートランド王国の王太女であったカミーユが、クーデターの末にヴォアラ島に送られてきたの

は、ネイサが今のフィンと同じくらいの年の頃だった。

両親を亡くし、祖国を追われ、白い砂浜に立ち尽くしていた彼女を見つけた時、ネイサは雷に打たれたような衝撃を覚えたという。まさに、一世一代の一目惚れであった。

それからの展開は早かった。ネイサはなんと、ルチアも泊まったあのツリーハウスで事に及んだらしいのだ。これこそ、彼が犯した人生最大の過《あやま》ちだった。

「……若い頃のネイサさん、随分と肉食系だったんですね？」

「というよりも、気持ちが先走り過ぎて前後不覚に陥《おちい》ったと言うべきだろう」

フィンが自嘲《じちょう》の笑みを浮かべ、俺も今となっては人のことは言えないがな、と続ける。

ネイサは元来控えめな性格で、フィンのようなカリスマ性は持ち合わせていなかったし、本人もそれをよく自覚していた。そのため、美しいカミーユを集落に連れて帰って自分よりも魅力的な男に奪われるのを恐れ、無理矢理思いを遂げてしまったのだ。

「ルチアがマルクスに攫《さら》われそうになって、その時の父の気持ちが初めて分かった。……いや、分かったとしても、許されることではないんだがな」

フィンはそう言って重々しいため息を吐く。

未遂で終わったルチアとは対照的に、カミーユは当然大きなショックを受けただろう。

だが、高潔な彼女はそれ以上に己の矜持《きょうじ》を傷付けられたことに激昂《げっこう》し、贖罪《しょくざい》を要求した。その結果が、現在の献身的にカミーユに尽くすネイサの姿であるという。

両親がクーデターによって自害したこともあり、カミーユはどれほど絶望しても生きることを諦めなかった。その根底には、自分を祖国から追い出した連中にいつか目に物見せてやるという強い思いがある。

一方で、彼女は情の深い女性でもあった。たとえ自身が望んだ結果ではなくても生まれてきたフィンを愛したし、彼に配慮してその父親であるネイサ以外の男性を受け入れることもなかったのだ。

カミーユとネイサは夫婦ではないが、フィンの誕生によって家族になった。そしてまた、主従でもあった。

「どこのご家庭も複雑ですねぇ……」

一家の事情を聞いたルチアがしみじみと呟く。

さらに、カミーユとネイサが再び男女の関係を持つようになったのは、実はルチアがヴォアラ島に来る少し前——ノアがやってきたすぐ後のことだという。

「ノアを見て、もう一人産んでみたくなったんだと」

「あら、弟さんなのか妹さんなのか、今から楽しみですね」

「いやもう、勝手にしてくれって感じだな。俺は極力巻き込まれたくない」

「まあ、そうおっしゃらずに。年の離れた兄弟というのは可愛いらしいですよ？」

苦虫を嚙み潰したような顔をして両親の床事情に唸《うな》るフィンに、ルチアが笑って合いの手を入れる。

すると、彼はとたんに神妙な顔になってルチアに向き直った。

「俺はな、ルチア。今更弟や妹をあやすくらいなら、自分の子を――お前が産んだ子をあやしたいんだが？」

「ひえっ、急に何ですか⁉」

唐突な台詞《せりふ》にぎょっとして距離を取ろうとするも、すかさず腰に回ったフィンの腕に阻《はば》まれてしまう。

ルチアはその腕をベシベシと叩いて抗議した。

「さっき反省してるって言ったのに！　舌の根も乾かないうちに反故《ほご》にするつもりですかっ⁉」

「心配しなくても、先日のような愚行を働くつもりはないし、お前の尊厳を踏みにじらないという約束も守る。だが――お前が俺を求めずにはいられなくなるよう、口説《くど》くのはありだろう？」

「そ、そういうの、屁理屈って言うんですよっ！」

「何とでも。要は、お前をその気にさせればこっちのものだ」

にやりと笑うフィンに、ルチアは唖然《あぜん》として口をパクパクさせる。

かつての婚約者オリバーとの間に甘い思い出は何一つなく、生まれてこの方こんなに情熱的な言葉をもらったことがないのだ。

よくよく思い返してみれば、前世でも割合ドライな恋しか経験してこなかった。

ルチアは自然と頬が熱くなるのを感じ、フィンの視線から逃《のが》れようと慌てて身体を反転させる。

彼に背中を向けて、ほっと息を吐いたのも束の間――

「耳が赤いが、どうした？」

「……っ」

笑いを含んだ声で耳元に囁《ささや》かれ、ルチアは今度こそカッと頬を赤らめた。

腰に回っていたフィンの手は、いつの間にか彼女の腹に乗っている。平たいばかりのそこには、まだ新たな命など宿っているはずがない。それなのに、まるで慈《いつく》しむように撫でられて、ルチアは何だかおかしな気分になりそうだった。

そんな時である。トントン、と控えめなノックの音が聞こえてきた。

「……はあ、邪魔が入ったな」

残念そうなため息を吐くフィンとは対照的に、ルチアは安堵《あんど》のため息を吐き出す。

「誰だ。急用か？」

「――長《おさ》……ルチアも、いる？」

フィンの問いかけに扉越しに答えたのは、まだ幼い少年の声だった。

それを耳にしたとたん、ルチアはベッドから飛び起きて、急いで扉を開けてやる。

真っ先に部屋の中に入ってきたのは、サバトラの雄猫ミッチーだ。彼はルチアの足もとに擦り寄って、にゃーと鳴いた。

それを一撫でしてから、ルチアは扉の向こうに立つ相手にそっと声をかける。

「――ノア、どうしたの？」

フィンの部屋を訪ねてきたのはノアだった。

何だか神妙な面持ちをした彼の背に手を添えて、中に招き入れる。

ノアはそんなルチアをじっと見上げてから、ベッドの上に起き上がったフィンに視線を移すと、意を決したように口を開いた。

「――長《おさ》に、お願いしたいことがあるんだ」

＊＊＊＊＊＊

平穏な人生であれば、そもそも流刑なんて憂《う》き目に遭うわけがない。

そういうわけで、ヴォアラ島にやってくる人間はそれぞれ複雑な事情を抱えている。

兄王に毒杯を差し出したルチア然《しか》り、クーデターで国を追われたカミーユ然《しか》り、王妃と関係を持って兄王の逆鱗《げきりん》に触れたアーノルド然《しか》り――そして、わずか十歳のノアも例外ではなかった。

ルチアが家出を終えてフィンのもとに戻ってから丸一日が経つ。

昨夜ノアが口にした願いを叶えるために、ルチアとフィン、そしてノア本人も、今宵《こよい》はジャングルの真ん中にあるツリーハウスに泊まっていた。

ハンモックはルチアとノアが使い、フィンは籐《とう》で編んだ敷物の上に横になっている。

隣ですうすうと寝息を立てているノアの黒い猫っ毛を撫でつつ、ルチアは小さくため息を吐いた。

「明日、ノアを砂浜に連れていくのは、本当に正しいことなのでしょうか……」

「さて、どうだろうなぁ」

フィンも珍しく、歯切れの悪い返事をする。

彼らは明日の朝のうちにジャングルを抜け、島の北東部への到着を目指していた。

ルチアが最初にヴォアラ島に上陸した、あの白い砂浜だ。

ノアは昨夜、自分がヴォアラ島に送られてきた経緯をルチアとフィンに打ち明けた。

その上で、件《くだん》の砂浜に連れていってほしいとフィンに頼んだのだ。幼く、ジャングルに慣れていない自分一人では到底叶わないと冷静に判断してのことである。

ノアは、自分はラインラント王国王太子の庶子であると言った。

「ルチアは、ラインラント王国とやらには詳しいのか？」

「いえ、大陸の東に位置する小さな国としか存じ上げません。リーデント王国とラインラント王国の間には国交がありませんでしたので」

ノアの母は王太子付きの侍女だった。その母が出産後ほどなく亡くなったために、ノアは侍女頭に育てられ、父である王太子にもそれなりに可愛がられていたそうだ。

そうしてノアが九歳になった昨年、その王太子に結婚の話が持ち上がった。

相手は大陸で一、二を争う大国の王女で、ラインラント王国としては願ってもない良縁である。

しかし、ここで一つ問題が起きた。

王太子には、ノアの母の死後懇意《こんい》になった女性がおり、その頃妊娠が判明したばかりだったのである。

結婚相手の機嫌を損ねたくなかった王太子は、腹の子の認知と養育費と引き換えに別れを切り出したが、相手の女性がそれを拒んだ。それどころか、大国の王女との結婚を破談にしてやると息巻いて暴れ、それを押さえようとした王太子と揉み合いになった末、不運にも机の角に頭をぶつけて死んでしまった。

王太子に彼女を殺す意図はなく、完全に事故だった。

「とはいえ、妊娠中の愛人を死なせたとあっては、さぞ外聞が悪かろうな」

「愛人とお腹の子が邪魔になって処分したのでは、って考えてしまいますよね。それが結婚相手の耳に入れば、破談もありえます」

困ったラインラント国王が白羽の矢を立てたのがノアだった。

ラインラント国王は、腹違いの弟か妹に父の愛情を奪われるのを恐れたノアが、衝動的に愛人を突き飛ばしたせいで彼女は亡くなった、という嘘のシナリオを用意したのだ。

そうしてひとまずノアを流刑に処すが、王太子が大国の王女と無事結婚を終えた暁《あかつき》には恩赦《おんしゃ》を与えて迎えに行く、と約束したのだという。

その約束の日が明日――ノアがヴォアラ島に来てちょうど一年を迎える日だった。

奇《く》しくも明日は、ルチアにとってはこの島で過ごす百日目でもある。

昨夜ノアの口から語られた話を思い返しつつ、ルチアはおずおずと問うた。

「本当に……ラインラント王国から迎えが来ると思います？」

「率直に言って、来ないだろうな。ノアは体《てい》のいい厄介払いをされたんだろう」

ノアが眠っているのをいいことに、フィンは歯に衣《きぬ》着せない。それに眉を顰《ひそ》めつつも、ルチアも彼の意見に同感だった。

冷静に考えて、わずか十歳――当時は九歳の子供に人殺しの罪を擦《なす》り付けるなど、血の通った人間のすることではない。しかも、たった一人絶海の孤島に置き去りにするなんて、死ねと言っているようなものだ。

十中八九、誰もノアを迎えに来ないだろうし、万が一ライントラント王国に帰れたとしても彼の居場所はもうないだろう。

そんな残酷な事実を明日、ノアは突き付けられることになる。

それが分かっていて、集落でただ彼の帰りを待つなんて耐えられないと思ったからこそ、ルチアもこうして一緒に付いて来たのだった。

ミシ……ミシ……

夜もすっかり更《ふ》けた頃のことだ。

いつか耳にしたのと同じ建物が軋《きし》む音で、ルチアは目が覚めた。

眠い目を擦《こす》りながら音の出所を探ろうとした彼女は、はたとあることに気付く。

隣で寝ていたはずのノアの姿がなくなっていたのだ。

「ノア……!?」

慣れないハンモックの上でバランスをとりつつ上体を起こしたルチアは、目を凝《こ》らして彼を捜す。

前回ツリーハウスに泊まった時は新月間近であったため、辺りは真っ暗闇で目が慣れるまで何も見えなかったが、幸いと言うべきか否《いな》か今宵《こよい》は月が明るかった。

おかげで、ノアの姿をすぐに見つけることができたのだが、その瞬間、ルチアは安堵《あんど》するどころか悲鳴を上げそうになる。

風通しを良くするために開けっ放しにしている窓。その向こうから、爛々《らんらん》と輝く大きな目が二つ、ツリーハウスの中をじっと覗き込んでいたからだ。

その正体をルチアはもう知っている。この島のかつての支配者である、大蛇ヴォアラの幽霊だ。

しかもノアは、その幽霊とすぐ目の前で向かい合い、こちらに背中を向けて立っていた。

「──落ち着け、大丈夫だ。あれが襲ってくることはない」

いつぞやと同じ台詞《せりふ》をルチアの耳元に囁《ささや》いたのは、フィンだった。

悲鳴を上げずに済んだのは、彼の掌《てのひら》に口を覆《おお》われたからだ。

二人はヒソヒソと囁《ささや》き合う。

「ノアは何をしているんでしょうか……」

「分からん。俺が目を覚ました時には、すでにあんな状態だった。ただ……」

フィンはそこで言葉を切ると、しっと唇に人差し指を押し当てて耳を澄ます。ルチアも口を噤《つぐ》んでそれに倣《なら》った。

ぼそぼそと、ノアが何やら呟いている。

それを聞き取ろうと、ルチアとフィンはますます耳をそばだてた。

「──大丈夫、分かってる。父様は優しかったけれどおじい様には逆らえないし、おじい様は僕のことをそもそも孫だなんて思っていなかった」

泣きそうな声で語られる言葉に、ルチアとフィンは絶句して顔を見合わせる。

ヴォアラのブルーベリーみたいな赤紫色の目が、ノアの話に相槌《あいづち》を打つみたいにパチリと瞬《しばた》いた。

「みんな、僕のことなんかいらないんだって思ってた。この島の大人達はよくしてくれたけど、子供が一人で送られてきたから同情されてるだけなんだと思った。すごくみじめで、嫌な気持ちになってたんだ」

周囲の同情を煩《わずら》わしく思う気持ちは、ルチアにも覚えがある。

生まれてすぐに母と同腹の兄を亡くした彼女も、リーデント王国を出るまで十八年間ずっと哀れみの眼差《まなざ》しを向けられ続けて、うんざりしていたからだ。

ノアが周囲に心を開こうとしなかった理由が分かったような気がした。

ところがここで、ノアの声が少し明るくなる。彼はヴォアラに向かって、まるで友達にでも語りかけるみたいに、でもね、と続けた。

「ルチアが来て最初の夜、猫のことをありがとうって言ってくれたんだ。あの時、こんな僕でも誰かのためになれたんだって、びっくりした」

ルチアの聞き間違いでなければ、ノアは小さく、ふふ、と笑った。

「ジャングルでお前と遭った時、ルチアが僕の前に飛び出してきて庇ってくれたでしょ？　ルチアは僕が生きることを望んでくれているんだって分かって……嬉しかった」

お前というのはヴォアラのことだろう。

先日、ヘビノミツを収穫しにジャングルに入った際、猛毒のヘビノシンゾウとヴォアラに一所で遭遇してしまった時のことを、ノアは思い出しているらしい。

あの時、とっさに自分がとった行動がノアを笑顔にしたのなら、ルチアにとってこれほど誇らしいことはない。

そんなルチアの思いを知ってか知らずか、ノアはヴァアラに向かって彼女の話を続けた。

「長《おさ》と喧嘩《けんか》した時、一番に僕のところに来てくれたのもすごく嬉しかったんだ。ルチアの中では、僕は同情するばかりの子供じゃない。頼れる相手なんだって分かって、誇らしかった。だから——」

ノアは一旦そこで言葉を切ったかと思ったら、ルチアとフィンの方を振り返る。

その瞳は、かつてないほどの強い決意と誇りに満ちていた。

「僕は、僕を認めてくれる人がいるこの島で生きていく——」

そう告げたとたん、操り人形の糸が切れたみたいにノアの身体はその場に崩れ落ちた。

「ノア……!!」

フィンがとっさに駆け寄り、ノアを抱き留める。

ルチアも慌てて転がり落ちるみたいにハンモックから飛び下りた。

「ノア……ノア、しっかりして！」

「大丈夫。眠っているだけのようだ」

ノアは両目を閉じ、すうすうと気持ち良さそうに寝息を立てていた。

彼は、二人が思うよりもずっと聡い子供だった。

私生児である自分はいずれにせよ父の政略結婚の邪魔になると理解していたし、最終的に父が保身を選ぶことも分かっていたのだ。

明日、ノアを迎えにくる者はいないだろう。一年越しの約束が果たされることはきっとない。

それでも彼は現実を受け止める覚悟をしていた。

わざわざ砂浜にまで赴《おもむ》いて自分の目でそれを確認するのは、祖国に対する未練を完全に断ち切るために違いない。

「……ルチア、泣くな」

「だって……」

同情ではない。ただ、ノアのいじらしさにルチアは胸が痛かった。

眉根を寄せてポロポロと涙を零す彼女を、ノアを抱えているのとは逆の手でフィンが抱き寄せる。

「ノアが前向きになれたのは、ルチアのおかげだ。お前がいなければ、ノアは明日という約束の日のことを俺にも誰にも打ち明けられないまま、一人で迎えていただろう」

フィンのそんな囁《ささや》きと、憑《つ》き物が落ちたように安らかな表情をして眠るノアに、ルチアはほっと安堵《あんど》の息を吐いた。

その時である。

またミシミシとツリーハウスを軋《きし》ませて、それに巻き付いていたヴォアラの身体が解《ほど》け始めた。

鱗《うろこ》で覆《おお》われた表皮は、満月の光を浴びて前回よりも白く発光している。

やがて長い長い身体をくねらせて、ジャングルの奥へ静かに消えていった。

「行ってしまいました……」

おそるおそる窓から顔を出してそれを見送ったルチアがぽつりと呟く。

そもそもすでに死んで霊体となり、餌を捕食する必要もなくなった大蛇が、今更何のために人間の前に姿を現すのかは謎である。

ノアの独白を聞いている時の眼差《まなざ》しは、獲物を前にした捕食者のそれにしてはあまりにも穏やかだった。

それどころか、まるでノアが自分の気持ちに整理を付けるのを見守っているみたいに感じたのは、ルチアの気のせいだろうか。

そういえば、ジャングルの中で猛毒のヘビノシンゾウを知らずに踏ん付けてしまいそうになった際、ヴォアラが間に割り込んで助けてくれたようだった、とノアが話してくれたことがあった。

ルチアがそのことを伝えると、フィンはたちまち目を丸くする。

「ヴォアラが……人間を守る？」

彼は心底驚いた様子でルチアと眠るノアの顔を交互に眺めてから、そんな可能性は考えたこともなかった、と呟いた。

「なにしろ、この島で生まれ育った人間の心裏には、ヴォアラは絶対的な捕食者であり、畏怖《いふ》すべき存在として刻まれているからな……」

ノアのヴォアラ観に、フィンは盛大にカルチャーショックを受けた様子だった。

遥《はる》か遠くにある大陸の内地から来たルチアやノアと、閉鎖的な絶海の孤島に住むフィンとでは、そもそものの考え方や価値観が違って当然なのだ。

それでもフィンは、ノアの考察を否定することはなかった。

ヴォアラが去った後、ルチアとフィンはぐっすりと眠るノアを間に挟んで、籐《とう》の敷物の上で川の字になって寝直した。

やがて東の空が白み始めて目を覚ましたノアは、両側から自分を抱き締めて眠る二人にぎょっとしたという。

そんな彼は、夜中にヴォアラと対面したことも、その前で自分が告白した内容も何も覚えていなかった。

だが、昨日までと比べて随分とすっきりした表情になり、何かを吹っ切った様子に見える。

夜明けと共に、ルチア達一行はツリーハウスを出発した。

濃密な緑に支配された世界を掻き分けて、彼らはひたすら北東を目指す。

頭上を天蓋《てんがい》のように覆《おお》うシダの葉の隙間から、水平線を飛び立ったばかりの朝日が差し込んでいる。

眩《まばゆ》いそれに、ルチアは麦わら帽子の下で色素の薄い目を細めた。

ルチアにとってはちょうど百日ぶり、ノアに至っては丸一年ぶりの道程である。

先導するフィンの逞《たくま》しい背中を追いかけながら、ルチアとノアは自然と手を繋いだ。

しばらくすると潮の香りが漂《ただよ》い始め、海に近づいたことを知る。繋いだ手にぎゅっと力を込めたのは、どちらが先だっただろう。

「――着いたぞ」

フィンがそう告げつつ目の前の茂《しげ》みを掻き分けたとたん、視界にぱっとパノラマが広がる。

一面真っ白い砂浜に、巨大なヤシの木が何本も突っ立っていた。

その向こうに見える遠浅の海は、緑のような青のような幻想的なエメラルドグリーンで、太陽の光を浴び、宝石みたいにキラキラと輝いている。

よく晴れた空には雲一つなく、ずっとずっと遠くの水平線まではっきりと見えた。

その水平線のさらに向こうにある大陸から、ルチアもノアもやってきたのだ。

生まれて間もなく前世の人格が覚醒したルチアは、今世の祖国であるリーデント王国にさほど強い思い入れはない。

だが、ノアは違うはず。

瞬《まばた》きもせずじっと水平線を見つめる彼の手を、ルチアはもう一度しっかりと握り直した。

フィンはそんな二人に特に声をかけることなく、裸足《はだし》になって砂浜に踏み出す。

それに倣《なら》い、ルチアとノアもサンダルを脱いだ。

百日前にここでルチアが履《は》いていた黒いパンプスは、悪戯《いたずら》好きの猫達に三枚おろしにされてしまってもうない。こうして、リーデント王国と関係のあるものは、いつかルチアの側から全て消えてしまうのだろう。

砂は人肌くらいの温かさで、足の裏に吸い付くようだ。

その上に点々と足跡を残しながら、三人が水際まで近づいた――その時だった。

「あっ……」

最初に声を上げたのは、三人のうちの誰であったろうか。

いや、もしかしたら三人同時だったかもしれない。

とにかく彼らは一様に驚いた顔をして、その場に立ち止まった。

水平線の向こうに突如、帆船《はんせん》の影が現れたからだ。

「船っ……船だっ!!」

そう叫んだのはノアだった。

そして、弾かれたように駆け出した彼が海に入る前に、後ろから抱き上げて止めたのはフィンだ。

「は、離して！　長《おさ》っ、離してよっ!!」

「ノア、落ち着け」

「は、早く、あそこに！　船に！　父様のところへ行くんだっ!!」

「分かった。海の際までは連れていってやる。だが――あの船がラインラントからのものかどうかは、保証できない」

とたん、暴れていたノアの身体がぴたりと止まった。かと思ったら、自分を抱き上げるフィンの首に両腕を回し、ぎゅっとしがみつく。

約束の日、このタイミングで現れた船を、ノアが自分への迎えだと思ってしまうのも無理はなかった。

祖国に戻るのは絶望的だと、ずっと前から諦めていたのに。

きっと、もうあそこに自分の居場所はないと分かっているのに。

それでも奇跡を信じようとした彼を笑う者は誰もいまい。

フィンにしがみついて嗚咽《おえつ》を上げるノアの背中を、ルチアはそっと撫でてやるしかなかった。

一方、突如現れた船は、ゆっくりとこちらに向かってくる。

三本マストの大型帆船《はんせん》で、外洋を渡ってきたのは明白だった。

やがて船はヴォアラ島の手前で、こちらに側面を向ける形で停止する。

これ以上島に近づけば暗礁《あんしょう》に乗り上げてしまうであろう、ギリギリの位置だ。

船の外装を見ただけでは、それがどこの国から来たものなのかは分からない。

そうこうしているうちに、甲板《かんぱん》の上に人影が現れた。

砂浜からでは、米粒のような大きさでしかない相手を判別するのは不可能だ。

ただし、フィンはその限りではなかった。


「――は!?」

島育ちの驚異的な視力でもって米粒大の人影の正体を捉えた彼が、素《す》っ頓狂《とんきょう》な声を上げる。

ルチアはようやく泣きやんだノアと顔を見合わせた。

何故なら、フィンの口から飛び出したのが、予想だにしない人物の名前だったからだ。


「――マルクス、マルクスだ。あいつ、生きていたのか」

第十一章　流刑地百日目

水面《みなも》に描かれた文目《あやめ》の隙間に、南国らしい鮮《あざ》やかな色合いをした魚達がちらちらと見え隠れする。

それを容赦なく蹴散らしつつ、一艘の小舟が水の上を滑るように進んでいた。

エメラルドグリーンの海の色は、砂浜から遠のくほどに濃くなっていく。

それに比例して、潮の香りも強くなっていった。

ルチアとノアを乗せてフィンが櫂《かい》を漕《こ》ぐ小舟は、沖合目指して進んでいる。

その船首が向けられた先には、三本のマストを持つ大型の帆船《はんせん》が停泊していた。

最前列のフォアマストと船体中央に位置するメインマストには、それぞれ二枚と三枚の方形帆が揺れている。

さらには、最後尾のミズンマストに舵《かじ》の機能を果たす大きな三角形の帆、船首から前方に突き出す支柱にはスプリットセイルと呼ばれる四角の帆が張られていた。

船体は木造で、船首楼と船尾楼の両方を持ち、大人数を乗せられる構造だ。

ルチアの前世の世界の歴史においては、十六世紀半《なか》ばから十八世紀頃にかけてヨーロッパで活躍し、軍艦の原形にもなったガレオン船がこれとよく似た形状をしている。

その甲板《かんぱん》からするすると降ろされた小舟に乗り、ギリギリまで近づいてきたのは、ルチア達がひさしぶりに見る顔だった。

「やっほー、フィン！　それに、ルチアとノアも！　また会えて嬉しいよーう!!」

「マルクス……お前、どうして……」

言葉の通り全身で再会の喜びを表すマルクスは、どう見ても幽霊ではなさそうだ。

守人《もりびと》以外は生きて出られないはずのヴァアラ島から飛び出したというのに、彼はピンピンしていた。

「いやー、あの後思いっきり波に呑まれてさぁ。さすがに僕ももうダメかと思ったんだけど、運よく漂流物にしがみつけてね。海面にぷかぷか浮いて途方に暮れていたところを、通りがかった船に拾ってもらったんだ！」

「そうだったのか……いや、ともかく無事でよかった」

集落の長《おさ》としても、ルチアを攫《さら》おうとしたことについても、フィンはマルクスに対して複雑な思いがあるだろう。それでも、彼らは二十数年を共に過ごしてきた幼馴染《おさななじみ》である。

フィンはひとまず素直に、彼の無事を喜んでいるようだ。

もちろんルチアにとっても、マルクスが生きていたことは嬉しい驚きだった。

無理矢理島の外へ連れ出されそうになったことに関しては、文句の一つや二つ言ってやりたいところだが、反省の様子もない彼の笑顔を見ていると毒気を抜かれてしまう。

それにこの時、正直ルチアには、マルクスのことを構っている余裕なんてなかった。

向こうの小舟の上にマルクスと並んで立つ人物――ずっとルチアだけを見つめて緑色の瞳を潤《うる》

ませている若い男性に、彼女はわなわなと唇を震わせる。

「オリバー、さま……」

「殿下、やっと……やっと、お会いできた……っ!!」

ルチアを殿下と呼び、泣くのを耐えるみたいに端整な顔をくしゃりとさせた男の名は、オリバー・レンブラント。

熱帯気候には不釣合いな濃紺の軍服をかっちりと着込んだその人は、レンブラント公爵が決めたルチアの元婚約者であり、兄王に毒杯を差し出した彼女を捕縛した人物だった。

マルクスが連れてきたのは、このオリバー率《ひき》いるリーデント王国軍がチャーターした大型帆船《はんせん》だったのだ。

ヴォアラ島の海と沖合との境目は、ちょうど潮境であるため明らかに海の色が違っている。島に近い方の海面は緑がかっていて透明度が高く、逆に沖合は青みが強くて仄暗《ほのぐら》い。水温や塩分量など性質の異なる海水が流れていて、それらが混じり合わないために起こる現象だ。

海の上にくっきりと引かれた境界線を挟んで、二つの小舟が船先を突き合わせて対峙する。

大型帆船《はんせん》を背負った方では、オリバーが跪《ひざまず》き、茫然《ぼうぜん》とするルチアに向かって金色の頭を垂れた。

「殿下、遅くなってしまい申し訳ありません。お迎えに上がりました」

「……え?」

「さあさ、どうぞこちらの船に。ああ、いけません。そんな薄い衣では、殿下の繊細な肌が焼けてしまいます」

「――ちょっと待ってもらおうか」

向かいの小舟から差し出されたオリバーの手がルチアに届く前に、フィンが身体を割り込ませて彼女を背に隠す。

するとオリバーは、やっとその存在に気付いたようにフィンを見て眉を顰《ひそ》めてから、同じ小舟の上にいるマルクスに問いかけた。

「マルクス殿、もしやこの方が？」

「そうですよー、閣下。うちの自慢の長《おさ》です。若いですけど、切れ者ですよ」

「おい、マルクス。いったいこれはどういう状況だ。説明しろ」

フィンにじとりと睨まれ、間に挟まれる格好になったマルクスは「うえ〜」と嫌そうな声を上げる。

彼曰《いわ》く、漁船に拾い上げてもらってしばらくは近くの島で世話になっていたが、大陸からの船が物資調達のために寄港することを知って、乗せてもらえるように交渉したのだという。

すると、なんとその船をチャーターしていたのがリーデント王国の上級軍人で、しかも三ヶ月ほど前に流刑に処された王妹殿下を迎えに行くと言うではないか。

マルクスはヴォアラ島の情報を提供する代わりに、大陸まで船に乗せていってもらう約束を取り付けた。ちなみに航海中は船の厨房《ちゅうぼう》を手伝って、ちまちまと路銀も稼ぐつもりだという。

「一応ね、ルチアは島で元気にやってますよって伝えたんだけど……この人、絶対連れ戻すって言って聞かないもんでさあ。そこんとこ解決しないと、僕も大陸まで連れていってもらえないんで、なんとか上手く収めてほしいんだよね」

マルクスは他人事のようにそう言って、へらりと笑う。

ルチアはフィンと顔を見合わせると、彼の後ろから出てオリバーと向かい合った。

「オリバー様……あの、せっかくこんな遠くまで足を運んでいただいて恐縮ですが、ご存知の通り私は罪を犯してリーデントを放逐《ほうちく》された身です。私が戻るだなんて、国法が許しません」

ところがオリバーは、満面の笑みを浮かべて答える。

「ご安心ください。実は先頃、陛下のご成婚が決定いたしまして、殿下は恩赦《おんしゃ》を賜《たまわ》りました」

「えっ……」

「お相手は、かねてより話が上がっておりました北の国の王女殿下です。陛下は是非とも殿下にも結婚式に参列いただけるよう望んでおいでです」

「いえ、でも……そんな……」

兄王の結婚相手のことは、ルチアも知っている。確か王太后の親友の娘で、一時期リーデント王国の別荘地に滞在していたことがあったのだ。

兄王の結婚を祝福しないわけがないし、結婚式に参列してほしいと思われているのが嬉しくないはずもない。だが……

「ですが、やはり私はリーデント王国に戻ることはできません」

母方の一族であるレンブラント家は、ルチアが兄王に毒杯を差し出したことを皮切りに当主であるレンブラント公爵まで捕まって、あわやお家取り潰しかというところまでいった。

ルチアの凶行を止めて国王の命を救ったオリバーもまたレンブラント家の出身であったおかげで、何とか一族丸ごと路頭に迷うのだけは免《まぬが》れたのだ。レンブラント家にとってオリバーが英雄なら、ルチアは疫病神《やくびょうがみ》である。

そんな彼女が戻ってきて、なおかつオリバーと一緒に国王の結婚式に参列するなんて、一族の者には許し難いことだろう。

ところがオリバーは、兄王の結婚式はともかく、その後のことは心配ないと屈託なく笑う。

「実はこの度《たび》、国軍中将の位をいただき、陛下直々《じきじき》の命によりマーチェス皇国に大使として派遣されることになりました。もちろん、殿下も私と一緒にマーチェス皇国で暮らしていただきます。あなたに肩身の狭い思いなど、決してさせません」

マーチェス皇国は、フィンの母カミーユの祖国であるロートランドの内戦にも茶々を入れているなかなかきな臭い国だが、リーデント王国とは古くから国交がある。

オリバーは畳みかけるように続けた。

「それに、マーチェス皇国にはジュリエッタ嬢がいらっしゃいます。きっと、彼女も殿下との再会を望んでおられますよ」

そうなのだ。ルチアの今世において、唯一無二とも言える幼馴染《おさななじみ》にして大親友、ジュリエッタがかの国に嫁《とつ》いでいるのだ。

「ジュリエッタ……」

彼女の底なしに明るい笑顔が脳裏に浮かび、えも言われぬ懐かしさと愛《いと》おしさを覚える。

少しだけ、ルチアの心がオリバーの誘いにぐらつきかけた、その時だった。

「――随分調子のいいことを言うんだな」

その場の空気を一変させるみたいに凛《りん》と響いたのはフィンの声。

彼は再びルチアを背中に隠して、オリバーの前に立ちはだかる。

とたんに剣呑《けんのん》な表情になったオリバーに向かい、フィンは淡々とした口調で告げた。

「あんたや兄上殿――リーデント王国は、一度ルチアを捨てたんだ。それを今更返してくれだなんて、そんな都合のいい話が通るわけないだろう」

「捨てるだなんて、殿下を物のように！　なんと無礼なっ!!」

「無礼ついでに申し上げよう。あんた達が捨てたルチアは俺が拾った。もちろん、返してやる気などさらさらない」

「なっ、何という厚顔な……!!」

フィンの言葉にたちまち逆上したオリバーが、掴みかからんばかりの勢いで身を乗り出したことで、彼の乗る小舟が大きく傾いた。

「ちょっ……ちょっとちょっと！　閣下、落ち着いてー!!」

小舟を引っくり返されてはたまらないと、マルクスが重心を調整してバランスを保とうとする。

とたんにルチアも冷静になり、オリバーの言葉に傾きかけていた自分の気持ちに平衡を取り戻そうと努めた。

それを察したのか、オリバーが焦った様子で言い募る。

「この島の気候は、大陸の内地で生まれ育った私達には合いませぬ。これ以上ここにいては、殿下は遠からず御身《おんみ》を損ねてしまうでしょう。陛下も、殿下をずっと気にかけていらっしゃいましたよ。早くリーデント王国に戻って、元気なお顔を見せて差し上げましょう」

　彼は再びルチアに手を差し出し、さあ、と急《せ》かす。

　それを遮《さえぎ》るように立ちはだかったフィンも譲らなかった。

「生き物の身体は周囲の環境に順応していくものだ。幸い、ルチアはそうするに充分な生命力も精神力もある。実際、彼女はこの島に来てすぐ軽い熱中症をやった以外、一度も体調を崩したことがないし、食べ物も口に合う様子だからな。兄上殿が心配する必要は何もない」

　フィンの青い瞳とオリバーの緑の瞳が真っ正面から睨み合う。

　濃度の違う海水のように決して相容れない男達の間で火花が散り、彼らを引き合わせた形になったマルクスは、あわあわと狼狽《うろた》えるばかりだ。

　ノアは不安げにルチアの手を握り、ルチアもそれをぎゅっと握り返した。

「あなたに、殿下の何が分かる。殿下にそんな見窄《みすぼ》らしい格好をさせて、その柔肌を灼熱《しゃくねつ》のもとに晒《さら》しておいて、返さないなどとよくも言えたものです。私なら、この先殿下に苦労などさせません。きっと幸せにしてみせます――さあ、殿下。参りましょう。船にはドレスも宝飾も一通りご用意しております。どれも陛下から殿下へと贈られたものですよ」

　前半はフィンに向かって鋭く刺すごとく、後半はルチアに向けて猫撫で声で言う。

　ルチアはそれにぞっとした。オリバーの言葉に応えれば、窮屈で退屈な深窓の姫君に逆戻りだ。

ヴォアラ島で百日間のびのびと過ごしてしまった彼女にそれを受け入れることは不可能だった。

「確かに、煌《きら》びやかなドレスも宝石も俺には用意してやれない。だが、それ以上に美しいもの、ここにしかないものにたくさん出会わせてやろう」

たとえば、岩山の頂上から見る朝焼け、一切の波が消えて鏡のようになった海、ジャングルの泉の底に広がる神秘的な光景。フィンの口から語られるのは、どれもこれもルチアをわくわくさせる言葉ばかりだ。

次いで、彼がオリバーに向かって高らかに続けた言葉が、ルチアの胸にストンと落ちた。

「ルチアに苦労はさせないと、あんたは言ったな。幸せにするとも言った。だったら、俺もここに誓おう。ルチアが命を終える最期の瞬間、この島に――俺のもとに残ってよかったと、きっと言わせてみせる」

オリバーの横でそれを聞いていたマルクスが、わあ、と呟いて赤くなった両の頬を手で押さえた。さもありなん。フィンのそれはどう聞いてもプロポーズだ。幼馴染《おさななじみ》がプロポーズする場面に立ち合うことになるなんて、マルクスとしては想定外だったのだろう。

ルチアの心も定まった。

そもそも、ヴォアラの眷属《けんぞく》である守人《もりびと》以外はヴォアラ島の海から出られないのだが、〝出られない〟と〝出ない〟とでは大きく意味合いが違う。

ルチアはこの時、思いがけず用意された祖国への帰還切符を受け取らないことを決断した。

彼女の表情からそれを察したのだろう。オリバーの顔がたちまち曇《くも》る。

「殿下、どうか決断をお間違いにならないでください。もしも殿下がお戻りにならなければ、陛下はたいそう悲しまれます。一刻も早く殿下に恩赦《おんしゃ》を与えられるよう、懸命に北の国にかけ合ってご成婚を急《せ》かされたのですよ。そのご恩に背《そむ》くような薄情な真似はなさいますな」

「いいえ、ご成婚が決まったのなら尚更です。私などではなく、お妃様とこれからお生まれになるであろう御子《みこ》のために、陛下には心を砕いていただかなければなりません」

「そのお妃や御子《みこ》よりも、今の陛下にとっては殿下が一番大切なのですよっ⁉」

「私も陛下を――兄上様を大切に思っております。昔も、今も、そしてこれからも」

前世の人格が強過ぎたルチアには、今の人生がどうにも夢物語のように感じられて現実味がなかったが、唯一血を分けた兄妹である兄王フランクに対しては少なからず愛着を覚えていた。

そんな兄王は十八年前の事故のことを今もまだ引き摺《ず》っていて、腹違いの兄弟ではなく自分が生き残ってしまったこと、そのショックでルチアを産んだ母も亡くなり彼女が一人ぼっちになってしまったことを、全て自分のせいのように感じて苦しんでいる。

ルチアはそれがあまりにも気の毒であったから、罪悪感の原因である自分が消えようと考えたのだ。その思いは今も変わらない。

兄王を愛しているからこそ、ルチアは彼との決別を選んだ。

「私は、この島で生きて参ります。どうかそう、兄上様にお伝えください」

きっぱりと告げたルチアに、オリバーはついに愕然《がくぜん》とした表情になった。

「で、殿下……」

「ルチアっ!!」

オリバーの震える声に、ノアの弾んだ声が被る。

そのまま飛び付いてきたノアごと、ルチアはフィンの腕に抱き締められた。

あちゃー、と呟いたマルクスの視線は、ぐっと俯《うつむ》いてしまったオリバーに向けられている。

はるばる迎えに来てくれたオリバーには非常に申し訳ないが、手ぶらで帰ってもらうしかない。

あるいは、兄王の成婚祝いに、ヴォアラ島の特産品であるヘビノミツのジャムでも託そうかとルチアが考えていた、その時だった。

俯《うつむ》いていたオリバーが、小刻みに震え始める。

同時に、くくく……と、紳士然としていた彼のイメージを覆《くつがえ》すような笑い声が聞こえてきた。

ルチアはそれにぎょっとする間もなく、ゆっくりと上がった相手の顔を見て戦慄《せんりつ》する。

いつも穏やかだったオリバーの表情は憤《ふん》怒《ぬ》に染まり、血走った両目には明確な憎悪が宿っていた。

そのとたん、ルチアは強い既視感を覚える。脳裏に浮かんできたのは、今のオリバーとそっくりな表情で自分の前に立ち塞がる男の顔——それは前世の記憶だ。

「……っ」

男は、当時の恋人だった。結婚を前提に同棲を始めたものの、相手が常軌を逸《いっ》した束縛暴力男であることが判明し、前世のルチアは早々に実家に逃げ帰ったのだ。

物理的に距離を置くべきだと旅行を提案してくれたのは幼馴染《おさななじみ》だった。

普段はルチアを振り回すことの多かった彼女も、いざという時は誰よりも親身になってくれて、誰よりも頼りになった。

そうして二人が向かったのが、件《くだん》のトルコ旅行だったのだ。

「許せません――ええ、許しませんよ。私という婚約者がありながら、不貞を働こうなどと」

一気に甦《よみがえ》った前世の記憶に言葉を失ったルチアに、今まで見たこともないような恐ろしい形相をしてオリバーが唸《うな》る。

とはいえ二人の婚約は、ルチアがリーデント王国に軟禁されている間に完全に解消されている。婚約を決めたレンブラント公爵が逮捕され、新しくレンブラント家の当主となった人物が、一族の英雄であるオリバーと疫病神《やくびょうがみ》であるルチアの関係を一刻も早く無にしたがったからだ。

だから、ルチアがヴォアラ島に残ることを――その延長線上にフィンと一緒になる可能性があったとしても、不貞などと責められる謂《いわ》れはないのだが……

「その男のせいですか!? その男が、あなたをたぶらかしたのですね!? ならば、そいつさえいなくなれば――!!」

そう叫んだオリバーが、腰に提げていた剣をいきなり鞘《さや》から引き抜いた。

磨き上げられた鋭い刃が、水面《みなも》からの照り返しを受けてギラリと光る。

「――は? ちょっ、ちょっと、閣下ぁ!?」

「ルチア、ノア。下がっていろ」

一方が武器を持ち出した時点で平和的な話し合いの時間は終了だ。

オリバーをここまで案内してきたマルクスにとっても想定外の展開らしく、ひどく慌てた様子だった。

フィンはというと、ルチアとノアを剣の届かぬ位置まで下がらせると、相手を冷静に見つめつつ自《みずか》らも得物《えもの》を手にする。

小舟には、水中の魚介類を突き刺して捕えるためのヤスが一本載せられていたのだ。

感情的に振り下ろされたオリバーの一撃を、フィンは木製の柄《え》の先に付けられた三叉《みつまた》の鉄具でもって受け止める。

ガキンッと硬い物同士がぶつかり合う音がして、双方を乗せた小舟が大きく軋《きし》んだ。

船先を付き合わせた二艘の小舟の上で、武器を交差させたフィンとオリバーが睨み合う。

そんな中でふと、フィンが口を開いた。

「ルチアが流刑に遭うまでの経緯を聞いてから、俺にはずっと腑《ふ》に落ちないことがある――あんたに関することだ」

ヤスも剣も、武器となる部分は鉄同士。ガキッ、ガキンッ、と火花が散りそうなほど激しい音が続いた。

ルチアが知る限り、オリバーの剣の腕は一級品だ。彼が若くして国軍少将にまで上《のぼ》り詰めたのは、祖父であるレンブラント公爵のコネクションのためばかりではなかった。

一方、ヤスを振るうフィンの逞《たくま》しい後ろ姿には、いつぞや目にした鯨《くじら》の解体作業を彷彿《ほうふつ》とさせられる。

剣の技術だけ見れば前者の方が優《すぐ》れているかもしれないが、腕力、体力、精神力、さらに野性的な戦闘センスに関しては、どうやら後者に軍配《ぐんばい》が上がりそうだ。

「そんなにルチアが大事だったなら、あんたは何故、彼女が兄上殿に毒杯を差し出そうとした時、周囲にそうと分からないようにその行動を阻止しなかった？」

剣先を弾かれて踏鞴《たたら》を踏んだオリバーに、フィンが言葉とヤスの両方で畳みかける。

「ルチアは、あんたは突然のことで気が動転したんじゃないかと言ったが——本当にそうか？」

真正面から突っ込んできた三叉《みつまた》の先を、辛うじて剣で受け止めたオリバーは、唸《うな》るような声で答えた。

「殿下は、リーデント王国の至宝——私にとっては至高の存在だった。美しく儚《はかな》く清らかで……運良く殿下の婚約者の座を射止めようとも、口付けるのはおろか御手に触れるのさえも畏《おそ》れ多かったんだ」

オリバーの中で自分がいかに美化されていたのかを、ルチアは改めて思い知らされる。

今世を斜に構えて眺め、面倒事を嫌って、レンブラント公爵や乳母《うば》が望む従順な人形に徹《てっ》していたことの弊害《へいがい》を、いきなり眼前に突き付けられたような気分だった。

そうして、ルチアを勝手に至高の存在とやらに祭り上げておきながら、結局のところはオリバーも独り善がりだったのだということが、この後の彼の言葉で判明する。

「私の手が届かない場所にいらっしゃるなら……殿下の方から、高みより降りてきていただけばいいと思ったんだ」

「それで、ルチアが兄殺しを目論《もくろ》んだとわざわざ大衆の面前に晒《さら》し、彼女を罪人だと周知させたというのか」

「王女の地位さえ失えば、殿下もただの人だ。つまり、私の方が立場は遥《はる》かに上……殿下は、私が差し出す手を取らねば生きていけなくなった。私に全身全霊依存なさるに違いない。これでやっと、私は心置きなく殿下に触れることができる」

「……呆れた。そんな手前勝手な動機でみすみすルチアの行動を止めずにいて、彼女を幸せにするなんてよく言えたものだな」

心底軽蔑するように吐き捨てたフィンに、オリバーは「黙れ！」と激昂《げっこう》する。

「私は――ずっと、殿下に触れたかったんだ！　その瞳に私だけを映してほしかった！　唇を割り、舌を吸って、殿下の唾液を味わいたかった！　柔い身体を抱き締め、暴いて、奥深くまで私を刻み込んでしまいたかった――!!」

「あわわわわっ……」

あまりに赤裸々《せきらら》なオリバーの魂《たましい》の叫びに、ルチアは顔を真っ赤にしながら慌ててノアの耳を塞ぐ。慎《つつ》ましくて紳士的だとばかり思っていたオリバーが、まさか自分に対してこんなにも歪《ゆが》んだ愛情を抱いていたなんて……。とんだヤンデレキャラである。

マルクスも、オリバーの豹変《ひょうへん》っぷりにどん引きの様子。

フィンだけは表情を変えず、じっと彼を見据えて静かに口を開いた。

「あんたがもし、ルチアの手から人知れず毒杯を取り上げ、何故そんなことをしようとしたのか、何が彼女をそこまで追い詰めたのか――自分の欲望のためではなく、ただ彼女のために問題を解決しようと動いたのなら、ルチアはあんたを頼りにしただろう。わざわざ罪人に身を落とさせなくとも、あんたは彼女に触れられたかもしれない」

フィンは淡々とした声でそう告げると、ヤスの先で受け止めたオリバーの剣を三叉《みつまた》の間に挟み込むようにして捻《ひね》り、力ずくで小舟の縁《へり》に向かって叩き付けた。

ガンッ、と刀身が縁《へり》にぶつかった衝撃で、柄を握っていたオリバーの手が緩む。

彼の手から離れた剣は海に落ち、瞬《またた》く間に沈んで見えなくなった。

相手から武器を取り上げたことで圧倒的に優勢となったフィンが、だが、と続ける。

「あんたの思惑がどうであれ、ルチアは相当の覚悟を持って祖国を離れ、俺の前に現れた。あの瞬間から、彼女を守るのも導くのも、俺の役目だ。――あんたがルチアに触れていい機会など、二度と来ないっ!!」

彼はそう吠えると、オリバーの喉元に三叉《みつまた》の切っ先を突き付けた。

「――去れ。ここから先は、ヴォアラの海だ。一歩でも入れば、生きて帰れる保障はできない」

ルチアを、ノアを、そしてヴォアラ島を守るように立ちはだかるフィンの背はひたすら頼もしかった。

ただ守られるばかりでなく、いつかは自分もこの背を支えられるようになるだろうか。

そんな風にこれからの未来へ思いを馳せられるほど、ルチアはようやく今世と真っ正面から向かい合う覚悟を決めた。

それなのに、フィンの背中越しにオリバーを窺《うかが》った瞬間――その手にあるものに気付いて、彼女の顔面は蒼白となる。

「――っ、そ、それはっ……」

オリバーが失った剣の代わりに握ったのは、短銃だった。

大陸で銃が発明されたのは百年以上前だが、コストの問題があり、いまだ得物《えもの》は剣が主流である。サイズをコンパクトにして片手で撃てるように改良された短銃は特に高価で、比較的裕福なリーデント王国でも上級軍人しか支給されない。

ルチアはそこまで考えて、オリバーがこの度国軍中将に昇級したと告げたことを思い出した。

彼が持つ短銃は、ルチアの前世の記憶にある一般的なそれのイメージと比べれば、銃身が長くてやたらと華美な装飾が目立つ。積極的に敵を撃つというよりは護身用、あるいは自身のステータスを誇示《こじ》するためのアクセサリーに近かった。

とはいえ武器としての威力は充分強力で、当たりどころが悪ければ死ぬ。

フィンやマルクスは短銃の存在を知らないらしく、訝《いぶか》しげな顔をしつつもさほど警戒する様子はなかった。武器とは無縁のヴォアラ島で生まれ育ったのだから無理もない。

一方、ラインラント王国の王宮で育ったらしいノアには見覚えがあったようで、こちらに向けられた銃口に、ルチアにしがみついていた彼の身体が強張った。

ルチアは血の気が引いた顔のまま叫ぶ。

「や、やめてっ……!!」

しかし無情にも、パンッと乾いた音がして弾丸が飛び出した。

銃口が向けられていたのはフィンだ。ルチアはとっさに彼の背中にタックルし、銃弾の軌道から逃《のが》す。

けれども、銃弾はフィンの腕を掠《かす》り、その場にパッと朱が散る。

それによって、オリバーが何やら尋常ならざる飛び道具を持っているようだと状況を把握したフィンは、ルチアとノアを両腕に抱えて迷うことなく海に飛び込んだ。

短銃は単発式で、続けて撃ちたい場合は次の弾を込めなければならない。

オリバーの動きでそれを察したのか、フィンはルチアとノアを抱えたまま泳いで距離を取ろうとする。

銃弾が掠《かす》った彼の腕からは血が滲《にじ》み、海水に混ざって拡散された。

後々考えれば、おそらくはこれが呼び水となったのだろう。

刹那《せつな》、砂浜の方から真っ白い巨体が海水を掻き分けて猛然と泳いでくるのを、ルチアは目撃した。

「——うっわ、やばぁ！　閣下、あれは絶対ヤバいやつだわ！　今日のところはずらかりましょっ!!」

「な、なんだあれは……化け物っ!?　で、殿下！　殿下をお救いせねばっ!!」

「あー、縄張りの中にいるルチア達はたぶん大丈夫でしょっ！　ヤバいのは、外からちょっかいをかけた閣下の方だよー!!」

「で、殿下！　殿下ー!!」

ルチアと同じくヴォアラの存在に気付いたマルクスが、慌てて大型帆船《はんせん》の梯子《はしご》へオリバーを押し上げる。その直後、あれほど凪《な》いでいた海が突然荒れ始めた。

海面は激しくうねり、乗り手をなくした二艘の小舟は木の葉のように翻弄《ほんろう》されるばかり。

この状況は、マルクスがルチアを攫《さら》って島を出ていこうとしたあの時の海を彷彿《ほうふつ》とさせる。大きな波が隆々と立ち上がり、ちょうど潮境から海をまっ二つにするように、まったく反対方向への力が働いた。

ヴォアラの縄張り内にいたルチア達は砂浜の方へ。

一方、外にいたマルクスやオリバーを乗せた大型帆船《はんせん》は、沖合へと押し流される。

圧倒的な水の流れに、泳ぐどころか呼吸もままならないながらも、ルチアは懸命にノアの身体を捕まえていた。

不思議と恐怖はない。

この波を起こしているのがヴォアラだとしたら、自分達が死ぬことはないような気がしたのだ。

それに……。

「……っ、ぷはっ！」

強い力で身体を押し上げられ、ルチアとノアの顔が海面の上に出る。フィンだ。

彼の逞《たくま》しい腕がしっかりと腰に回っているのだから、きっと自分達は大丈夫だとルチアは確信する。

そのまま彼に連れられて、ルチアとノアは無事砂浜に這い上がった。

後に続いて流れ付いた麦わら帽子をフィンが拾い、色素の薄いルチアの頭に乗せてくれる。

少し離れた場所には、彼らが乗っていた小舟も戻ってきていた。

ヴォアラ島の海は、先ほどまでの波が嘘みたいに、すっかり凪《な》いでいる。

それなのに、沖合ではこれまで見たこともないほどの大荒れが続いていた。次から次へと大きな波が立ち、うねり、水煙を上げて海面に叩き付けられる。

激しくのたうち回る白波は、まるで大蛇そのものが暴れているみたいに見えた。

そんな光景を眺めて、ノアがぽつりと呟く。

「きっと、長《おさ》を傷付けたからヴォアラが怒ってるんだ」

「そう、なのだろうか……」

「長《おさ》が考えているより、たぶんヴォアラは長《おさ》やこの島の人達を大事にしていると思うよ」

「そうか……」

ノアの言葉に相槌《あいづち》を打ちつつ、フィンも沖合の惨憺《さんたん》たる有様を感慨深い面持ちで見つめていた。

そんな彼が腕に受けた銃弾の傷は浅く、海から上がった頃にはすでに血が止まっていたことで、ルチアはほっとする。

荒れ狂う沖合に、つい先ほどまで停泊していた大型帆船《はんせん》は影も形もなくなっていた。

「船がいなくなっちゃいましたね。大丈夫でしょうか……」

「ずっと沖の方に追いやられただけで、転覆《てんぷく》したわけではないだろう」

「マルクスさんも……また、行っちゃいましたね」

「ああ……まったく、あいつは本当に悪運が強い」

そう言って肩を竦めるフィンに、ルチアはくすくすと笑う。

するとフィンは眩《まぶ》しそうに両目を細めて彼女を見つめた。

「先ほど……お前はあの元婚約者の男の前で、リーデント王国ではなくヴォアラ島で生きていくことを選んだんだな？」

「は、はい……」

改まって口にする相手にルチアは首を傾げる。

フィンは、ルチアに被せた麦わら帽子のつばを少しだけ持ち上げ、彼女の目を真っ直ぐに見て告げた。

「これだけは、肝に銘じておいてほしい。もしもこの先、再びリーデント王国から迎えの船が来ようとも——俺は絶対にお前を帰さない」

固い決意の籠もった言葉に、ルチアは目を丸くする。

そもそも最初から、彼女はリーデント王国に戻る気はなかったのだ。

しかし、それを宣言するきっかけとなったのはフィンの言葉だった。

『ルチアが命を終える最期の瞬間、この島に——俺のもとに残ってよかったと、きっと言わせてみせる』

岩山の頂上から見る朝焼け、一切の波が消えて鏡のようになった海、ジャングルの泉の底に広がる神秘的な光景——そんなわくわくするもの達と出会わせてくれるという彼の側で生きていく。

ヴォアラ島に来てちょうど百日目という節目のこの日、今世のルチアは生まれて初めて、自分の人生を自分で決めたのだ。そう思うと、何とも言えず晴れ晴れしい心地になった。

「あらら……それでは、もしも私自身が帰りたいって思ったとしても、帰してくださらないんですか？」

「ああ、帰さないな。それ以前に、帰りたいなんて思わせるものか」

冗談めかして言うルチアに、フィンは昂然《こうぜん》と胸を張って答える。

そうこうしているうちに、沖合の海もようやく沈静化し始めた。

波が収まり、遠くの水平線がやっと一直線に見えるようになった頃。

それまで、一人じっと海を眺めていたノアがぽつりと言った。

「――ねえ、帰ろう」

「えっ……でも、ノア。まだ正午にもなっていませんよ？」

ラインラント王国からの迎えの船はきっと来ない。そう、ルチアもフィンも、そしてノア本人も思っている。

それでも、約束の日である今日一日はノアの気が済むまでこの砂浜に滞在し、夜はツリーハウスにもう一泊するつもりでいたのだ。

それなのに、彼は首を横に振る。そして、笑みを浮かべて言った。

「いいんだ、もう。ルチアがこの島に残るってはっきり言ったのを聞いて、僕もここで生きていきたいって思ったんだ」

「ノア、本当にいいのか？　日が暮れるまで、ここで待ってみてもいいんだぞ？」

「ううん、長《おさ》、僕に居場所をくれてありがとう。ルチア、友達になってくれてありがとう。もし——もしも迎えが来たって、僕もラインラントには帰らない」

「ノア……」

ノアが泣き顔ではなく、笑顔でそう宣言したことで、彼の心の整理が完全についたことを知る。

明るい表情のまま早く帰ろうと急《せ》かす彼に、ルチアとフィンもそっと微笑みを交わした。

そうして、ふと、今一度海の方を振り返った時。

ルチアは、あっと声を上げる。

凪《な》いだ海の中から、ひゅっと頭を擡《もた》げている大蛇ヴォアラに気付いたからだ。

見られているというより見守られていると感じるのは、昨夜ノアの独白を聞いていた時の静かな眼差《まなざ》しと、先ほどフィンが撃たれたとたんに猛然と駆け付けた姿を見たせいだろう。

「今まで島を出ようとして行方不明になった人も、もしかしたらマルクスさんみたいに無事だったのかもしれませんね。望み通り、大陸に渡って生涯を終えたのかも」

「ああ、そうだといいな……」

相槌《あいづち》を打ったフィンは、やがてヴォアラが消えた海を眺めて目を細めた。

＊＊＊＊＊＊＊

集落に戻ってきたのはすっかり日も暮れた頃だった。

三人とも海に落ちていたために、先に風呂に入ってから夕食をとり、ルチアはノアを部屋まで送る。

そして初めて、お互いの頬におやすみのキスを交わす。

「また、明日」

そう告げた時、ノアの金色の瞳が潤《うる》んでいたのには、彼の名誉のために気付かない振りをした。

ヴォアラ島に残ったことを、ノアがいつか笑って語れる日がくるように、ルチアは祈るばかりである。

マルクスが生きていたことについては、箝口令《かんこうれい》が敷かれた。

ヴォアラ島では、守人《もりびと》以外は島の海から生きて出られないというのが定説である。

その長年受け継がれてきた定説を引っくり返すような出来事を公《おおやけ》にするのは危険だと、フィンが判断したためだ。

知らされたのはマルクスの両親と、カミーユとネイサ、そしておばあだけだった。

何もかもを捨て、夢を追いかけて島を出ていった一人息子に、マルクスの両親は「しょうがないやつだ」と笑って涙した。

マルクスとは反対に何もかもを捨ててこの島に残ることを決めたルチアは、夜も更《ふ》けた頃、フィンに手を引かれていつもの場所に戻っている。

広さは十畳ほど。天井も床も四方の壁も全てクリーム色の剥《む》き出しの岩で、調度品といえばベッドとテーブルだけだったところに、ルチア専用の棚が置かれるようになったフィンの部屋だ。

中に入って木の扉を閉めると、この日初めて二人っきりになった。

とたんにぎゅっと真正面から抱き締められ、ルチアの目の前はフィンでいっぱいになる。

彼は石鹸《せっけん》の匂いがするルチアの銀髪に鼻先を埋《うず》めて、くぐもった声で言った。

「初めて、あの砂浜から集落にお前を連れていく途中、百日が過ぎてもこの島で確実に生き残れる方法を教えたと思うが――覚えているか？」

ルチアは彼の胸元に額《ひたい》を擦り付けるようにしてこくりと頷く。

あの時、右も左も分からないルチアに向かい、フィンはそれは自分の伴侶になることだと宣《のたま》った。

「あの時は、お前の境遇があまりに気の毒だったのと、守人《もりびと》の血を残すのに最適な相手として側に置きたいと思ってああ言った。だが、あの時と今とでは状況が違う。お前は俺がお膳立てしなくても周囲に馴染《なじ》み、集落で生きていく力を身に付けた。それが、先日の家出で証明されてしまったな？」

「まあ、確かにそうですね。長《おさ》のあなたを袖にしていても、誰にも咎《とが》められませんでしたし」

それどころか女性陣には全面的に応援され、ネイサが見兼ねてフィンに肩入れしなければ、ルチアの家出は今もまだ続いていたかもしれない。

今のルチアならば、おそらくフィンの後見がなくても充分集落の中で生きていけるだろう。だが……

「今度はフィンが、私が一緒でないと眠れない難儀な身体になってしまったのでしたか？」

ノアや仕立て部屋の女子達の部屋を渡り歩いていた間、よく眠れなかったと目の下に隈《くま》を作っていたフィンの顔を思い出し、ルチアはむむと唸《うな》った。自分も同様に寝不足だったことは棚に上げる。

「集落の一員となった以上、私としましても長《おさ》のあなたが不健康なのは看過できませんね。つきましては、私を専用抱き枕として重用することをお勧めします」

「うん、それはなかなかの名案だな」

「報酬は、この部屋の共同居住権ということで如何《いかが》でしょうか？」

「その話、乗った。俺にとっては願ったり叶ったりだな」

真面目ぶって言うルチアの額《ひたい》に、フィンはくすりと笑って自分のそれを擦《す》り付ける。

だが、彼はすぐに神妙な顔付きになった。

「一つだけ……ルチアに謝らなければならないことがある」

「あら、何でしょう？」

不思議そうに瞬《またた》くルチアの瞳を至近距離から覗き込んで、彼は続ける。

「ジュリエッタ、だったか。その幼馴染《おさななじみ》との再会の機会を失わせてしまったな」

「それは……でも、フィンに謝っていただくようなことではありませんよ。ジュリエッタとの再会より、この島に残ることを選んだのは自分ですもの」

「だが、寂しいんじゃないのか？」

「寂しくないと言えば……まあ、嘘になりますけど……」

もごもごと言い淀《よど》むルチアの背を、フィンの大きな手が優しく撫でてくれる。

その温《ぬく》もりこそ、自分が今世で初めて選び取ったものの一つだと思い出したルチアは、顔を上げて言った。

「人生に、別れは付き物ですもの。それに、私との別れの分だけジュリエッタにもきっとまた新しい出会いがあるって信じています――私が、フィンと出会えたように」

晴れ晴れとした表情でそう告げたルチアに、フィンは眩《まぶ》しそうに目を細める。

「前向きで大変結構。後悔は、ないんだな？」

「後悔している時間が勿体《もったい》ないです。だって、人生は有限なんですから」

前世の記憶があるからこそ、ルチアには人生には必ず終わりがくるという実感がある。

一度あることは二度あると言うから、今世の彼女が死んでもまた記憶持ちで別の人間に転生する可能性はあるかもしれないが、ルチア・リーデントという人間の一生は泣いても笑ってもこの一度切りなのだ。

そう思い至った時、ルチアは他人事のように感じていた今世で、ようやく地に足がついた心地がした。

ルチアはフィンの背中に両手を回し、それでは、と続ける。

「正式に住み着くに当たって、この殺風景なお部屋、私好みに飾り付けてもいいですか？」

「好きにするといい。ルチアがいるならば、部屋の装飾などどうなろうと構わん」

こうして、流刑地生活百日目にして、ルチアはフィンの部屋の居候《いそうろう》から同棲相手へと昇格したのであった。

終章　流刑地二百日目

ルチアがヴォアラ島に来て百日目を迎えたあの日から一月《ひとつき》が経っても、オリバーやマルクスを乗せた船が再びやってくることはなかった。

ところが、そこからさらに二ヶ月と少し――ルチアがヴォアラ島に来て、ちょうど二百日目のことである。

朝からジャングルに出向いていたフィンが、昼過ぎになって若い男女を連れて集落に帰ってきた。

その時、湖沼《こしょう》の畔《ほとり》にノアと並んで座って、アーノルドの絵のモデルをしていたルチアは、突然背後から聞こえてきた声にはっとする。

「――殿下？」

ルチアをそう呼んだのは、聞き覚えのある女の声だった。

モデルをしていたことも忘れ、動いちゃだめだよというアーノルドの抗議も無視し、声の方を振り返って立ち上がったルチアは零れんばかりに両目を見開く。

ジャングルから集落へと繋がる、植物の蔓《つる》が絡み付いて緑のトンネルみたいになったヴォアラの遺骨のスロープを、ルチアと同じくらいの年頃の少女が駆け下りてきた。

栗色の巻き毛とフィンのそれに似た青い瞳の少女が、両目を潤《うる》ませて叫ぶ。

「殿下ー!!　ルチア殿下ぁあぁー!!」

「——えっ……ジュ……!?」

ぽかんとして立ち尽くしていたルチアに、猛然と駆け寄ってきた少女が勢いを殺さぬまま飛び付いた。

あやうく後ろに倒れそうになったルチアの背中を、ノアとアーノルドが慌てて支える。

栗毛の少女は滂沱《ぼうだ》の涙を流し、ルチアの銀髪をぐしゃぐしゃにしながら頬擦りをした。

「うわあああんっ、殿下ー！　会いたかったですぅー!!」

「わ、私も、会いたかったっ！　——ジュリエッタ!!」

何を隠そう彼女こそ、今世のルチアにとって唯一無二の親友、アマルド公爵家令嬢ジュリエッタだったのだ。

しかしながら、彼女はオリバーが大使として駐在することになったと言っていた、友好国マーチェス皇国の皇弟に嫁《とつ》いだはず。

首を傾げるルチアに、涙を手の甲で拭《ぬぐ》ったジュリエッタはてへへとはにかんで、フィンと一緒に後ろからやってきた男性と腕を組んだ。

「殿下、紹介しますね！　私の旦那様、エイハム・マーチェス皇弟……いえ、元皇弟殿下です！」

「はじめまして、ルチア殿下。お話は妻からよく聞いております。お会いできて光栄です」

「これはこれはご丁寧に。こちらこそ、はじめまして……って、え？　元？」

ジュリエッタが引っ付いた男性は、彼女が嫁《とつ》いだマーチェス皇国の皇弟に間違いないらしい。艶《つや》やかな黒髪とヘーゼル色の瞳の、何だかやたらとふわふわした印象の青年だった。

しかしながら、結婚してやっと半年と少しの皇弟夫妻が、何故揃ってヴォアラ島のような流刑地に現れたのか。まさか、オリバーから話を聞いてルチアを迎えに来たのでは、と考えたが……

「殿下、殿下、ねえねえ聞いてくださいまし！　エイハム様ったらドが付くお人好しなものですから狡猾《こうかつ》な家臣に騙《だま》されて、皇帝陛下の暗殺を企《たくら》んでいるなんて嫌疑をかけられてお国を追い出されてしまったんですよ!!」

「いやはや、兄上も短気で参っちゃうよねぇ」

「私もエイハム様を唆《そそのか》したんじゃないかと疑われて、一緒に追い出されてしまいました。おかげで、旦那様と離ればなれにならなくて、よかったんですけれど！」

「ふふふ、君と一緒で私も嬉しいよ」

いやはや、ふふふ……じゃない！

ジュリエッタに勝るとも劣らないエイハムの暢気《のんき》さに、ルチアは頭を抱えたい気分になった。

そんな彼女の横にすっと立ち、面白そうな顔をしたのはカミーユだ。その後ろには、当然のごとくネイサが控えていた。

お掃除隊として出動していたのか、カミーユは片手に軍配《ぐんばい》団扇のようにハタキを持っている。

「ひえっ、お掃除の女神様!?」

ジュリエッタは目を白黒させた後、両手を合わせて拝んでいた。

カミーユはそんなジュリエッタとにこにこしているエイハムに目を細め、ルチアの耳元に唇を寄せると、さもおかしそうに囁《ささや》いた。

「どうやらマーチェスも大分焼きが回ってきたらしい。王が疑心に囚われて身内を処分するようになれば、治世の終わりも近い。リーデントに背を向けられるのも時間の問題だろうな」

その言葉にルチアははっとする。

家臣の虚言を真に受けて実の弟を放逐《ほうちく》したマーチェス皇帝は、それを唆《そそのか》したとして一緒に追い出したジュリエッタが、友好国リーデント王国の重鎮の娘であることをちゃんと理解しているのだろうか。

ジュリエッタとエイハムの結婚は、リーデント王国とマーチェス皇国の友好関係を継続させるための政略結婚だ。その大事な駒として差し出されたジュリエッタを、一方的に罪人と決めつけて流刑に処したことを、その父親であるアマルド公爵に――ひいてはリーデント国王フランクにどう説明するつもりなのか。

もしもそこまで考えず、短絡的に弟夫婦を追放したのだとしたら、大国の皇帝としてあまりにもお粗末である。

「今後はマーチェスも外にばかり構っていられなくなるだろう。横やりがなくなれば、ロートランドの内戦も遠からず決着がつく。ロートランドの国民が馬鹿ばかりでなければ、いずれここに使者が来よう」

ロートランドの元王太女であるカミーユは、そう予言めいたことを呟くと、ネイサを引き連れて去っていった。

そんな両親と入れ替わりにルチアの隣に並んだのはフィンだ。

彼は顔を引《ひ》き攣《つ》らせて、ジュリエッタとエイハムを顎でしゃくった。

「この二人、どうやら昨日のうちに島に到着していたみたいでな。ジャングルの中を、鼻歌を歌いながら楽しそうに手を繋いで歩いているところを発見して保護した」

「わあ、なんて緊張感のない……フィンはご苦労様です」

「昨夜はヴォアラにも遭遇したらしいぞ。特に危害を加えてくる様子がなかったから、やつの胴体を枕にして寝たんだそうだ」

「夫婦揃って心臓強過ぎですね」

フィンと顔を見合わせて呆れた風に言うルチアに、能天気夫婦はにこにことして笑顔が絶えない。

「鱗《うろこ》がひんやりとして、気持ちよかったですよねぇ？　旦那様」

「そうだねぇ。ちょっと枕にしては高かったけどね」

夫婦仲が大変良いようで何よりである。

「あれが、ジュリエッタか……なるほど、手強そうだな」

「はい？」

ジュリエッタの名前がルチアの口から出る度《たび》に、人知れず対抗心を育てていたらしいフィンは、まさかの本人登場と、一筋縄ではいかなそうな彼女のキャラに困惑を隠せない様子だ。

一方で、ルチアは舞い上がっていた。

幼馴染《おさななじみ》が旦那ごと流刑に遭ったなんて状況を喜んではいけないのだが、もう二度と会えないと思っていた彼女と再会できたのだ。

しかも、これからも一緒にいられるのだと思うと、はしゃがずにはいられなかった。

そしてルチアのテンションは、この後限界突破することになる。

何故なら、洞窟住居を前にしたジュリエッタが、こんな台詞《せりふ》を口にしたからだ。

「わー、なにこれー、めっちゃカッパドキア！　ばえるー！」

感動のあまりに思わず口を衝《つ》いて出た、といった本当に小さな声だったが、ルチアは聞き逃さなかった。

この世界には存在しない、〝カッパドキア〟という固有名詞と、〝ばえる〟という現代新語動詞。

ルチアは速攻でジュリエッタの頬を両手で掴み、ゴツンと額《ひたい》同士をぶつけて尋ねた。

「あなた今、カッパドキアって言いましたよね？　それってもしかして、トルコの!?」

「うえっ？　ええ、うん、トルコの……って、えええ？」

「ばえるって、SNS映《ば》えするって意味ですよね？　あなたの最初のフォロワーって、誰!?」

「ええっと、最初のフォロワーは幼馴染《おさななじみ》の……って、えええええっ!?」

ジュリエッタは訳が分からないという顔をするが、ルチアにだって訳が分からない。

けれども、ある可能性が思い浮かび、「そんな、まさか」と否定する自分と、「でも、もしかしたら」と肯定したい自分が心の中で鬩《せめ》ぎ合う。

ルチアはどちらの自分が正しいのか確かめるために、ジュリエッタの手を掴んで駆け出した。

「お、おいっ！　ルチア!?」

「わあ、ジュリエッタ。どこへ行くのー？」

背後から困惑するフィンの声と暢気《のんき》なエイハムの声が聞こえてきたが、構ってなんていられない。

ノアに教えてもらった隠し通路や近道を駆使し、最短距離でやってきたのは洞窟住居の一角にある猫のたまり場だ。

ルチアはそこにいた一匹――自身の愛猫となったサバトラを抱き上げて、有無を言わさずジュリエッタの腕に押し付けた。

一瞬面食らった様子の彼女だったが、腕の中のもふもふを見た瞬間、ふにゃーと顔面を蕩《とろ》けさせる。

「ふわあああー、ミッチー……ミッチーだああ……」

「ミッチーの本名は？　その由来は？」

「本名は道真公。あやかったのは、太宰府天満宮《だざいふてんまんぐう》におわします学問の神様、菅原道真公さまさまですー」

「――正解！　ジュリエッタ、あなたやっぱり……」

ここにきて、まさかまさかの展開である。

なんと、ルチアの今世の幼馴染《おさななじみ》ジュリエッタは、前世の幼馴染《おさななじみ》でもあったのだ。しかも、ルチアと同じように彼女にも前世の記憶があるらしい。

前世のジュリエッタもルチア同様〝ミッチー〟の忠実なる下僕だった。彼女に会うために、貢ぎ物持参で頻繁《ひんぱん》にルチアの実家を訪れていたのだ。

「ジュリエッタ……あなたもあの飛行機事故で死んだの？」

「うん、たぶん。私達、最期まで一緒だったね……ルチア、殿下」

お互い前世の名前を忘れてしまったので、今世の名前でしか呼び合えないのは少し歯痒《はがゆ》い。

だが、共有の記憶は思い出として二人の頭の中に鮮明に残っていた。

それにしても、リーデント王国では十八年も一緒にいたのに、お互いがお互いの正体に全然気付かなかったなんて。

ルチアとジュリエッタの顔には自然と苦笑いが浮かんだ。

「お互い、ボロを出さないで転生イベントを完遂したっていう証拠よね。頑張った」

「そうよね、私達、頑張った」

そう言って、ぎゅっと強く手を握り合う。

最初からお互いの前世を知っていれば、ルチアはリーデント王国でもうちょっと上手に立ち回り、兄王に毒杯を渡して流刑になるなんて画策をしなかったかもしれない。

しかしそうすると、彼女はヴォアラ島に来ることもなく、フィンにも出会えなかった。

後にマーチェス皇弟に嫁《とつ》いで夫婦揃って流刑になるジュリエッタとも、正真正銘、二度と会えなくなっていたかもしれないのだ。

そう考えると、今のこの状況は必然であり、なるべくしてなったのだと思わずにはいられなかった。

「――ああ、いたいた。ルチア、突然駆け出して一体何ごとだ？」

「ジュリエッタ、私を置いて行かないでおくれ」

そうこうしているうちに、フィンとエイハムが猫のたまり場に顔を出した。

ジュリエッタを見るエイハムの眼差し《まなざ》は柔らかく、慈《いつく》しみに溢れている。

ルチアは、ジュリエッタが彼にとても愛されていること、そしてこの夫婦にとって今回の流刑は決して不幸なばかりの出来事ではないのだと感じてほっとした。

ジュリエッタの方もフィンを見て感ずるところがあったらしく、ルチアの耳元に口を寄せてきた。

「ねえねえ、殿下。もしかして、あの長《おさ》さんと懇ろ《ねんご》になったの？」

懇《ねんご》ろって、と心の中で突っ込みつつ、ルチアは首を横に振る。

「いいえ、まだ彼とは清いお付き合いですよ。一緒のベッドでは寝ていますけれど」

「は⁉　殿下と同衾《どうきん》しておいて手を出さないなんて、あの方もしかして不能なんです⁉」

「聞こえているぞ。誰が不能だ」

「ふふ、奥手なんですね」

素《す》っ頓狂《とんきょう》な声を上げるジュリエッタにフィンが眉を顰《ひそ》め、エイハムは相変わらずにこにことしている。

そんな男達をまじまじと眺めてから、ルチアとジュリエッタは顔を見合わせた。

「そういえば……私達って、好きになる男性のタイプが全然違ったのよね」

「そうそうー。おかげで相手が被らなくて、よかったと言えばよかったんだけど」

「ジュリエッタは、俺様男とばかり付き合っていたわね」

「そういう殿下は、やたら優男《やさおとこ》に捕まってたでしょー」

　こそこそ言い合う彼女達に、フィンとエイハムは不思議そうな顔をする。

　前者は蜂蜜色の髪と青い瞳で、健康的な小麦色の肌。性格は能動的で周囲を引っ張っていくリーダータイプだ。

　一方後者は、艶《つや》やかな黒髪とヘーゼル色の瞳を持ち色白の肌で、自己主張は控えめにそっと側に寄り添って優しく見守ってくれる寛大さがある。

　お互いにとって特別な男性のタイプが今世においても正反対だったこと。

　さらに、前世とはタイプが逆転していることに気付いて、ルチアとジュリエッタは思わずぷっと噴き出した。

「何だかよく分からないが、ルチアが楽しそうで何よりだ」

「私も、ジュリエッタのこんな楽しそうな様子を見るのは久しぶりで嬉しいです」

　フィンとエイハムもそう言って笑い合う。

　一連の光景を眺め、ルチアは今の自分を取り巻く環境に感慨深い思いを抱いた。

　今世でも前世でも唯一無二の親友だったジュリエッタがいて、そのジュリエッタを愛し運命を共にする男がいて、そしてルチアを一途に求めてくれるフィンがいる。

　ここに来て最初の日、小舟が流れ着いて砂浜に立ったルチアは、こんな日が来るなんて想像もしていなかった。

　あの時は、たった一人でサバイバル生活をしてでも、生きられるだけ生きてやろうと決意を固めていたのだ。

軟禁中にジュリエッタが持ってきた『無人島で百日間生き残る方法』という本の題名にあやかり、最初の目標は百日を乗り切ることだった。

ところがすぐにフィンに拾われて居場所を与えられ、百日目にやってきた祖国からの迎えも断って、今日で二百日目を迎える。

にゃー、と愛らしく鳴いて足もとに擦り寄ってきたサバトラのミッチーも、最初出会った頃はまだ子猫っぽい感じが残っていたというのに、今ではもうすっかり成猫の面構えになった。

そんな彼を抱き上げたルチアは、先ほど湖沼《こしょう》の畔《ほとり》に置いてけぼりにしてしまったノアとアーノルドが、壁の向こうからこちらを窺《うかが》っているのに気付いて手招きする。

ルチアの生きる世界はこの小さな島の中に限られてしまったが、リーデント王国にいた時よりもずっと自由で人間関係も濃密になった。

そこに今世のルチアも前世のルチアも理解してくれているジュリエッタが加わり、ますます生き易くなること請け合いだ。

自然と綻《ほころ》ぶルチアの頬を、いつの間にか隣に移動してきたフィンがつんとつつき、耳元に唇を寄せた。

今日はやたらと内緒話をする日である。

「幼馴染《おさななじみ》と再会して積もる話もあろうが――先に言っておく。夜は、必ず部屋に戻るように」

どこか憮然とした様子でそう呟く相手に、ルチアは両目をぱちくりさせる。

「あらら、今夜は久々の再会を祝して、ジュリエッタと二人きりで夜通し語り明かそうと思ってましたのに……」

「却下する。相手が誰であろうと、夜の時間は譲れない。語るなら、昼間存分に語り合ってくれ」

「どうしてもですか？」

「どうしてもだ」

珍しく駄々を捏《こ》ねるみたいな言い方をするフィンに、ルチアはくすりと笑った。


生命が無限に転生を繰り返す様子を車輪の回転にたとえて輪廻《りんね》という。

宗教的あるいは哲学的な考えだが、自分は誰それの生まれ変わりで、前世の記憶を持っていると主張する人間は少なくない。

ルチアがそうだった。ジュリエッタもそうだという。

彼女達はそれぞれ、今世生まれ落ちた国では、せっかく前世から持ち越した記憶を活かして上手く立ち回ることはできなかった。

けれども、新天地ではその限りではない。

彼女達の可能性は、これから無限に——もしかしたらいつかヴォアラ島からもはみ出して広がっていく、かもしれない。

前世持ちの彼女が
流刑地へ向かうまでの過程

生命が無限に転生を繰り返す様子を車輪の回転にたとえて輪廻《りんね》という。

宗教的あるいは哲学的な考えだが、自分は誰それの生まれ変わりで、前世の記憶を持っていると主張する人間は少なくない。

とはいえ、せっかく前世から持ち越したというその記憶を、今世で上手く立ち回るために活かせる者は、はたしてどれほどいるのだろうか。

少なくとも、私――ジュリエッタ・アマルドは、充分に活かせているとは言えないと自覚している。


大陸内地に位置する君主制国家リーデント王国にて、アマルド公爵家の長女として今世が始まった私は、生まれ落ちると同時に前世の自分の最期を思い出す。

死因は、飛行機事故だった。

前世の私も女として生まれ、〝日本〟という島国のごくごく一般的な家庭に育った。

唯一無二と言える大親友の幼馴染《おさななじみ》もいたし、恋もした。

休日には家にいる日の方が少ないくらいのアウトドア派で旅行が趣味。日本を飛び出していろんな国に行ったが、同行者はもっぱら恋人ではなく幼馴染《おさななじみ》だった。

前世最期となったその日も、彼女と一緒に一週間の休みを取って、親日国としても有名なトルコ共和国を目指しているところだったのだ。

突然機体が大きく揺れ出し乱気流に巻き込まれたことを悟ったが、その時にはすでに為《な》す術《すべ》もなかった。あちこちから悲鳴が上がり、手荷物が飛び交う中でとっさに幼馴染《おさななじみ》と手を握り合った——次の瞬間。

飛行機は浮力を失い、瞬《また》く間に機首から地上に激突した。

幼馴染《おさななじみ》は即死。段々と冷たく強張っていく彼女の手を握り締め、私は絶命するまでの間、たった一人で泣き続けていた。

痛くて苦しかった。寂しくて恐ろしかった。

何より、幼馴染《おさななじみ》を亡くしたことが、悲しくてたまらなかった。

そんな前世の最期に覚えた凄まじい負の感情諸共《もろとも》転生したらしい私は、覚醒した瞬間、傍目《はため》も憚《はばか》らずギャンギャン泣きわめいたのだが……

「おおっ、なんと力強い産声《うぶごえ》だろう！　元気に生まれてくれてよかったよかった！」

何と言っても、この時の私は生まれたてほやほやの新生児。

大きな声で泣けば泣くほど、産屋に集まっていた大人達は喜んだものだ。

「あんまり大きな産声《うぶごえ》だったものだから、その時王宮に出かけていた私は報せが届くまでもなくジュリエッタの誕生を知ったのさ！」

なんて、酒に酔う度《たび》に当時のことをからかってくる今世の父、アマルド公爵にはうんざりである。

そういうしつこいところが、父親が年頃の娘に嫌厭《けんえん》される原因の一つですよと何度も教えてあげたのに、いっこうに学習しないのはいかがなものか。

アマルド公爵家はレンブラント公爵家と勢力を二分する、リーデント王国の大貴族だ。

その現当主であるアマルド公爵は、王家に対する忠誠心が厚く、また非常に子煩悩な人物だった。

そんなアマルド公爵や夫人を、私はなかなか親として認識することができなかった。

それもこれも、前世の両親の姿形をはっきりと覚えていたせいだ。彼らの東洋人らしく慎《つつ》ましい目鼻立ちとは対照的に、アマルド公爵夫妻は西洋人的な彫りの深い顔立ちをしている。

同様に、すっかり西洋人っぽくなった今世の自分の容貌——栗色の髪はともかく、カラーコンタクトレンズを入れたみたいな青い瞳を受け入れるのには時間がかかった。

その私が前世を吹っ切れたのは、二歳を迎えた頃。何ということはない、今世で弟が生まれたのだ。

生まれたばかりでふにゃふにゃな弟を右腕に、二歳の私を左腕に抱いて、涙を流して喜ぶアマルド公爵を見た時。ああ、この人は私と弟のお父さんなんだと強く感じた。

公爵夫人が弟に乳を含ませながら、それを不思議そうに眺める幼い私の頬に優しくキスをしてくれた時。この母は、弟だけではなく私のこともとても愛してくれているんだと知った。

こうして、私はアマルド公爵夫妻を実の両親として認識し、ようやく彼らと本当の家族になれた気がしたのだ。

一方、そんな家族とは別に、私にはもう一人大切な存在がいた。

リーデント王国の王女、ルチア殿下である。

初めて出会ったのは、お互いようやく首が据わり始めた生後三ヶ月頃のこと。

乳母《うば》同士が知り合いだったことから、遊び相手としてルチア殿下と引き合わされた私はその瞬間、頭をガツンと殴られたかのような衝撃を受けた。

何にって、もちろん殿下の麗《うるわ》しさにである。

リーデント王国の人間は全体的に色素が薄い傾向にあるが、殿下のそれは群を抜いていた。

上質の絹糸みたいな銀色の髪と薄青の瞳は透き通るようで、見る者にひどく儚《はかな》い印象を抱かせる。

前世の一般的日本人の観点からすれば、それこそファンタジー世界のキャラクターっぽい色合いで——早い話が、私の好みにドストライクなビジュアルだったのだ。

そんな殿下をもっとじっくり眺めたかった私は、仰向けに寝かされていた身体を根性で回転させてうつ伏せの体勢になり、ブルブル震えながらも必死に首を持ち上げた。そうして、隣に寝転んでいる殿下の愛らしい姿を心ゆくまで堪能《たんのう》したのだった。ちなみにこれが、私の記念すべき初寝返りである。

大きな瞳できょとんとして見上げてくるルチア殿下に、見た目は零歳児でも中身は前世の人格を継続していた私は、やばいー!! かわい過ぎるーっ!! と、声にならない悲鳴を上げつつ両手両足をバタバタさせた。

こうして、ルチア殿下は私の今世の〝最推し〟と相成ったのである。

＊＊＊＊＊＊

「――殿下、ルチア殿下ぁ!! ちょっとだけ匿《かくま》ってくださぁいっ!!」

「まあ、ジュリエッタ? 今度は何をしでかしたの?」

顔を見るなり泣きついた私に、王宮の私室で一人寛《くつろ》いでいたルチア殿下が困ったような笑みを浮かべる。

十歳になった殿下は、それはそれは麗《うるわ》しい美少女に成長していた。

「家庭教師から逃げてきたんです! だってあの人、すぐに私のお尻をぶつんですものっ!!」

「お尻を? そんなこと、ジュリエッタのお父様とお母様はお許しになるの?」

「うーん。どうでしょう。あの先生外面《そとづら》だけはよくって、父と母はともかく祖父母がすっかり心酔してしまっているみたいで、私の話には聞く耳を持たないんですよねー……」

「まあ……」

この頃の私は、放任主義の両親のもとで〝お転婆《てんば》公爵令嬢〟の名をほしいままにしていた。

それに危機感を覚えたらしい祖父母によって家庭教師が付けられたのだが、これがなかなかの曲者《くせもの》だったのだ。

リーデント王国とは古くから親交があるマーチェス皇国にて、大勢の皇子や皇女に礼儀作法を教えた優秀な教師との触れ込みだったが、実際は私を十歳児と舐め切り理不尽に怒鳴り散らすばかりで、礼儀作法もへったくれもない。

その上、ルチア殿下に訴えた通り、躾《しつけ》と称してやたらと尻を叩いてくるものだから、いい加減うんざりだった。

「兄上様に相談してみましょうか？　兄上様のお言葉なら、きっとジュリエッタのおじい様とおばあ様も耳を貸してくださるんじゃない？」

「えー!?　いえいえいえ！　そんな畏《おそ》れ多い！　国王陛下のお手を煩《わずら》わせるほどのことではありませんよぅ!!」

この国の君主であるフランク・リーデント国王陛下は、七つ年の離れたルチア殿下の兄上様だ。

腹違いの兄妹ではあるが、殿下は陛下を敬愛し慕っているし、陛下の方も彼女をとても可愛がっているようだった。

国王陛下の貴重な時間を私なんかのために割《さ》かせるくらいなら、もっと兄妹水入らずで過ごしてもらった方がいいに決まっている。

そう思った私が申し出を断ると、とたんにルチア殿下の頬がぷっと膨らんだ。

「でも、私……ジュリエッタのお尻がぶたれるのは、嫌だわ」

「で、殿下……っ!!」

(んはー！　殿下、めちゃくちゃかわいい！　癒されるー!!)

最推しの拗《す》ね顔に、私はキュンキュンする胸を押さえつつ心の中で叫ぶのに忙しい。

そんな時、トントン、とルチア殿下の私室の扉がノックされた。

「あわわっ！　ここにお邪魔しているのがばれたら、家に連れ戻されちゃうでしょうか⁉　ど、どうしよう……」

「落ち着いて、ジュリエッタ。こっちよ」

慌てる私を冷静に宥《なだ》めたルチア殿下が、手を引いて部屋の奥に連れていってくれる。

寝室に続く扉の側には、大きなクローゼットが備え付けられていた。

殿下は音を立てずにその扉を開くと、私を中へと押し込んで、ついでに自分も入ってくる。

いやいやいや！　匿《かくま》ってほしいとは言いましたが、何も殿下まで隠れる必要は……

そう口にしかけた私だったが、すぐに言葉を呑み込んだ。

「ふふ、隠れ鬼みたいね？」

殿下の声からわくわくしている様子が窺《うかが》えたからだ。私は思わず天を仰ぐ。

（はー……殿下、尊いっ‼）

とはいえ、クローゼットの中は思った以上に真っ暗だった。

さすがは王家所有の調度品で、観音開《かんのんびら》きの扉はわずかなズレもなくぴったりと閉まっている。

この暗闇に殿下が不安になってはいまいかと、私は手探りで彼女を探した。

「真っ暗で全然見えませんねぇ。殿下、そこにいらっしゃいますか……って、んんんっ⁉」

「大丈夫よ、ジュリエッタ。目が慣れるまでの辛抱……んむっ？」

私が殿下の気配がする方に身を乗り出したちょうどその時、彼女も全く同じ行動をとったらしく、必然的に近づいた顔同士が真っ暗闇の中でぶつかり合う。

この当時、私と殿下の身長や座高はほぼ一緒だった。

そんな状態で顔がぶつかり合うとなると、触れ合う部位もだいたい同じ場所だ。

額《ひたい》なら額《ひたい》。睫毛なら睫毛。鼻先なら鼻先。そして――唇なら唇同士。

真っ暗なクローゼットの中で、ぷちゅっと私の唇に触れた柔らかなものは、殿下の無垢《むく》な唇であった。

(はわわわわ！　でで で、殿下のファーストキスを奪ってしまった！　すまんねー、殿下の未来の旦那様!!　私が殿下の初めてをいただいちゃったよーっ!!)

私は一人大興奮で、今すぐ床を転げ回って叫びまくりたい衝動に駆られるも……

「しー！　ジュリエッタ、静かに!!」

「むぐっ」

殿下本人の手に口を押さえられて言葉を呑み込んだその時、再びトントンとノックの音が響く。

さらに、今度はガチャリと扉が開いて誰かが部屋の中に入ってくる気配がした。

私と殿下はクローゼットの中で身を寄せ合い、息を潜《ひそ》める。

入ってきたのは二人の若い女性だった。話し声から、殿下付きの侍女だと判明する。

どうやら彼女達は殿下の私室を掃除しに来ただけで、私を捜しているわけではないようだ。

とはいえ、今更出て行くのも気が引けるため、殿下と共にこのままクローゼットに潜《ひそ》んで侍女達が掃除を終えて退室するのを待つことにした。

そんなこととは知らない侍女達は、のんびりと掃除をしながらおしゃべりに興じ始める。

「ねえ、知ってる？　ロートランド連邦国の首相が、息子の嫁にルチア殿下を寄越せって言ってきた話」

「ええ、聞いた聞いたー！　首相といっても、クーデターで成り上がっただけの平民でしょう？」

「そうそう！　そんなどこの馬の骨とも分からない連中に、大事な王女殿下を差し出す馬鹿がいるもんですか！」

「まったく身の程知らずにもほどがあるわよね！」

ロートランド連邦国はリーデント王国より少し南に位置する国で、十七年前にクーデターが起こって王政が崩壊していた。退位を間近に控えていた国王と王妃は自害し、王太女は軍と民衆によって大陸から遠く離れた孤島へ流刑に処されたという。

「リーデント王家の血を入れて家柄に箔《はく》をつけようと目論《もくろ》んでいたんでしょうね。結局、陛下がきっぱりと断ってくださったらしいけど」

「まあ、当然よね。殿下はただでさえお可哀想な身の上なんですもの。陛下には、殿下がこれ以上不幸にならないよう取り計らう義務がおありだわ」

会話を聞く限り、侍女達は殿下に対してすこぶる好意的だ。

しかし、ようやく暗闇に慣れてきた私の目に映ったのは、頬をぷっと膨らませて不満げな表情の殿下だった。

「私が可哀想だなんて……余計なお世話だわ」

「殿下……」

前国王の正妃が産んだ娘である殿下には、八歳離れた同腹の兄上がいた。ところが、十年前――殿下が生まれて間もなく、不慮の事故によって兄上が亡くなり、そのショックから母上までこの世を去ってしまったのだ。

事故で生き残ったのは皮肉にも、前国王の側妃とその一人息子――フランク・リーデント現国王陛下だった。

王位継承権第一位であった長男が亡くなったために、次男であった現国王は玉座に就《つ》けたようなもの。そのことから、十年前の事故はそもそも王位継承権を奪うために側妃が謀《たばか》ったのではないか、と真《まこと》しやかに噂《うわさ》する者も少なくはなく、国王としての手腕を周囲に認められるまで、陛下にとって玉座はまさに針の筵《むしろ》だったに違いない。

一方で、目も開いていない赤子のうちに同腹の兄と生母を亡くし、二人の顔も知らない殿下は多くの憐憫《れんびん》を集めた。人々は口を揃えて彼女を「可哀想」と形容し、その生い立ちを薄幸の代名詞のように扱いたがる。

殿下はそんな周囲の声に、心底うんざりしている様子だった。

「お母様や上の兄上様のお顔を知らなくったって平気よ。だって、私には下の兄上様が――陛下がいらっしゃるもの。それに、ジュリエッタだっているわ。私、全然寂しくも悲しくもないのに、勝手に可哀想な子にしないでほしいわ」

ジュリエッタと一緒なら、きっとどんなところでだって面白おかしく生きていける自信がある、なんて言われてしまえば感銘を受けずにはいられない。

「で、殿下ぁ！　ジュリエッタは光栄に存じまっ……むぐっ⁉」

「しー！　静かにっ‼」

またもや殿下本人の手に口を押さえられて言葉を呑み込まざるを得なかったが、心の中で「一生ついていきます！」と叫んだ。

とまあ、前世を吹っ切って今世を前向きに生きていた私だが、一つだけ心残りがあった。

前世の最期を共にした、幼馴染《おさななじみ》のことである。

私よりも一足先に事切れた彼女の魂《たましい》は、あの後どうなったのだろう。

私みたいに転生し、どこかで新しい人生を送っているのだろうか。

いやいや、必ずしも人間に転生しているとは限らない。

もしかして、今朝方窓辺にやってきて綺麗な声でさえずっていた小鳥——あれが、彼女の生まれ変わりだったのでは？

それとも、私が近づくと決まって水面《みなも》に顔を出して餌を強請《ねだ》る、あの一際鱗《うろこ》が美しい池の魚がそうなのだろうか。

昨日、うっかり踏みつぶしてしまった蟻《あり》ではないよう祈りたい。

などと、前世の幼馴染《おさななじみ》の行く末を思う気持ちが尽きることはない。

彼女を失ってできたままの心の空虚を埋めるように、私はますますルチア殿下に傾倒していった。

＊＊＊＊＊＊

大きな転機が訪れたのは、成人にあたる十八歳を目前にした頃のこと。

私は、政略結婚をすることになった。

相手は、リーデント王国と長年友好関係にあるマーチェス皇国の皇弟である。個人的には面識もないし、前世のように写真もないから顔も分からない。

送られてきた肖像画を見る限りでは、人の良さそうな美青年だったが、自由自在に修正可能な宣材写真みたいなものを鵜《う》呑《の》みにできるものか。

とはいえ、私はこの縁談を拒もうなんて考えてはいなかった。

曲がり形《なり》にも公爵家の娘。自分が家や国の駒とされるのは、ある程度覚悟していたのだ。

「マーチェス皇国は昨今、周囲の国々の内政に干渉するようなきな臭い動きを重ねている。我が国も、かの国との関係を見直す時期にきているようだ」

難しい顔をした父は、私にそう話を切り出した。彼は現在、陛下の相談役も務めている。

「向こうがお前をどのように扱うかは、マーチェス皇国が今後もリーデント王国との友好関係を続けていくつもりがあるのかどうかを判断する指標の一つとなる。場合によっては、お前は人質にされてしまう可能性もあるのだが……」

「構いません。祖国の——ルチア殿下のお役に立てるのならば、この命さえ惜しくはありませんもの」

きっぱり告げた私に、元来子煩悩な父は少しだけ泣きそうな顔をした。

「お前は、本当にルチア殿下が好きなのだな？」

「ええ、お父様。だって、殿下も私を特別に思ってくださっていますもの。殿下に向けられた刃《やいば》を騎士のように剣で弾き返すことはできずとも、この身を挺《てい》してならあの方を守れます」

マーチェス皇国と婚姻関係を結ぶのは、本来ならば殿下の方が適任であった。公爵家の娘に過ぎない私よりも、リーデント国王の妹である殿下をどう扱うかの方が、かの国の本心がより顕著に現れるだろうから。

けれども、現マーチェス皇帝は気性が荒いことで有名で、彼と血を分けた皇弟だって肖像画通りの穏やかな人物とは限らない。

そんなところに、殿下を——今世の〝最推し〟を放り込むくらいなら、自分が行く。

何たって私は、身体は十八歳にも満たない小娘だけど、前世を生きた年数が加算されるため精神年齢だけなら今世の父よりも上かもしれないのだ。マーチェス皇国に嫁《とつ》いでも、それなりに上手くやっていけそうな自信があった。

とはいえ、殿下を残して他国に嫁《とつ》ぐことには不安がないわけではない。

というのも、殿下にもこの時すでに婚約者がいたのだ。陛下の身辺警護も務める国軍少将オリバー・レンブラントである。

オリバーは実直な性格でリーデント王家への忠誠心も高く、きっと殿下を大切にしてくれるだろう好青年だ。殿下のコアなファンを自負する私も、彼との結婚自体に反対するつもりはない。

しかしながら、二人の結婚を決めた人物に問題があった。

「レンブラント公爵様は、相変わらずです？」

「ああ、いまだ野心を捨て切れないらしくてな。何やらよからぬ画策をしているようだね」

レンブラント公爵家は前正妃を輩出した名門で、現当主であるレンブラント公爵はルチア殿下の大叔父《おおおじ》、さらにオリバーの祖父にあたる。

前国王の長男であったレンブラント公爵家の血を引く王子が早々に亡くなったことで、国王の外戚となって国政を牛耳《ぎゅうじ》る夢は一度は絶たれたが、ルチア殿下の存在が完全に野望を捨てさせなかったのだろう。

あわよくば陛下を玉座から引き摺《ず》り下ろし、現在王位継承権第一位の殿下を女王に押し上げようと目論《もくろ》んでいるらしい。

兄王を慕い、玉座など微塵《みじん》も欲していない殿下は、そんなレンブラント公爵を幼い頃から心底嫌っていた。

また、あまり負の感情を表に出さない殿下が明らかに苦手としている人物がもう一人いる。

母親代わりとなって殿下を育てた乳母《うば》だ。彼女は、重度のメンヘラだった。

前正妃とは乳姉妹。さらには亡くなった殿下の兄上の乳母《うば》も務めたその人は、大事な人間を二人立て続けに失ったことで心を病《や》んでしまったのだろう。母と兄に思い入れのない殿下よりはよほど大きなショックとダメージを食らったのは間違いない。

乳母《うば》はとにかく過保護だった。殿下の行動を制限し、半《なか》ば王宮の奥に閉じ込めて窮屈な思いをさせてばかり。今では私が殿下と頻繁《ひんぱん》に会うのさえ不満なようだったが、アマルド公爵家令嬢という肩書きの前ではさすがに口出しできないらしい。

何にしろ、野心家のレンブラント公爵とメンヘラの乳母《うば》は殿下にとって害悪以外の何ものでもなかった。彼らから殿下を解放するには、リーデント王国から連れ出して差し上げるのが一番の解決法だ。

幸い、オリバーもそのことに気付いているらしく、殿下と結婚した暁《あかつき》には異国の大使に志願して国外に居を移す計画を立てているという。陛下側に立つ私の父アマルド公爵にその話を打ち明けて協力を仰いでいることから、彼も祖父であるレンブラント公爵に対して思うところがあるのだろう。

とにかく、私の心を占《し》めるのは殿下のことばかり。

そんな私に、今世の父はやや寂しそうな顔をして言った。

「殿下を好きなのも分かるがな、これはお前の人生だよ。自分自身の幸せにも、もう少し目を向けてみてはどうだい？」

＊＊＊＊＊＊

私がマーチェス皇国に嫁《とつ》ぐことが正式に決定し、リーデント王国を去るまで残すところ半月となった頃のことだ。

リーデント王国ではとんでもない事件が起こった。

なんと、夜会の最中、ルチア殿下が実の兄である国王陛下に毒の入ったワインを飲ませようとしたのだ。

その場で取り押さえられた殿下は、何故と問う陛下に「女王になってみたかったんです」と答えたらしいが、心にもないことを言っているのは明白だった。だって、殿下は誰よりも、兄上様を国王としてふさわしい方と敬っていたのだから。

夜会に参加していた父アマルド公爵から報せを受けて、私はすぐさま殿下のもとに駆け付けた。

通常なら、罪人との面会は簡単ではないだろうが、国王陛下のご配慮により特例で会うことを許されたのだ。

「殿下、どうして……」

殿下は地下牢ではなく、王宮の奥にある私室にて軟禁されていた。

かつて、二人で一緒にクローゼットに隠れた、あの部屋だ。

実際に毒杯を差し出した殿下により、国王陛下殺害の首謀者として名指しされたレンブラント公爵は、一度は国外逃亡を図ったもののすぐに軍によって拘束《こうそく》された。しらばっくれようにも、毒を手配した人物の証言や諸々の証拠によって、言い逃《のが》れはもはや不可能だろう。乳母《うば》の方は、殿下が逆賊として拘束《こうそく》された報せを受けた時点で毒を呷《あお》ったらしい。

殿下にとっての害悪はこうして表舞台から消え去った。けれども、肝心の殿下もまた、自《みずか》ら華やかな舞台から飛び下りてしまったのだ。

罪人に身を落としても、彼女は初対面の時に私が見惚《みと》れたままに美しい。紅《べに》を差した唇に自嘲《じちょう》の笑みを載せ、殿下は静かに私だけに真相を語ってくれた。

レンブラント公爵と乳母《うば》は当初、陛下に毒杯を渡す役目を一族の妾腹の侍女に負わせようとしていたという。陛下の殺害が失敗しても成功しても、彼女が全ての罪を被って断罪されるという算段――つまり、その侍女は体《てい》のいい捨て駒だったのだ。

一族の中で立場の弱かった侍女は、レンブラント公爵の理不尽な命令に背《そむ》く勇気もなく、言いなりだった。

後ろ盾のない侍女が国王謀殺を企《たくら》んだとなれば、即刻処刑という可能性もある。それを憂《うれ》い、また陛下を万が一にも危険な目に遭わせたくなかった殿下は、炭酸ガスを含んでいると一目で分かる――陛下が苦手なスパークリングワインに毒を混ぜて差し出した。

侍女が用意した杯には陛下が好む赤ワインが入っていたのに対し、スパークリングワインは彼が決して口にしないと確信した上での行動だ。

つまり、一連の事件は、殿下が自《みずか》らを罪人とするための茶番劇に他ならない。

その話を聞いた私は、とたんに胸を掻きむしりたくなる衝動に駆られた。

というのも、そもそも殿下が自《みずか》らを罪人にしてまで庇ったという相手が、実際は殿下が思うほど健気《けなげ》でも哀れでもないと知っていたからだ。

件《くだん》の侍女は、私が殿下とお茶をする時などに率先して給仕に立っては、慎《つつ》ましく従順なキャラをアピールしていた。しかし、庶子とはいえ大貴族レンブラント公爵家の出身であることを鼻にかけ、殿下が顔を合わせることのないような末端の侍女達の前では随分と大きな顔をする、そんな裏表の激しい女だったのだ。

しかも彼女は、一族の出世頭である国軍少将オリバー・レンブラントに一方的な思いを寄せ、それゆえ彼と婚約した殿下を妬《ねた》んでいた。

一族の中で不遇を強《し》いられてきた自分とは対照的に、殿下が表向きはレンブラント公爵に大事にされていたことに対する鬱屈《うっくつ》もあったのだと思う。

それでも、殿下に直接危害を加えるだとか、嫌がらせをするような度胸はないようだった。

殿下自身が件《くだん》の侍女の生い立ちに同情して気にかけていたこともあり、なかなか彼女を排除できないでいたのが裏目に出た。

陛下殺害計画の実行犯にされそうだと、おそらく侍女自身が殿下に打ち明けたのだろう。

殿下は自分を見捨てないという確信があったのかもしれない。

そうして、まんまと実行犯役を殿下に押し付けた侍女は今、自分は何の関係もございません、とばかりに知らんぷりを決め込んでいる。

私は腸《はらわた》が煮えくり返りそうな心地だった。

「殿下、どうしてっ……!?　もっと他にやりようがっ……!!」

「いいのよ、これで。兄上様の治世を阻《はば》もうとする大叔父《おおおじ》も消えるし、侍女も罪を犯さずに済んだ。あとは、私がリーデント王国から去るだけよ」

「そんな、何でもないことみたいに……」

「だって、ジュリエッタがいないこの国に、未練なんてないもの」

肩を竦めてそう言った殿下を、私は思いっきり抱き締めてわんわんと泣いた。

私がマーチェス皇国に嫁《とつ》ぐことで、殿下に自棄《やけ》を起こさせてしまったのかと一瞬思ったが、事情はそんな単純なことではなかった。

殿下は自身の生い立ちに周囲が同情し続ける毎日にうんざりしていた一方、棚から牡丹餅《ぼたもち》的に玉座を得た陛下に対して、世間のヘイトがいまだ向けられる現状にひどく心を痛めていた。

だから、薄幸の王女に対する哀れみよりも、実の妹にまで命を狙われる孤独な賢王に同情する世間の声が大きくなるように、自《みずか》らが罪人に成り下がった上でリーデント王国から消えようと考えたのだという。

「兄上様も、十八年前の事故で上の兄を救えなかったこと、そのせいで母まで死んで、私が一人になってしまったと、ずっと悔やみ続けていらっしゃるわ。私はね、いい加減に私という罪悪感の象徴から兄上様を解放して差し上げたいのよ」

そのためになら、国賊と後ろ指をさされることも、祖国から放逐《ほうちく》されることも厭《いと》わない。

そうきっぱりと告げた殿下の覚悟を前に、私はもう何も言えなくなった。

殿下の流刑が決定したのは、それから間もなくのことだった。

行き先は、南の海の果てに浮かぶ絶海の孤島、ヴォアラ島。

リーデント王国に留まらず、大陸のありとあらゆる国々が流刑地として利用し、幾人もの政治犯が送られた場所だった。

それを知らされた殿下は取り乱すこともなく、むしろさもありなんと落ち着いていたと聞く。

陛下から特別に自由な面会を許されていた私は、毎日足繁《あししげ》く殿下のもとに通い、日中のほとんどを彼女と一緒に過ごした。自分がマーチェス皇国に嫁《とつ》ぐ日が刻一刻と近づく中、一分一秒でも長く側にいたかったのだ。

そんな中、私はある日、自宅の書庫で見つけた一冊の本を持参した。

題名は、『無人島で百日間生き残る方法』。

自称冒険家の作者による、無人島に漂着した際に長く生き残るための指南書だ。中には、火の熾《おこ》し方に始まり、雨を凌《しの》ぐ家の作り方、絶対に口にしてはいけないものなど、さまざまなサバイバル術が記されている。

これを殿下に差し出すことは、私にとっては一種の賭けだった。

流刑になることをすっかり受け入れている様子の殿下だが、本の内容を見て考えが変わるかもしれない。

そうなったら、私はあらゆる手を尽くして——例えば、嫁《とつ》ぎ先に攫《さら》ってでも、殿下を流刑地に行かせない決心をしていたのだ。ところが……

「ふふ……上手に火熾《おこ》しできるかしら。ああ、でも海辺だから、新鮮な魚がたくさん獲れそうね。だったら、しばらく生魚で食いつなぐことも可能かも……」

なんて、殿下はどこかわくわくした顔さえしてみせたのだ。

この時、私は雷に打たれたような衝撃を覚えた。

殿下を自分の庇護下に押し込めようとするのは、これまでの十八年間、レンブラント公爵や乳母《うば》の抑圧のもとで窮屈な思いをしてきた彼女から、再び自由を奪うことになると気付いたからだ。

殿下は、流刑地とはいえ祖国から遠く離れることで、あらゆる柵《しがらみ》から解放される。

罪人となって初めて自由を手に入れるというのは何とも皮肉な話であるが、殿下の人生はきっとこれから大きく変わっていくことだろう。

だから私は、殿下から翼を奪うのではなく、大空へ羽ばたこうとする彼女を信じて見送るべき――そう、この時思い至ったのだった。

殿下とオリバーの婚約も解消された。

オリバーは不本意だったようだが、私は正直清々《せいせい》した気分だった。

というのも、彼こそが、夜会で陛下に毒杯を渡そうとした殿下を取り押さえた張本人だったからだ。

オリバーが殿下を愛する気持ちは本物だが、陛下に対する忠誠心と天秤にかけた時、わずかに後者が勝った。だから、彼は殿下の所業を秘密裏に処理することなく、公《おおやけ》に晒《さら》してしまったのだろう。

私は最初そう考えた。

しかし、実はオリバーが、思っていたほど清廉《せいれん》な騎士ではないことが後に判明したのだ。

情報は私の二つ年下、十六歳の弟からもたらされた。アマルド公爵家の跡継ぎとして、精神力を鍛えるために入軍していた彼は、オリバーの下に就《つ》いていたのだ。

素直な性格の弟を部下としてとても可愛がっていたオリバーは、事件後のある夜の酒の席で酔っぱらい、彼にだけこっそりと秘密を暴露した。

曰《いわ》く、オリバーはルチア殿下を崇拝するあまり、畏《おそ》れ多くて婚約した後も彼女の手にさえ触れることができなかったという。

殿下が尊いという認識に関しては、私は全力で同意する。しかし、この後がよろしくなかった。

「少将閣下は、手の届かない高みにいる殿下に心置きなく触れるには、自分の側まで引き摺《ず》り下ろせばいいと思いついたんだって」

「はぁ!?」

「王女という地位さえ失えば殿下もただの人で、少将閣下の方が立場が遥《はる》か上になる。だから、殿下はきっと少将閣下を頼らなければ生きていけなくなるだろうって」

「呆れた！　そんな手前勝手な動機で、殿下が罪人の汚名を被るのに一役買ったっていうの!?」

オリバーが殿下を愛しているのは確かだ。だが、その思いはどうにもこうにも歪《ゆが》んでいた。

罪人となりリーデント王国から放逐《ほうちく》されることが目的だった殿下本人からすれば、彼の行動は願ったり叶ったりだったかもしれない。

しかし、殿下のコアなファン、あるいは熱狂的サポーターを自負する私からすれば、オリバーは彼女のパートナーとして不適格だった。

殿下の人生を預かろうという男には、高尚な正義感は必要なく、ましてやヤンデレ属性など以《もっ》ての外《ほか》だ。

人為的天為的にかかわらず、あらゆる厄災から殿下を守れる健康的でタフな肉体と精神を持つ、そんな男こそが殿下を――私の〝最推し〟を手に入れるにふさわしい。

そう声を大にして言いたかった。


やがて、私がマーチェス皇国に嫁《とつ》ぐ日がやってきた。

面識もなく人となりも知らない相手と結婚することよりも、殿下と離ればなれになることの方が、数千倍数万倍悲しい。

私はいまだに軟禁中の殿下の私室の扉の前で、小さな子供みたいに顔をぐしゃぐしゃにして泣きじゃくった。

殿下も両目を潤《うる》ませつつ、私の手をぎゅっと握り締め、気丈にも微笑む。

「またね、ジュリエッタ」

「はい、殿下――また、お会いしましょう」

この時、私は何故か前世の最期の瞬間――幼馴染《おさななじみ》と握り合った手の感触を思い出していた。

＊＊＊＊＊＊

殿下との別れの涙を引き摺《ず》ったままマーチェス皇国にやってきた私の心は、なかなか晴れなかった。

その上、結婚式に先立って謁見したマーチェス皇帝は、玉座に踏ん反り返ってやたら威張り散らした嫌な男だった。

先帝の第一子というだけで玉座を得たのだろうか。とにかく小物感が半端なかったし、側近達はそんな皇帝におべっかを使うしか能のない腰巾着ばかりだ。

この様子では、マーチェス皇国の先行きが思い遣られる。

自分が早々に祖国に出戻ることになりそうな予感を抱えつつ、ついに私は夫となる人物と面会することになった。

ところが……

「初めまして、私の可愛い奥さん。よく来てくれたね」

彼と相対した瞬間——鬱々《うつうつ》としていた私の心は一気に晴れ渡った。

だってその人が、マーチェス皇国に到着してから顔を合わせた他の誰よりも、私のことを歓迎してくれていると一目で分かったからだ。

私の旦那様となるエイハム・マーチェス皇弟殿下は、艶《つや》やかな黒髪とヘーゼル色の瞳の、何だかふわふわした印象の青年だった。

事前に見ていた彼の肖像画には、いい意味で裏切られた。だって、あれよりもずっと美形な上、さらに物腰柔らかな紳士だったのだから。

満面の笑みで迎えてくれたエイハム様は、数時間前に殿下と握り合っていた私の手を、その大きくて温かな手で大事そうに包み込んでくれた。

それから長身を屈めて私の顔を覗き込み、眉を八の字にして言う。

「おや、泣いたのかい？　目元が赤くなっているね。祖国を離れ、見ず知らずの男に嫁《とつ》ぐのはさぞ辛かったろう」

すまないね、と彼は続けた。私はそれに、どうしてと問う。

だって、政略結婚はお互い様だ。見ず知らずの相手と結婚するのはエイハム様も同じはず。

それなのに、彼は慈《いつく》しむような優しい目で私を見つめて答えた。

「アマルド公爵閣下にはお会いしたことがあるんだ。穏やかで子煩悩なよいお父様だね。君の話も聞いたよ？　明るくて前向きで、でもちょっとお転婆《てんば》が過ぎるのが玉に瑕《きず》、とそれはそれは愛《いと》おしそうに話してくださった。おかげで私は、君に会えるのがとても楽しみだったんだよ」

くすくすと笑いながら告げられたエイハム様の言葉に、私ははっとする。

父アマルド公爵は、彼の言う通り子煩悩な人だ。国同士の政略結婚とはいえ、人となりも知らない男に娘を嫁《とつ》がせるような父親ではない。

そんな父に、娘の夫にふさわしいと認められたらしいエイハム様は、ジェリエッタ、と噛み締めるみたいに私の今世の名を呼んだ。

「リーデントの王妹殿下は悲しい生い立ちでいらっしゃると聞く。そんな殿下に、君は幼い頃からずっと寄り添って差し上げていたんだってね？　ジュリエッタを側から取り上げてしまうことを、私はいつか殿下にも謝らなければならないね」

優しい声でそう語られ、私の涙腺はもう限界だった。

本当は、マーチェス皇国になんて来たくなかった。見ず知らずの男に嫁《とつ》ぐのは怖かった。今世の家族とだって離れたくなかった。いつまでも生まれ育ったあの家で過ごしたかった。

そして何より——ルチア殿下と会えなくなるのが、胸が潰れそうになるほど悲しく辛かった。

前世の記憶持ちで精神年齢が高いからとか、特権階級に生まれた者の責務だからとか、自分に言い聞かせて封じ込めてきた思いが溢れ出す。

気が付けば、私は殿下と別れた時のように、わんわんと声を上げて泣きじゃくっていた。

エイハム様が人払いをしてくれていてよかった。二人きりでよかった。

彼が——子供みたいに泣き喚《わめ》く私を見て引かなくて、本当によかった。

それから、エイハム様は私を優しく抱き締めて、要領を得ない話を一つ一つ最後まで根気よく聞いてくれた。

おかげで私は今世だけを語るに飽き足らず、自分が前世の記憶を持ったまま生まれたこと、前世でどんな最期を迎えたのかまで、何もかもをしゃべっていた。今世の両親にも、大好きなルチア殿下にも打ち明けずにここまで来たというのにだ。

初対面の相手から、自分はこれが二回目の人生で、前は空飛ぶ鉄の塊《かたまり》ごと地面に落ちて死にました、なんて話をめそめそしながら聞かされたエイハム様は、さぞ困惑したことだろう。

それでも彼はそんなことはおくびにも出さず、しゃくり上げる私の背をただただ優しく擦《さす》ってこう言った。

「だったら私は、前世よりも今世の方が幸せだとジュリエッタに思ってもらえるよう、頑張らないといけないね」

この瞬間、私はきっとエイハム様に恋をした。

そして、今世はこの人と手を取り合ってどこまでも歩んでいけるんだって思うと、えも言われぬ幸福感を覚えたのだ。

こうして、マーチェス皇国での新婚生活が始まった。

しかし、それはなかなか順風満帆《じゅんぷうまんぱん》とはいかない。

エイハム様には、兄皇帝の下にまだ三人も兄上がいたが、全員母親違いだという。彼らの父親である先帝は好色で、往時には百人近くの愛人を後宮に囲っていたこともあったとか。十年ほど前に亡くなったけれど、死因が腹上死だというのだから艶福家《えんぷくか》としてはさぞ本望だろう。

とにかく、腹違いの兄弟それぞれの仲は子供の頃からお世辞にもいいとは言えなかったそうだ。

最初に謁見したマーチェス皇帝同様に、残念ながら私は他の三人の義兄達にも好感を持てなかった。誰も彼も、公爵令嬢ごときに払う敬意はないとばかりに威張り散らしていたからだ。

そんな兄達を、末弟のエイハム様は反面教師としたらしい。結婚相手が彼でよかったと、私は心の底から思わずにはいられなかった。

父アマルド公爵がかねてから懸念していた通り、マーチェス皇国は周囲の国々の内政に干渉するきな臭い動きを重ねていた。野心家の皇帝は、どうやら領土の拡大を目論《もくろ》んでいる。

その一番の標的となっているのは、マーチェス皇国と隣接するロートランド連邦国だ。

今から八年前、ルチア殿下を首相の息子の嫁に寄越せと言って断られたロートランド連邦国は、その後、別の国から王女を迎え入れていた。クーデターによって成り上がった平民出の首相は、外国の王侯貴族と婚姻関係を結ぶことにより、何としてでも血筋に箔《はく》を付けたかったのだろう。

しかしこの結婚によって、王女の母国がロートランド連邦国に干渉する口実を作ってしまった。

内政は荒れに荒れ、それに不満を抱いて決起した民衆と軍が対立し始めると、ここぞとばかりに前者へ武器を流して内戦を煽動《せんどう》したのがマーチェス皇国だ。おそらくは、漁夫の利を狙ってのこと。

けれども、このやり方は周辺各国の批難の的となった。戦乱の世ならいざ知らず、泰平が続く大陸では知識階級の声が大きい。マーチェス皇国はみるみる評判を落とし、それを皇帝の采配が悪いせいだとエイハム様を除いた弟達が騒ぎ立てたことで、皇宮は混沌《こんとん》とし始めた。

エイハム様はそれを黙って傍観していたが、やがて狡猾《こうかつ》な貴族の詭弁《きべん》を発端に、兄皇帝の暗殺を企《たくら》んでいるなんて嫌疑をかけられてしまう。しかも、彼を唆《そそのか》したのは私だと言うのだ。

まったくの事実無根に、腹立たしいのを通り越して呆れてしまう。

エイハム様はそんな私を抱き寄せて、苦笑を浮かべて言った。

「残念だけどね、マーチェスはしばらく荒れるだろう。リーデント国王陛下には、今後数年は我国と距離を置くことをお勧めするよ」

エイハム様は、早々に祖国を見限ったようだ。彼は私の父とも面識があったように、意外にも顔が広くて周辺各国に伝手《つて》があるらしい。

もちろん、リーデント王国に夫婦で亡命するという手もあったが……

「さて、ジュリエッタ。僕の可愛い奥さん。君は、マーチェス皇国を出たらどこへ行きたいかな？」

そう問うエイハム様に、私の口を衝《つ》いて出たのはこんな答えだった。

「エイハム様、私の素敵な旦那様。私——殿下に、ルチア殿下に会いたい」

「よし、分かった。じゃあちょっと、兄上を適度に煽って流刑にでも処されちゃおうか」

エイハム様はふわふわして見えるが、そのメンタルは鋼《はがね》のように強い。

その上かなりの策士で、兄皇帝の思考回路も熟知している。

どうやったのかは知らないが、とにかくエイハム様の計画通り、私達夫婦は共に流刑に処されることになった。

両国の友好関係の継続を目的として嫁《とつ》いだはずの公爵令嬢を勝手に刑に処された時点で、リーデント王国側がマーチェス皇国を見限る大義名分が立つ。

結局は小物でしかないマーチェス皇帝と、その椅子を虎視眈々《こしたんたん》と狙う弟達が、広い大陸の上でいつまで孤軍奮闘できるのだろう。

その行く末を見届けることもなく、私とエイハム様は船に乗った。

今世では初めて感じた潮の香りと、どこまでも続く大海原。

ひたすら感動する私の肩を抱き寄せ、ふわふわしているのに誰よりも頼もしい旦那様は微笑んで言った。

「長い新婚旅行になりそうだけど、ジュリエッタと一緒ならきっとどんなところでだって、面白おかしく生きていける自信があるよ」

同じようなことを、かつてはルチア殿下も口にした。

目指すのはそんな殿下がいる、遠い南の海の果てに浮かぶ絶海の孤島、ヴォアラ島だ。

そこでは、二百人ほどの住人が集落を作って暮らしていることも、その長《おさ》と殿下がいい感じになっていることも、船の上の私達には知る由《よし》もない。

島の中をかつての支配者である大蛇ヴォアラの幽霊が徘徊《はいかい》していることも、自分が前世の最期に目指していたトルコのカッパドキアを彷彿《ほうふつ》とさせる洞窟住居に住む未来がくるなんてことも、思ってもみなかった。

ましてや、唯一の心残りだった前世の幼馴染《おさななじみ》との再会まで果たすことになるなんて——今世の私の最推し、ルチア殿下こそがその生まれ変わりであると判明することも、この時の私はまだ想像もしていなかった。

RC Regina COMICS
蔦王
つたおう
原作 Hinata Kuru
くる ひなた
漫画 Aoi Kuribara
栗原蒼依
大好評発売中!

この作品に対する皆様のご意見・ご感想をお待ちしております。

おハガキ・お手紙は以下の宛先にお送りください。

【宛先】

〒150-6005 東京都渋谷区恵比寿4-20-3 恵比寿ｶﾞｰﾃﾞﾝﾌﾟﾚｲｽﾀﾜｰ 5F
（株）アルファポリス　書籍感想係

メールフォームでのご意見・ご感想は右のＱＲコードから、
あるいは以下のワードで検索をかけてください。

アルファポリス　書籍の感想　検索

ご感想はこちらから

心機一転《しんきいってん》！転生王女《てんせいおうじょ》のお気楽流刑地《きらくるけいち》ライフ

くるひなた

2019年　9月　5日初版発行

編集－反田理美
編集長－太田鉄平
発行者－梶本雄介
発行所－株式会社アルファポリス
〒150-6005 東京都渋谷区恵比寿4-20-3 恵比寿ｶﾞｰﾃﾞﾝﾌﾟﾚｲｽﾀﾜｰ5F
TEL 03-6277-1601（営業）　03-6277-1602（編集）
URL http://www.alphapolis.co.jp/
発売元－株式会社星雲社
〒112-0005東京都文京区水道1-3-30
TEL 03-3868-3275
装丁・本文イラスト－風ことら
装丁デザイン－AFTERGLOW
（レーベルフォーマットデザイン－ansyyqdesign）
印刷－図書印刷株式会社

価格はカバーに表示されてあります。

落丁乱丁の場合はアルファポリスまでご連絡ください。

送料は小社負担でお取り替えします。


ISBN978-4-434-26422-1 C0093